まえがき

本書の議論の目標は、日韓の国民共同体の自国中心主義イデオロギーから自由になる道を示すことである。日韓のさまざまな利害を妥協させたり、相互理解や和解を性急に装ったりするのではなく、むしろ二つの共同体の相対立する利害をくぐり抜けることによって、真の他者たる精神の自由を獲得すること。それは如何にして可能になるのだろうか。その可能性が、共同体内部の充足と固着と安定を根本から拒否し、「あいだ」という不安であいまいな視点を獲得することによってはじめて開かれることはいうまでもない。今すぐに消滅するかもしれないその可能性を少しでも確かなものにするために、本書は、共同体イデオロギーの成立に不可欠といわれる言語、国家、民族、歴史に関するいくつかの問題を「くぐり抜ける」ことにした。

本書の視点として想定される「あいだ」とは、もちろん結果的に、国民国家共同体の内部の文化的、歴史的、言語的な同質性を構築しようとする近代以降のナショナリズムによって生み出されたものである。この「あいだ」を、いままでの日韓の文学文化研究の言説は、言語、民族、歴史などありとあらゆる国民文化要素を内のものと外のものに分ける、いわば限りなく線に近い「境界」としてしか認めてこなかった。それによって、言葉、民族、歴史、国家の「あいだ」に必然的に介在する、さまざまな横断的な異種混交が、非本質的、非規範的、あるいは非正常的なものとして扱われたのである。

しかし本書では、その「あいだ」を、内部と外部を分ける線ではなく、運動エネルギーに満ちた空間、いいかえれば、異質的な言葉、民族、歴史、国家間の、自己と他者との交流や関係を可能にする「ひろば」として改めて想像する。もともと言語、民族だけでなく、共同体のすべての文化、歴史というのは、それに先行する交流や関係によって事後的に成立するものであろう。したがって厳密にいえば、本書は、日韓の「間」を比較の観点で読むのではなく、二つの国民文化の成立に先行する「あいだ」での交流や関係、たとえば、支配と被支配、同化と差別、隠蔽と構築、模倣と忘却などをテーマとして取り上げる。それはこの本の題名が日韓文学の「あいだ」ではなく、『「あいだ」の日韓文学』にならなければならない所以でもある。

自言語、自文化、自民族中心主義などの共同体イデオロギーの拘束から自由になる、トランスナショナル思考を追求するためには、今まさに日韓の「間」に蔓延《はびこ》っている自国中心主義のナショナルヒストリーの地平をまず「くぐり抜け」なければならない。ナショナリストたちの自国文化論だけでなく、公平な仲介者を自任する学者やジャーナリストたちの日韓歴史文化論の主張と論理までもが、実は、一方の国民共同体の利害を代弁しているという点においてはナショナルヒストリーの言説の域から一歩も離れていないのである。それに対する本書の具体的な批判として示されたのが序章の「ナショナルヒストリーの内と外、そのあいだで読む『反日』」である。

本章の八つの論考それぞれは、李光洙《イグァンス》、金達寿《キムタルス》、堀田善衛、ハ・ジン（Ha Jin）、チャンネ・

リ（Chang Rae Lee）、トニ・モリソン（Toni Morrison）、崔仁勲《チェインフン》ら、植民地、異邦人、女性、死者などのマイノリティを代弁した作家たちの日本語、韓国語、英語の作品を読みなおすことによって書かれた。それらの作品で描かれているマイノリティの生き方、時間と場所こそ、言語、民族、故郷、歴史の「あいだ」の形象を先鋭に呼び起こすものである。本章の各論文で、国民共同体イデオロギーを固定化するありとあらゆる二項対立を批判するために、「あいだ」そのものに内在する異種混交を徹底的に問題化していくことにした。「あいだ」に立ち、「あいだ」を考える感覚を明澄に経験することによって共同体イデオロギーの拘束から自由になることを試みたのである。

そして本書の題名での「日韓文学」は、当然ながら、国民共同体の名前で分節されている日本文学や韓国文学、あるいはその二つの文学の関係や比較などを扱うことが前提とされている概念ではない。ただ、私自身の置かれた言語文化状況で、「日本語、韓国語、そしてたまには英語の文学テクストを同時に取り上げる読書や研究」程度の意味を念頭に置きながら用いた名称であることをことわっておく。

二〇二二年一一月

鄭百秀

目次

〈序〉ナショナルヒストリーの内と外、そのあいだで読む「反日」

「反日」についての疑問と批判

「反日」という題材が韓国のナショナルヒストリーの構成にどのように関与しているかを明らかにするとともに、韓国の人々がナショナルヒストリーのイデオロギーの束縛から自由になる方法とその可能性について考えてみたい。ここでナショナルヒストリーを、「国史」と訳したとしても構わないかもしれない。しかしただ、日本と韓国の人々にとって、国史という用語[1]は使用頻度だけでなく、イデオロギーの拘束力や意味合いまでもが多少異なるために、ここでの議論では、「国家の枠組みの中で国民共同体を統合することを目的に構成される歴史」程度の意味で、そのままナショナルヒストリーを用いることにする。

二〇二〇年前後の日本のジャーナリズムでの日韓関係、朝鮮半島の歴史・文化に対する言説は、その全部が韓国社会の「反日」を疑問視し、批判するものだといっても過言ではない。反日ナショナリズム、反日主義、あるいは反日種族主義という題名をつけた数種類の本が、書店の入り口に陳列されているほどである。もちろんこれを、韓国のマスメディアでの「日本を追い越す」といった「克日」言説の流行と比例関係にある、相対的で一時的な現象とみなすこともできよう。しかし、ジャーナリズムの刺激的な表現による皮相な反日批判が、ほとんど濾過されないまま研究者らの学問的言説として、ひいては読書大衆の一般的認識として再生産されるという点については もう少し分析的に考える必要がある。[2]

「反日は歴史的事実ではなく虚構である」という主張は、たとえば『韓国「反日主義」の起源』（松本厚治、草思社、二〇一九年）のような緻密な論究をはじめ、数多くの日本人論者による反日批判の結論にみられる。たとえば、「植民地支配がなければ今も韓国はなかった」、「日帝三六年が韓民族を救った」、「朝鮮支配はこんなに明るかった」などの、大衆扇動的な標語だけをとってみても、これらの論文や書籍の自国中心主義的な歴史修正主義の態度を思い浮かべることができる。しかし最近、韓国社会の反日ナショナリズム、韓国歴史の反日主義などに関する議論が日本の一般読者により広く読まれ、それに対する批判がより正当な歴史認識として受け入れられるようになったきっかけは、むしろ韓国人論者による反日への批判によって作られたとみられる。代表的には韓国でも話題となった、朴裕河《パクユハ》『反日ナショナリズムを超えて』（河出書房新社、二〇〇五年、『韓国ナショナリズムの起源』（河出文庫、二〇二〇年）と改題、文庫化）と李栄薫《イヨンフン》編著『反日種族主義』（文藝春秋、二〇一九年）の二つの翻訳書と、同じ著者たちが出した幾冊かの類似の著作がそれにあたる。両著作は、植民地支配・被支配、朝鮮半島の近代化、朝鮮人労働者の強制的動員、従軍慰安婦、そして竹島問題などを取り上げているが、その大半の論理と主張は、日本の論者、特にナショナリストたちによって出された論理や主張と大きく異なることはない。ただしそれらは、自国の歴史の中の反日という題材に対する自国民の立場からの反省と批判であるという点において、日本人論者の反日批判とは決定的に区分される。また著者たちの一方的主張であるかもしれないが、日韓の歴史的な和解を議論の目標に据えているところも注目に値する。しかしながら、韓国人学者たちによって行われた反日の虚構性に対する論破というまさにその点のために、この二つの著書は、日本のジャーナリズムや学界では左右の政治的傾向とは関係なく、特別に評価されているようにみえる。朴裕河『反日ナショナリズムを超えて』が大佛次郎論壇賞を受賞し、『反日種族主義』の場合、「李栄薫氏公認副読本」など著者の名前まで借りる「反日」解説書が出版されたことなどからも、この二つ著作に対する評判や読書大衆の間の人気の高さを窺い知ることができる。

小森陽一は、『反日ナショナリズムを超えて』の「解説」において、この本の「主題は、韓国人批判でもなければ韓国批判でもありません。批判されているすべてのことがらは、歴史や事実に基づくのではない、単純化された感覚的イメージを媒介に、韓国社会の中で恣意的に流布されている『反日ナショナリズム』の言葉の在り方です。あるいは、結果として大衆的な支持を得るにいたった『反日ナショナリズム』を展開する言葉の特徴についての批判です」（二四七頁）と述べている。しかし、韓国人論者の反日批判に対する慎重な理解のためのこうした呼びかけにもかかわらず、また日本人論者たちの反日批判とは差別化しようとする著者自らの度重なる主張にもかかわらず、日本の読書大衆の間には、自国の反日ナショナリズムの虚構性を批判した著者たちの「勇気」にまず感化されたという、「単純化された感覚的」評価が支配的であるとみられる。小森陽一が「解説」で用いた、反日言説への韓国大衆の反応を批判する表現、「単純化された感覚」は、韓国人論者の反日批判に対する日本人の読書大衆の反応を批判する場合にもそのまま当てはめることができる。それは、実際すべてのナショナリズム言説が大衆の「単純化された感覚」によって一般化されることを考えると、決して偶然ではあるまい。日本の読書大衆のそうした評価は、日本国民の対韓国（人）情緒にある種のあいまいな優越感を加えるだけでなく、結局、植民地支配とアジア侵略戦争を正当化、美化しようとする日本のナショナリストたちの追求を暗黙的に支持する認識となってしまうのである。

帝国主義の近代史、特に朝鮮半島に対する日本の植民地支配の歴史を自国中心主義の利害に基づいて理解しようとする、読書大衆の無意識的な欲望が日本のナショナリストたちの歴史修正主義を培養する土壌となっていることは、韓国の「反日ナショナリズム」に対する、次のような三つの疑問と批判から明確に読み取れる。

第一に、韓国の社会、歴史、あるいは韓国人の意識には、なぜ「反日」があれほど深く浸透しているのか。日本社会にも「嫌韓」の感情や雰囲気が一時的に広まることもありうるが、反日はそれと比べられないほど強烈で持続的なものになっているのはなぜか。韓国人研究者が愛国主義、あるいはナショナリズムという一般的な概念ではなく、種族主義という不慣れな用語まで使って「反日」を批判していることからもわかるように、それは他者に対する共同体の執拗な復讐心、敵愾心の表出以外の何物でもないのではないか。反日は、根本的に「歴史や事実に基づいていない」にもかかわらず、なぜ韓国の国民共同体の集団意識となった理由は何か。

こうした短絡的な批判に対して、大抵次のような反論を容易《たやす》く用意することはできよう。つまり、「反日」と「嫌韓」を同じ基準で測ったりしてはいけない。なぜなら「嫌韓」が一時期に流行する集団の感情であれば、「反日」はより普遍的な歴史認識だからである。また、すべての対他者的、対形象的ナショナリズムがそうであろうが、「反日」を外＝相手（日本）の視点から見ると、それがより不当な、より強烈なものになることは当たり前である。したがって日本の内部ではただの大衆の気まぐれな感情にしか見えない「嫌韓」が、外＝相手の韓国人の視点からすると狂的なゼノフォビズムになるのである。しかし、この程度の反論もまた、日本の読書大衆の疑問を解消するにはあまりにも短絡的であることはいうまでもない。

第二に、韓国社会の反日が植民地被支配経験に起因する共同体の「復讐への欲望」（esprit de revanche）と関わっていることを前提とする反日批判である。すなわち、ある意味では植民地期により根の深い被支配の差別を経験したともいえる台湾社会の場合、なぜ韓国社会とは異なって「親日」的なのか、あるいは「反日」は一部の政治、歴史イデオロギーに限られているのだろうか、という冷笑まじりの疑問がそれである。まずは幼稚にさえ聞こえるこれらの疑問に納得のいくような答えを出すことは実はそれほど簡単ではない。

そしてもう一つ、韓国社会の「反日」からは如何なる解決の可能性も確認することはできないという認識から出た疑問である。ここには、韓国社会の「反日」はいつまで続くのか、などの解決の不可能性への不満から出た疑問や、植民地支配をどのように補償したら「反日」を止めるのか、どのように謝罪すれば解決できるのか、あるいは十分に謝罪し、補償したのではないか、という政治家言説における典型的な反日批判などが含まれる。この類の批判によると、韓国社会の反日は過去に囚われている点において反未来志向的で、和解を追求しない点において反倫理的なのである。

日本のジャーナリズム、あるいは読書大衆の、反日へのこうした疑問のなかで、他者たる韓国社会に対しての無知から生じたものはごくまれである。いいかえれば、どうしてもそれらを自然な発想による素直な疑問として見なすことができないのである。なぜならそれらの疑問と批判の意図や内容が、歴史修正主義的な学問的言説のそれと根本的には同じだからである。

以上の三つ種類の疑問と批判にリプライするためにまず理論的な前提から確認する。

「反日」は美醜範疇に入る

すべてのナショナリズムのヒストリーと同じように「反日」を題材にする歴史にも、言説分析の基準として「事実に基礎しているか、否か」を適用すると、多くの場合、その理解が非常に制限されてしまう。反日を巡る叙述、描写、主張の言説というのは基本的に真偽の範疇に属するものではないからである。実際に反日言説の大半の内容は、加害・被害、支配・被支配などの利害の当事者の立場によって、事実であることも、事実に反することも同時にあり得るのである。事実か、あるいは虚構かを立証しようとする反日擁護論と反日批判論は、相互矛盾的で妥協不可能な二項対立の関係にある。真偽に基づく反日言説は、賛否の二項以外に第三の論理を提案することも受容することも原理的に不可能である。それがために二人の韓国人著者の議論は、結局のところ、日本のナショナリストたちの反日批判の主張と区別がつかなくなってしまうのである。なぜなら、二つの著書での反日言説に対する批判も、実は先ほど引用した小森陽一の「解説」も含めて、同じく「反日ナショナリズムは歴史的事実ではなく虚構である」という認識を前提としているからである。

日韓双方の論者の論議のもう一つの共通点、倫理的基準による反日言説への批判もまた容認することはできない。ナショナルヒストリーに対する解釈や批判が言説の内容の正と不当、あるいは善と悪の範疇の基準によって行われるとすれば、それは結果的に一方の共同体の立場を代弁する論議に還元されてしまうからである。すべてのナショナリズムの言説は、国民共同体の共感と対他的関係にある国家、国民への反感を同時に含まざるを得ないという点において、正当になることも不当になることもある。そのため、それ自体が分析の基準になることはできないということである。

一方、反日ナショナリズムの言説に対する、整合的で有効な解釈と批判は、結局のところ美的、イデオロギー的、あるいは批評的観点からしか得られない。なぜならば、ナショナルヒストリーが「反日」を題材化する根本的な理由は韓国国民の統合のためであり、したがって言説の真の価値は美醜の範疇に入るものだからである。ナショナリズムの言説が目的を達成するためには、もちろん事実的根拠や倫理的正当性を主張しなければならない。しかし、仮にある言説が事実に基づき、また倫理的にも正当だとしても、そのままでは国民共同体の共感の形成の妨げになったり、役に立たなかったりするとすれば、ナショナルヒストリーとしての価値はまったくないのである。またナショナルヒストリーにおける美と醜の価値は、事実性や正当性とは異なって、普遍的なものではない。共同体の内側では美しく感動的に聞こえる話になる一方、外側―共同体の内部を想定させる対形象的な他者の領域―からはその美的な価値が認められないだけでなく、大半の場合、むしろ醜く聞こえてしまうのがナショナリズムの言説の特徴である。

私のみるところ、すべてのナショナルヒストリーは、言説の構成法の面からみると、虚構様式の文学、特に英雄の一代記のようなストーリー文学に酷似している。国民共同体の中での美的、感動的効果を高めるにあたって、必要な経験は歴史的事実として強調し、必要ではない事実は縮小、排除するか、それとも潤色し、必要なものに変えるのがナショナルヒストリーの構成法の基本である。この点からしても、「反日」をめぐる言説は、事実でも虚構でもあり、また、正当でも不当でもあるのである。

ナショナルヒストリーの図式

ここでもう一つ重要なのは、すべてのナショナルヒストリーが過去の苦難と逆境を乗り越えて現在の栄光を勝ち取るというパターンを共有しているということである。戦場で巨人ゴリアテを倒し、首を切り取る少年ダビデの物語のようなものをナショナルヒストリーとして構成し、教育し、再生産しない国民国家共同体は一つもないのである。たとえば日本の場合、日本放送協会（ＮＨＫ）が特別企画 Project Japan の一環として二〇〇九年一一月から二〇一一年一一月まで三年にわたって放送した『坂の上の雲』の「明治初年の誠に小さな国日本がヨーロッパにおけるもっとも古い大国の一つロシアと対決し、不可能に近いと言われた勝利をする」、この物語の「主人公はこの時代の小さな日本ということになるかもしれない」[3]というオープニングの台詞は、危機の克服と栄光の勝利を通して成し遂げた近代国家日本の誕生を告げている点において、ある時代の歴史に対する語りというよりは、ナショナルヒストリーそのものの構成原理についての表現になっているのである。共同体の滅亡寸前の状況、代表的には勝利がほぼ不可能な戦争の中で、国家のために死んだ数多くの人々の犠牲―ナショナルヒストリーにおいて自国だけでなく対形象的な関係にある国家の犠牲者の数も常に特別な意味を持つ―を強調し、美化することは、勝利と生き残りの歓びを逆説的にあらわすとともに、共同体の守るべき存在価値を極大化するためのストーリー構成に他ならない。そのストーリーを通して「国家」という意味が与えられ、その意味の神聖性に共感を覚える「国民」が形成される。いいかえれば、過去の苦難と現在の栄光、その極端な対比をモチーフとしたストーリーを制作しない限り、国民国家を成立させることはできないのである。

ストーリーが国家の国民共同体を成立させるプロセスは簡単である。もちろん共通なる伝統と経験の語りだからといって、それがそのままナショナルヒストリーになるわけではない。歴史学者たちは、言語や宗教などの文化を共有する人々は共通の歴史を構成し易い反面、共通の伝統を持っていない集団の場合、新生国家の国民的統合を成し遂げるために戦争の歴史までを利用する傾向があると、一般的にいうかもしれない。だが、そうではないことがむしろ事実である。少なければ数百万、多ければ数億の人々が死の苦痛を一緒に耐え、勝ち取った栄光を一緒に歓ぶというストーリーが先である。共通の伝統などはいくらでも見出すことができるし、もしなかったら作り出すこともできるのである。苦難の克服と勝利の獲得をモチーフにするストーリーだけが、過去の経験と未来の運命に対する共同体の持続的な信頼、すなわちわれわれが一般に国家の魂、または国民精神と呼ぶ想像を呼び起こすからである。互いに会ったことも、聴いたことも、知ったこともない他人同士が、そのストーリーに感動を覚えることによって、過去と現在と未来を共有する一つの運命共同体が形成されるのである。

それでは韓国のナショナルヒストリーはどのようなものだろうか。たとえば、水軍に復帰し、戦場に赴く李舜臣《イスンシン》が宣祖に捧げたとする状啓《じょうけい》―臣下から王への書面報告―の中の「今臣戦船、尚有十二」という悲壮な決意の表現は、今回の東京オリンピック開催中にそれを作り替えた標語の横断幕を選手村宿舎に揚げ、日本のジャーナリズムでも話題になったことがある。つまり、戦船が一二隻しか残っていない国家の危機状況で、たとえば「最後の一人まで」「最後の一刻まで」[4]戦う闘争、すなわち、夥《おびただ》しい死の経験を通して国を守り切るという、苦難と栄光の物語は韓国のナショナルヒストリーの雛形なのである。もちろん、多様な種類の、しかしまったく同じ図式のストーリーが、歴史、文学、あるいは歴史小説だけでなく、映画、オペラ、流行歌、絵画などのありとあらゆるジャンルの作品に拡大、再生産されていく。

ナショナルヒストリーの核心、「反日」

まず確かめたいのは、先ほどの例からもわかるように、韓国のナショナルヒストリーの構成において最も効果的で、重要な題材が「反日」であるということである。いいかえれば、韓国という国民共同体を成立させる対形象的関係において、「日本」は今に至るまでほぼ唯一の対立項となっているのである。振り返ってみると朝鮮半島の歴史の中で、ナショナルヒストリーの構成がどの時期より切実に要求されたのも、また「反日」という題材がなにより確実に認識されたのも、解放直後であったことがわかる。短い時間内で確実な国民的統合を成し遂げるためには、自分たちの共同体より優勢な、またできるだけ具体的で可視的な対形象的他者が必要であることはいうまでもない。たとえば、一九世紀の混乱の中でイタリアの統一国家成立を主導したサルディーニャ王国（Kingdom of Sardinia）の首相であったマッシモ（Massimo d'Azeglio）の「イタリア（国家）は作り上げた。これからイタリアン（国民）を作らなければならない」といった時、何よりも必要なのはナショナルヒストリーであったはずである。その場合、同時代のイタリアンが国民になるために一緒に共感する苦難と栄光のストーリーは、実際に経験した小王国同士の戦争やローマ時代以来の伝統ではなく、今目の前のオーストリア帝国の支配と抑圧に対する闘争によって構成されるものである。一九世紀のイタリアとは正反対に、突然訪れた解放によって、既に共同体として存在していた二千万同胞が知らぬ間に半国民になって国家を作り上げようとした時も、いざ必要となったのはナショナルヒストリーであった。植民地支配国であった日本に対する、復讐の感情だけでなく、劣等感、模倣の欲望、それから競争心などの対他者意識が最高潮に達した解放直後の状況で「反日」は当然、苦難と栄光のストーリーの核心に位置づけられるようになる。

もちろん、解放直後に急浮上した「反日」という題材は事実でもあり、虚構でもある。植民地朝鮮の人々が独立闘争で解放を自力で獲得したわけではないのが事実であれば、植民地初期から大韓民国臨時政府が組織されていたのも事実である。また、有名無実な渉外団体にすぎなかったと貶《おとし》める歴史家もいるかもしれないが、その臨時政府は一九一〇年併合条約、その他の不平等条約がもはや無効であることを主張していたし、光復軍を創設し、アジア太平洋戦争末期には連合国の見方として枢軸国に宣戦布告したのも事実ではないか。日本の韓国併合を積極的に支持した一進会のような団体があったとすれば、朝鮮民族の実力養成を図った同友会が組織され、強制的に解体されたのも事実なのである。日本帝国の天皇ファシズムを賛美した協力文学があれば、それに何らかの敵意や憤慨を表現した抵抗文学があるのも事実である。反日闘争を通して、共同体の苦難を乗り越え、勝利を勝ち取った栄光の語りを以《も》って、解放直後「事実に基礎する」ナショナルヒストリーを構成することはいくらでも可能だったのである。

繰り返しになるが、反日という題材の真の叙事的価値は事実か虚構かにあるのではなく、人々を国民に統合し、一つの運命共同体を形成する美的感動力にあるのである。ナショナルヒストリーによって統合された国民がどのような犠牲を払っても自分たちの国家を守護しようとするのなら、それの美的共感度は高いといえよう。その点において、反日は立派なナショナルヒストリーを構成し、立派な国民を成立させたのである。作られたばかりの大韓民国の国民が、旧大韓帝国時代から解放直後までの犠牲より遥かに大きい犠牲を払わなければならなかった戦争を通して、結果だけをとってみれば三八度線が休戦線に変わっただけの何の利益も意味もなかった戦争を通して、「神聖な」国家を守り切ったという事実がそれを証明する。

現在まで反日が韓国のナショナルヒストリーの核心であることに変わりはない。ナショナルヒストリーの反日は、過去の植民地支配国の日本に対する嫌悪、批判などに還元されるものではない。なぜならその反日とは、一般的な意味において親日と対立する反日ではなく、その両方を包摂する反日だからである。歴史を少し振り返ってみると、植民地期の状況を生きていた朝鮮人の中には、さまざまな支配の暴力を被る人々だけがいたわけではなく、限りなく加害者に近い立場で、支配への共謀と協力がもたらす多大な経済的、階層的利益を自分のものにした朝鮮人もいくらでもいることがわかる。前者の人々が過去を断罪するために反日をするとするならば、後者は過去を隠蔽するためにより徹底的に反日を主唱しなければならなかったのである。保守であれ進歩であれ、あらゆる言論人、知識人たちが、親日であれ反日であれ、あらゆる政治家、扇動者たちが、何か事があれば必ず、他の何処よりも西大門刑務所や独立記念館を訪れ、また、誰より先に安重根、柳寛順を追慕することなどをみても、今日の韓国のジャーナリズム、政治イデオロギー、階層、そして歴史認識を分かちながら対立する、両側のナショナリズムが共に反日に基づいていることは明らかである。極端にいうと、どれほど親日的な保守主義者だとしても、どれほど進歩的な反日に対する批判論者だとしても、自分こそが反日の真の代弁者であることを声高に主張せざるを得ないのである。

こうしてみれば、冒頭で取り上げた日本の反日批判の論者、読書大衆の共通する疑問、特に第一、第二の疑問のかなりの部分が解明できたといえよう。第二の疑問の一部、すなわち台湾の歴史認識、あるいは対日感情と比較しながら、韓国の反日を批判する認識については多少の追加説明が要るかもしれない。台湾の場合、人々が植民地期の支配に抵抗しなかったから、反日の感情が薄かったから「反日」しないということではない（もちろん、韓国人が台湾や東南アジアの人々より日本をもっと嫌悪するから「反日」するということでもない）。台湾の人々は長い植民地被支配を経験したとはいえ、蔣介石の率いる国民党政府は凄絶な闘争の末、戦勝国となったという点において、韓国と全く異なる戦後の歴史を迎える。つまり、台湾の人々（国民）の被支配の屈辱は国家の「抗日」闘争によって随分相殺されることができたと思われる。台湾のナショナルヒストリーが「反日」的ではないのは、一言でいうと、反日という題材が、韓国のそれほど、有効ではないからなのである。むしろ台湾の国家と国民の統合のストーリーは、アジア太平洋戦争の終戦以後経験することになる、国民党の内戦での敗戦と政府の移転という苦難と栄光を通して、より直接的に作り上げられるのではないだろうか。日本帝国は国民党政府の過去の敵ではあるが、より絶対的な敵である共産党政府の敵にもなる。現在の敵の敵を敵、すなわち対形象的な他者とする「抗日」を以ってナショナルヒストリーを構成することはできないのである。それは台湾の人々が中華民国の臨時政府樹立日を開国記念日、辛亥革命記念日を建国記念日（国慶日）として祝いながら、植民地から独立した日を国家の記念日としては定めなかったことからも推測される。

「反日」の形成と忘却

そしてもう一つ、「反日はいつまで続くのか」という三つ目の疑問。これは実は、日韓関係の姑息な解決手段を求める政治家の発想から出た、「如何なる解決の可能性も確認できない」という悲観的認識に過ぎない。にもかかわらず、この疑問を慎重に取り上げなければならないのは、それに答えるためには韓国社会と韓国人の反日ナショナルヒストリーの克服という本質的な課題についての考慮が不可避だからである。

すべてのイデオロギーの呪縛から自由になる方法がそうであるように、反日の克服のためにもまずそれがどのように形成されたのかを明らかにしなければならない。反日が韓国人の固有の歴史認識であることはあり得ない。解放の状況下で成立した反日によって新生大韓民国の国民の情緒的、イデオロギー的統合が成し遂げられたことについては先ほど述べた通りである。それなら、植民地期に抵抗（反日）した韓国人も、協力（親日）した韓国人も、極端にいえば、韓国国民になるためには誰もが反日に共感を覚えざるを得なくなる契機はどのように作られるようになったのか。ここではできる限り具体的な現実を想像しながら反日の形成を追体験してみる。

朝鮮半島の公立小学校の「忠州南山小学校」で植民地末期の皇国臣民教育を六年間も受けていた柳宗鎬《ユジョンホ》は『僕の解放前後』（春風社、二〇〇八年）で解放の衝撃を次のように回顧している。

八月一六日、僕たちは確かに学校に行った。……朝会が始まると、天城校長が壇上に上がって話を始めた。戦争が終わり、もう、防空壕掘りなどはしなくてもいいという趣旨の話だった。……しかし、それを日本語で話したのか、朝鮮語で話したのかは定かではない。（一三七頁）

昨日まで聞いていた話と全く正反対のことを同じ教師の口から聞くということは、頭がぼうっとなるほどの衝撃だったが、それをきれいさっぱり忘れてしまったのだ。ただ、その翌日だったか、朝会で本来の名前は天城ではなく趙であるから、趙校長先生と呼んでくれといったのを覚えている。……担任の西原先生が入って来て、黒板に李鐘煥と漢字で大きく板書し、イ・ジョンファンと発音して、これが名前だと言った。それから各自、家で呼ばれている名前を明かすことになった。（一三八頁）

解放翌日の八月一六日の「僕」の記憶は、より正確にいえば、記憶していることと忘れたことに対する記憶である。確かに記憶するのは、先生たちが「昨日まで聞いていた話と全く正反対のことを」話したこと、天城校長が趙、西原先生が李という「本来の名字」をそれぞれ名乗ったことである。そして確実に忘却したのは、普段なら夏休みであったはずの八月一六日、なぜ登校したのか、日本人の先生たちが朝会に参席したのかどうか、それから、朝会で先生たちが日本語で話したか朝鮮語で話したかについてである。少し分析してみると、天城と趙、西原と李など、昨日のことと今日のこと、両方が記憶される反面、それらが変わる瞬間の状況が忘却されている。先生たちが昨日とは「正反対の」今日のことを話した際に用いた言葉も、天城が趙に、西原が李に変わる時の感想も、「頭がぼうっとなるほどの衝撃」の中で忘却されてしまったのである。それは著者だけの経験ではなく、尋ねてみた同級生全員も「完全な記憶の空白状態」であったと、著者は伝えている。

覚えていることと忘れていることの境界、あるいは、昨日までのことと今日以降のことという二つ記憶の間に挟まれている忘却をより明らかに捉えるために、解放翌朝の朝会の光景を想像してみることにする。著者が通っていた忠州南山小学校だけでなく、朝鮮半島全域の小・中・高等学校での解放以後の初めての朝会、授業の際、校長や教師の挨拶はどのようになされたのだろうか。植民地期には立礼とも呼ばれた起立敬礼の伝統であろうか、いまも日本の小・中・高校では当番の男女学生によって掛けられる「気を付け、礼」という号令に従い、学生全員が教壇の先生に挨拶をするのが規則となっている。韓国でも私の高校時代までは「チャリョッ、キョンリェ」の挨拶が毎回の朝会や授業の始めと終わりに行われていたが、今はどうなっているのかわからない。そのような集団挨拶が、植民地期の教育文化の残滓《ざんし》という理由で、廃止されるとのうわさも、「バルンザセ（正しい姿勢）、インサ（挨拶）」という新しい号令を使い始めたとのうわさも、三、四年前に聞いたことがある。もちろん、「起立、気を付け、礼、着席」の挨拶は、学生たちが教室の椅子に座って授業を受けるようになる明治期以来の学校規則であろう。その点において、韓国学校の「チャリョッ、キョンリェ」の挨拶は日本帝国主義の教育文化の残滓になるかもしれない。いうまでもなく、植民地朝鮮の小・中・高校ではその規則が今より厳格に守られていたはずだし、解放後の初めての朝会と初めての授業でも学生代表の号令から始まる挨拶の儀式は行ったはずである。問題は、学級代表がどのような号令を掛けていたのかということである。何より先に天城校長が趙、西原先生が李に変わったことからもわかるように、植民地支配者の日本語が禁止され、代わりに抑圧されてきた朝鮮語が国語になる状況で、学生代表が「起立、気を付け、礼、着席」を日本語で掛けていたとは思われない。とはいえ、「気を付け、礼」を、まだありもしない号令「チャリョッ、キョンリェ」にすることもできない。「日本語を誤訳したギチャクという号令を使った」[5]（一五七頁）と、『僕の解放前後』の著者が伝えていることからも推測できるように、解放直後の朝鮮半島の小・中・高等学校での号令は「キブ、イェー」であったはずである。実は「キブ、イェー」が使われた痕跡はいままでどこにも見たことがない。しかし、解放直後の韓国語で、「起立」と「着席」がそのまま韓国語漢字発音[6]にされたことや、「貸し切り」「内訳」のような訓読みの日本語単語が韓国語音読みに変わったことなどからすると、結局、日本語音読みを韓国語音読みに、また訓読み日本語を音読み韓国語に変えた、「キブ、イェー」という号令しか考えられないのである。

「チャリョッ、キョンリェ、シウォッ」という号令がいつから誰によって用いられたか定かではないが、それが日本語—植民地期の国語—の「気を付け、礼、休め」の翻訳語であることは確かだ。その翻訳語が米軍政期の英語“Attention, Rest”を参照しながら解放後早い時期—おそらく大韓民国建国以前—に定着したことは十分推測することができる。その号令に従う教室での挨拶をいま植民地文化の残滓として排除することはできるかもしれないが、もし排除したとしても、「チャリョッ、キョンリェ、シウォッ」そのものは、なくすこともできないし、また私の考えでは植民地期の残滓でもない。近代以後の国民国家の中でそのような号令を使わない国家は一つもない。国家が国民という集団を教育し、国民の軍隊、警察などの組織を運営するためにはその号令が必要だからである。その点において「チャリョッ、キョンリェ」は韓国の重要な国民文化なのである。[7] 日本の国民文化、「気を付け、礼、休め」もまた、明治期の教育、軍隊文化の中で生まれたものではなく、当然国民国家成立を先に体験した西洋の言葉から翻訳されたものである。オランダ語のままの使用が禁止された幕末に日本語に翻訳されるようになった数多くの軍隊号令が、幕末明治初期の試行錯誤を経ながら簡潔な近代日本語の号令として確立されたといわれる。

重要なのは、植民地期の「気を付け、礼、休め」から「チャリョッ、キョンリェ、シウォッ」が翻訳される過程の中に、記憶の末梢が介入しているということである。先ほど想像してみた「キブ、イェー」に対する忘却がそれである。ここでの忘却の役割は実に決定的である。「気を付け、礼」という昨日までのことと「チャリョッ、キョンリェ」という今日からのことを分離するとともに、前者から不純な植民地被支配の残滓を排除し、必要な要素を抜き取って韓国の国民文化として創出することが忘却を通して可能になるからである。「キブ」の忘却にもう少し注目しよう。「キブ」とは「気を付け」を嫌悪、拒否しながら同時に憧憬、模倣する記号である。「キブ」の考案によって、昨日までの「気を付け」の価値の中で植民地残滓を分離、排除しながら、近代国民国家の成立に必要な文化要素を継承することになる。しかし、それがそのまま韓国の国民文化として定着されるにはあまりにも「気を付け」に似ているがために、それを使用した経験そのものも抹消されなければならなかったのである。

もちろん、韓国の国民文化成立期の忘却の中には、「キブ」のようにほぼ無意識的に行われるのもあれば、意識的に記憶を抹消する場合も含まれている。天城校長が趙に、西原先生が李に変わる瞬間に起こった何かに対する記憶は、「頭がぼうっとなるほどの衝撃」によって、すなわち無意識的に抹消されるようになる。しかし、ほぼ同じ文化的性格や価値を持っている二つの記号の中で、天城と西原（昨日のこと）のような日本式の氏を植民地被支配の残滓として排除し、趙と李（今日のこと）のような中国式の姓を以って韓国人固有の民族文化に構成していく過程に対する記憶は持続的で反復的な学習を通してしか抹消され得ないのである。前者のほうが自然な忘却だとすれば、一方、後者のほうは意図的な忘却、いうならば隠蔽[8]にあたるのである。

反日ナショナルヒストリーの構成にもこうした忘却の介入が前提となる。植民地期に協力した経験を「親日」として断罪し、抵抗した経験を以って「反日」のストーリーを構成するためには、まずその二つを分離しなければならない。しかしその場合、韓国人の歴史的経験の大部分は、親日・反日の基準によっては明確に分節されるものでもなければ、実際に植民地期には分節しようともしなかったものである。「気を付け、礼」という教師と学生の間の立礼挨拶がそうであれば、学校施設（鉄道、港湾、道路、都市、インフラ……）も、学校教育（行政、司法、軍事、警察、病院、郵便制度……）も、また学校で学ぶ知識、概念（人間、時間、空間、人文、社会、自然、科学……）もそうであろう。植民地の支配、被支配そのものを可能にした、物質的、制度的、概念的メディアの中から、植民地的、または帝国主義的残滓（昨日までのこと）と国民文化の要素（今日以後のこと）を分節し、反日のストーリーを構成する際、そのストーリーが本当のナショナルヒストリーとなるためには、逆説的にも分節と排除によるストーリーの制作過程そのものは隠蔽、忘却せざるを得ないということである。

「完全な記憶の空白状態」、すなわち忘却が、無意識的なものであれ意識的なものであれ、それを境界にして、「昨日までのこと」と「今日からのこと」が分節される。その分節によって、過去の親日を他者化して断罪すると同時に、現在と未来の反日を正当化することができるのである。もしこうした忘却と隠蔽の介入がなかったとすれば、親日も反日も、抵抗も協力もほぼ分別されなかった植民地期を生きていた、したがって、親日したことも、反日したこともある、あるいは親日したのか反日したのかもわからない人々が、どのようにして親日を排除し、反日を正当化するナショナルヒストリーを構成してそれを信頼する国民になり得るのだろうか。その点において忘却、隠蔽は反日形成の起源にあたるといえよう。したがって、大韓民国のナショナルヒストリーにおける反日が過去日本帝国の植民地支配に対する抵抗、あるいは反日の連続線上にあるという、いままで当然視されている歴史認識は根本的に間違っている。解放以後に形成されるようになった反日は、極端にいうならば、植民地期に協力した人も、抵抗した人も、韓国国民であれば誰もがそれに共感しなければならないものだからである。

ここで急いで明らかにしておかなければならないのは、韓国のナショナルヒストリーだけが忘却と隠蔽を契機にして形成されているのではないということである。他者の文化を模倣、憧憬、競争、そして嫌悪せずに、どのようにして自己の文化を創り上げることができるのだろうか。また、それら模倣と嫌悪を忘却、隠蔽せずに、どのようにして自己独自の固有の国民―あるいは民族―文化を成り立たせることができるのだろうか。原理的に、すべての国民の文化、ナショナルヒストリーは、忘却、隠蔽の産物でしかないのである。

この地点で、日本の読書大衆の三番目の疑問、「韓国社会の反日はいつまで続くのか」、あるいは政治家たちの性急で悲観的な疑問、「どれほど謝罪すれば解決できるのか」などに対する答えを、次のような反問を以って出してみることができる。すなわち、二一世紀の韓国のナショナルヒストリーを、反日という題材を使わず、国民共同体が経験した苦難と栄光のストーリーとして構成することができるのだろうか。たとえば、朝鮮半島の統一のプロセスの中で起きるかもしれない、アメリカ、中国などの他の対形象的他者との交流と断絶が、反日ほど効果的な題材になる未来の状況を想像してみることはもちろんできる。しかし、今日の現実からすると、韓国の歴史教科書から安重根《アンジュングン》の闘争や三・一独立運動の意義が少しでも低く評価されることはあり得ないと思われる。反日が韓国のナショナルヒストリーの構成において必須の要素である限り、日本帝国の延長線上にある日本という国家や国民がいくら謝罪を重ねようとも、植民地から独立した韓国と韓国人の反日は続けられるということである。

そして、十分に謝罪したではないか、レパレーションのための経済支援―旧植民地朝鮮の日本人の動産・不動産の放棄、有償無償の資金協力など―を行ったではないかなどの反論は、事実上日本政府の公式的な態度を代弁するものであろう。これは、より徹底した謝罪を繰り返し要求する韓国政府の主張と同じように、無分別な論理である。なぜなら「真の謝罪がないと赦《ゆる》しもない」と「赦しを前提としない謝罪はあり得ない」という二つの主張が矛盾のように対峙しているのである。

謝罪による最終的な関係回復、すなわち和解が赦しを通して可能になるとすれば、その赦しを得る方法を原理的で、観念的に想定してみることはそれほど難しくはない。たとえばデリダの「赦し得ぬものの赦し」の定式からもわかるように、謝罪を要求する側が赦しにいたるためには、要求そのものを抹消しなければならないし、一方、謝罪をする側が赦しを得るためには謝罪の絶対的な不充分性を認め続けなければならないのである。[9] こうしてみると、謝罪と赦しを巡る韓国と日本の現実的な主張は、赦しの原理が指し示すのとは反対の立場を固守していることがわかる。また、日韓の対立的な主張は、実は、植民地支配・被支配の過去史を乗り越えようとする意志とは全く関係がないようにもみえる。被害者と加害者が暴力の傷痕を克服して和解にいたる理想的な態度は、ダライ・ラマやデスモンド・ツツのような、迫害を受けた人々を代弁する宗教指導者が提案し[10]、多くの歴史家、哲学者、思想家が同意しているように、〈それがどれほど難しくとも「記憶」しなければならない、そして語り継がなければならない、それがまたいくら難しくとも「赦さ」なければならない〉という倫理的アポリアから確認できよう。こうした観点からしても、一方はいつまで記憶するのかを聞き、他方は謝罪がないと赦しもないということを繰り返している現在の状況で和解にいたることはあり得ないのである。

それでは、反日ナショナルヒストリーの克服ははたして可能なのか、あるいは、どのようにしてそれを克服するか。最後にこうした根本的な問題に対する私の考えを示しておきたい。もちろん反日ナショナルヒストリーを乗り越えることが、反日の題材を排除し、他の題材に替えることによって、可能になるのではない。またすでに赦し得ない条件が前提となっている反日の内部で赦しと和解を追求することはできない。ナショナルヒストリーを克服する契機は、結局、それが成立する過程からしか引き出せない。したがって、反日の形成の中に必ず介入している、意識的な忘却、すなわち隠蔽と無意識的な隠蔽、すなわち忘却に対する徹底した自己反省的認識だけが反日克服の契機になるのである。ここで忘却と隠蔽に対する自己反省とは、どのようにして何を忘却したのか、何のために隠蔽したのかを問い続けることに他ならない。忘却した事柄、隠蔽したそれぞれの理由に対する自己認識を獲得することによってはじめて反日の歴史的止揚が可能になる。それが、親日・反日を両分して親日を排除する今までの韓国のナショナルヒストリーへの、そして事実と虚構の二分法に基づいている日・韓論者たちの反日批判言説への私の批判である。

I

母語と異言語、そのあいだ

〈1〉「自分のものではない言語」で／を生きる──*Native Speaker*

「自分のものではない言語」[11]で／を[12]生きることとは、短絡的にいうと、母語から離れ、異言語の中で／を生きるということになるかもしれない。しかし、人にとっては母語も異言語も「自分のもの」としては持っていない場合がある。二一世紀の移民社会の言語状況ではむしろそのほうが一般的であろう。ここでは、チャンネ・リ（Chang-Rae Lee）の『ネイティブスピーカー（*Native Speaker*）』（1995）[13]で描かれている、主人公の韓国系アメリカ人ヘンリ朴（Henry Park）の具体的な言語経験を手掛かりに、移民家庭の出身の人々が自分たちの古い言語を──特に公的領域の生活の中では──使えずに、それが第一言語であれ、第二言語であれ、新しい社会の「自分のものではない言語」で／を生きることとは、はたしてどのような過程を通して、どのような状況の中で、そしてどのような心の構えで行われるのかという、二一世紀の言語状況の中での普遍的な問いを追究する。

ヘンリ朴は、この作品の主人公、語り手でもある。彼のこれまでの人生については、妻リリア(Lelia)が渡した「私が誰なのかのリスト」[14]によって、その肝心な内容が、物語の導入部からいっきに示されるようになっている。リストの全文は、「あなたは秘密主義者／人生はB⁺の学生／何よりワーグナーとシュトラウスのハマー／不法外人／感情外人／ジャンル狂／黄禍：ネオアメリカン／ベッドでは素晴らしい／過大評価されている／パパボーイ／センチメンタリスト／反ロマンティック／——アナリスト(記入は自分で)／見知らぬ人／追随者／裏切り者／スパイ」である。物語は、この一つひとつの項目についての敷延による構成なのか、彼の人生を時系列的に辿っていくような単線的なものではない。物語の構成は、移民初期の家庭での幼少年時代と、大学卒業後、結婚をし、それから育ち盛りの子どもミット朴(Mitt Park)を喪《うしな》ってから、妻との一時別居中にスパイの仕事をしている現在とを、幾度となく往来しつつ掘り起こされる、一連の記憶によって成り立つ。この小説の題材である、移民たちの新しい土地でのさまざまな挑戦と挫折についての重層的で、混線的な記憶、その中心を貫いているのが、ヘンリ朴の「自分のものではない言語」、アメリカ英語の経験なのである。その点は、夫婦のベッドの下で見つけられたもう一つの妻のメモ「言語を偽りでいう人」(*False speaker of language*)(p6)が、彼の人生の一覧表に並べられた項目全体を総括するものとして、特権的に示されていることからも明らかである。

両親とともに三歳で移民してきたアメリカで育ち、アメリカの大学を卒業し、白人のアメリカ人と結婚した「ネオアメリカン」のヘンリ朴は当然、移民社会の言語に「完璧に」同化されている。彼にとって、アメリカの英語は、外国語として学習した第二言語ではなく、いわば母語に近い第一言語に当たるものであろう。しかし、彼のアメリカ言語への同化経験は、マイノリティの韓国系移民の言語文化と主流社会のそれとの間の相互干渉の混乱の中で、移民家族の子どもがアメリカ社会に言語的に適応する過程で行われるという点において、「自分のものではない言語」で／を生きることが孕《はら》むいくつかの問題を具体的に浮き彫りにしている。

「言語を偽りでいう人」、あるいは言語の同一者と他者

そもそも、自分にとっての第一言語さえもが、なぜ、どのような経緯で「自分のものではない言語」に位置づけられるようになるのだろうか。これについては、地の文の中にイタリック体となっている、「言語を偽りでいう人」という、妻のリリアが「私」ヘンリ朴に残したメモが多くのことを語ってくれる。「言語を偽りでいう人」とは、スコットランド系の東部のアメリカ人の富裕層家庭の出身で、職業は移民の子どもたちの言葉使いを矯正する言語治療教師である、妻リリアが捉えた、「私」の最も重要な性格である。ちなみに、妻リリアの出身階層や職業などの設定からは、アメリカ英語が「自分のもの」であることを自認する、いわば生粋のネイティブスピーカーという性格を彼女に与えようとした、作家の工夫が窺《うかが》える。物語の語り手でもある「私」は、リリアと最初に出会った頃の次のような会話を思い浮かべる。

「わたしわかるよ」と彼女は言った。

どうやってと、私は聞いた。

「もちろん、あなたは完璧に話す。電話で話していたら、わたしが二度思うことはない」

「なら私の顔なの」

「いいえ、そうじゃない」彼女は答えた。彼女は私の頬に触れるように手を伸ばしたが、ベンチの後ろに腕を置き、代わりに私の首をかすめた。「あなたの顔についても聞きたいが、あなたが考えることではない。あなたは自分の話を聞いているようにみえる。あなたは自分がしていることに注意を払っている。どちらかと言えば、あなたはネイティブスピーカーではない。何か言ってみたら」

「何を言えばいい？」（p12）

この一連の会話は、おそらくたった一つしかない言語としてのアメリカ英語を完璧に駆使する、ヘンリ朴の言葉使いに対して、その特徴や能力などを評価するすべての権限をリリアのほうが持っていることを前提として進められている。こうした設定については、リリアの職業を移民家庭の子どもたちの言語を矯正する教師として登場させることによって、ある程度の蓋然性が確保されている。またそもそも、移民家庭出身の人々の人種や出身国などが、彼らのアメリカ英語に対する、いわゆるネイティブアメリカンの価値観にどのような影響を及ぼしているのかということがこの作品の重要な主題ではないかもしれない。しかし、ここで見逃してはならないのは、たとえば、リリアのようなワスップ（White Anglo-Saxon Protestant）のアメリカンがアメリカ英語の本当の主人たる存在なのだろうか、あるいは、自分よりリリアのほうが、より正しいアメリカン英語の持ち主である根拠はいったい何処にあるのか、などの疑問をヘンリ朴が抱かないところ、いいかえれば、ネイティブスピーカーなのかどうかを判別する立場にいるのは白人女性リリアであることを当然のごとく認めているところに、ヘンリ朴の「自分のものではない言語」で／を生きる者としての自意識があらわれているということである。

それではなぜ、「電話で話をするとき」以外のヘンリ朴の話し方は、アメリカ英語を「完璧に話す」にもかかわらず、聞き手のリリアに何らかの違和感を与えていたのだろうか。その違和感の原因が、リリアは、韓国系の移民、あるいはアジア系人種の外見にあるのではないことをまずはっきりいう。その原因としてリリアが取り上げているのは、「自分の話を聞いている」ということである。それこそ、アメリカの英語を「完璧に話す」ヘンリ朴が「ネイティブスピーカー」ではないことの証拠だと彼女は主張しているのである。

ネイティブスピーカーを自任する―実はヘンリ朴がネイティブスピーカーであるかどうかを判断する立場に立つことによって自然にリリアは本当のネイティブスピーカーになるのだが―リリアがネイティブスピーカーたちのそれではないと暗黙に断定する、ヘンリ朴の「自分の話を聞いている」話し方はいったいどのようなものだったのだろうか。自分の話す言葉に注意を払うことは、実は、程度の差はあるものの、すべての人間が共有する態度であろう。たとえば、相手から「何か言ってみたら」といわれた時に、あるいは自ら「何を言えばいい？」と意識し始めた時に、自分の話に注意をはらわないことはむしろ異常であろう。もともと、自分の話を常に聞くことができるという条件によって人間主体が成立している。話す自分と聞く自分との、こうした分離の能力こそ、言語を習得し、その言語で生きていく基本条件であろう。ジャック・ラカン以後の構造主義的な精神分析学の言語観によれば、たとえば、〈自分の話す言葉に注意を注げない〉、主体の分離能力の不在というのは、すぐさま、その人が言語習得以前の幼児段階の想像界か、精神分裂の病的状態に陥っていることの証左になるのである。したがって、リリアの主張を額面通りに受けとり、ネイティブスピーカーではない人々の話の特徴を「自分の話を聞いている」態度、ネイティブスピーカーの話の特徴を〈自分の話を聞かない〉態度として、対照的に理解することはできない。

こうしてみると、リリアには、ヘンリ朴の話すときの自己分裂の度合いが、ネイティブスピーカーたちの言語生活における〈普通の分裂〉とは見做《みな》されないほど、明らかに重いと判断されたことがわかる。そして、ネイティブスピーカーのリリアがそれに敏感に反応できたのは、自分の話を内側から監視するヘンリ朴の言語習慣が、根本的に、常に自分の英語の発話がネイティブスピーカーたちの耳によって検閲される（と意識する）状況の中で尖鋭化されたものだからである。

あるいは、自分の発話が検閲されるかもしれないというヘンリ朴の強迫観念が、ネイティブスピーカーにはないものとして、リリアにはっきりと伝わっていたからである。普段のネイティブスピーカーの言語行為ではそこまで表面化されえない、話す自分と聞く自分との乖離《かいり》を観察しながら、リリアは、ヘンリ朴を「ネイティブスピーカーではない」人と認知し、また「言語を偽りでいう人」として性格づけたのである。「ネイティブスピーカーではない」人の「偽り」の言葉、それこそたった一つの言語であれ、習得した第二言語であれ、「自分のものではない言語」の最も的確な規定ではなかろうか。同時に、言語を自分のものとして所有するネイティブスピーカーという地位も、「言語を偽りでいう」非─ネイティブスピーカーを他者化しつづけることによって維持、強化されるということをまた、リリアの会話は示しているのである。

話す自己と聞く自己の分裂

このヘンリ朴の自己分裂に関するもう少し詳しい情報を、次の引用から得ることができる。

私たちはもう少し冗談を言った。私たちが、動作を偽ったり、体を屈めたり、予想外の身動きをしながら冗談を言う、普通のアメリカ人の男のようだと私は思った。私は自分が私たちの話を聞いていることに気づいた。彼がどれほど上手に話し、彼の言葉の音をどれほど完璧に動かしたとしても、私は、彼の元の人種を知らせる、誤ったトーン、標識、小さな間違いを聞き続けていた。私は彼を何時間もビデオテープで見たことがあったが、彼のスピーチにはまだ耐えられない何かがあった。不思議なダビングが行われていたと思わずにはいられなかった。チェックアウトの女の子、自動車修理、教授、見知らぬ人たちと話すとき、彼（女）らの表情のない顔が私の本当のスピーチ、より真実な話と声をぼんやり待っていたときの、耐えられなかったその気持ちであった。私は若い頃、鏡を見ながらそこにいる少年に立ち向かって話しかけたりした。私は、「知り合いになって嬉しいよ」のような、普通に死んだ言葉をかけたりして、話しているのが私だとはどうしても思えなかった。（pp179-180）

成功した韓国系アメリカ移民一世、ジョン・クァン（John Kwang）との話し合いの中、「私」が気付いていたのは「私たち」の会話を聞く自分である。会話を聞く「私」は、会話をする「私」やジョン・クァンの発話の内容にはまず関心がない。「私たち」の会話、彼の達弁を聞きながら「私」が集中しているのは、「誤ったトーン」、「標識」、そして「小さな間違い」である。ジョン・クァンの発話の何処かに、微妙ではあるが確かに残っている、「元の人種」（original race）を語る痕跡だったのである。

ここで注目しなければならないのは、「私」は、「私たち」の「元の人種」を知らせる言葉の痕跡を、「耐えられない何か」として捉えているところである。その「耐えられない何か」を語り手は、自分の発話経験を通して説明する。それはつまり、「表情のない顔」で「私の本当のスピーチ」、「元の人種」を知らせる「より真実な話と声」を待つ、見知らぬネイティブスピーカーたちと話すときの気持ちだったのである。ここで会話を聞く「私」は、ネイティブスピーカーたちの耳を以て、「私たち」の韓国系アメリカ移民たちの「元の人種」の原語の痕跡、すなわちネイティブネスを検閲しているのだが、その〈聞く〉「私」の〈話す〉「私」の分裂から「耐えられない」気持ちが生じたことはいうまでもない。「話しているのが私だとはどうしても思えなかった」ほど、その自己の分裂は深刻で回復不可能なものであることを語り手ははっきりと伝えている。

そして、〈話す〉「私」を〈聞く〉「私」が検閲し、隠蔽することは、実は「自分のものではない言語」で／を生きる者の自己分裂の一般的な特徴でもある。そもそも彼（女）らの自己分裂の尖鋭化は、「私の本当のスピーチ、より真実な話と声」、いいかえれば「耐えられない何か」を、「ぼんやり待っていた」ネイティブスピーカーたちだけでなく、自分自身にも決して聞かせようとはしない条件の下で行われたのである。自分のことを自分にも聞かせない自己分裂、あるいは、自分でありながらも自分として認められない自己嫌悪でもあろう。鏡の前の少年が「自分のものではない言語」で／を生きる最初の段階で学んだことの一つが、自分の中にある「元の人種」の言葉の痕跡を徹底的に抑圧することであった。

おわかりのように、あなたは静かにそして少し話すように育てられたが、問題は、あなたが何処から来たのか、何者か、などの概念は最大限の説明を要求しているということである。私は以前、自分がユダヤ人やイタリア人の友人、あるいは父の店の前でぶらぶらする黒人の子どもたちにさえなりたいと思っていた。私は、彼らが自信たっぷりで話し、その事実を手と腰と舌で喜んで祝い、見たり聞いたりする人の前にそのすべてを（もちろんそれぞれ異なる方法ではあるが）あらわすことがうらやましかった。（p182）

「自分のものではない言語」で／を生きる者にとって、「何処から来た」「何者か」を、人の前で、特に「私の本当のスピーチ、より真実な話と声」を待っているネイティブスピーカーたちの「表情のない顔」の前で、語ること以上に、怖くて、面倒で、したがって避けたくなることがあるのだろうか。私が他所《よそ》の異邦の子どもたち、黒人の子どもたちにさえなりたかったのは、彼らには「何処から来た何者か」が問われなかったからであろう。あるいは、それが問われたとしても、彼らは「自信たっぷりで」、「見たり聞いたりする」ネイティブスピーカーの前に自分の「すべてをあらわすことが」できたからであろう。

しかし、「私」という少年が他所の異邦の子どもたちを真似することで「何処から来た何者か」が問われなくなることはない。もちろん、少年が「自信たっぷりで」自分の「すべてをあらわす」子どもたちになりきるのなら自己の分裂を克服することはできるのだが。それができない状況であれば、少年自ら「何処から来た何者か」が問われない場所を探し求めるしかないのである。それなら、どのようにして「何者か」が聞かれるときの「耐えられない」不遇意識から逃れることができるのか。次は、移民一世の父についてのヘンリ朴の回想である。

結局、彼（父―引用者）は彼ら（黒人たち―引用者）をプエルトリコ人とペルー人に換えた。「スパニッシュ」の者たちは、私たちと同じように英語をあまり上手に話せないので、より熱心に働くのだ、と彼は言った。黒人でもハイチやエチオピアからの人たち、英語が話せない人々を雇うということは彼にとって一種の経験則となった。この土地に慣れていない彼らは、ただでは誰も助けてくれないことをよく知っていると、彼は考えたからだ。最も重要なのは、彼らがアメリカに長くは住んでいなかったことであった。（p187）

原理的に、「何処から来た何者か」が問われない、唯一の方法は、誰か異邦の者に向かってそれを聞くことであろう。聞く立場に立つことによって、自分こそが「此処」のネイティブスピーカーであることを「何処から来た何者」に認めさせることができるからである。その方法を少年の「私」が論理的な知識として学んだことはもちろんない。しかし、慣れない土地に移住してきて、八百屋の経営で難しい時期を生き抜いた「父」の行動を通して、より具体的にその方法を観察することになる。

「何処から来た何者か」を聞く立場に立つことによって、聞かれることが避けられるとはいうものの、本当の「此処」の人にならない限り、それはあくまでも一時期の安住にすぎない。そのことをも父の「経験則」ははっきり語ってくれた。父は、八百屋の従業員を、黒人からプエルトリコ人に、そしてペルー人に、すなわち、アメリカにより慣れていない者たち、英語がより話せない者たちに、次つぎと替えていく。それは、「何処から来た何者か」を問われてきた父が問う立場に立つだけでなく、その立場に立ち続けるためである。「何処から来た何者か」を聞き続けないと、またいつ聞かれる立場に戻されるかわからない。自分よりアメリカに、英語に慣れていない新しい移民労働者を雇うことは、差別を受けながら学んだ差別のやり方に他ならない。問い続けることによって問われる立場から逃れることは、移民一世の父にとっては「一種の経験則」となっていたのである。しかし、それがはたして、「自分のものではない言語」で／を生きる者として、自己分裂を隠蔽する本当の術になるのだろうか。

「自分のものではない言語」で／を生きる術

「何処から来た何者か」が問われる者の不遇意識から逃れることより、もちろん大事なのが、「自分のものではない言語」で／を生きぬく術である。その術が、もしも周りのネイティブスピーカーたちにたやすく見抜かれてしまうものなら、しょせん武器にも道具にもならない。「何処から来た何者か」が問われる立場に立たされ、そこから逃れようともがくしかないからである。

私は徐々に彼らの会話から抜け出た。彼らは気づかなかったようだ。私はつまずくこともよくあるが、望んだときは最も用心深いスピーカーになれる。リリアに聞いてくれ。彼女は私の方法を知っている。私のセンテンスがどんどん縮み、繕《つくろ》われ、着実に解きほぐされていく。上がっては崩れる。しかし、その間ずっと、私の顔と手と体の出来上がった態度は、「はい、私ここにいます、あなたとの付き合いを楽しんでいます。どうぞ続けましょう」と言う。私は積極的にエドワード朝風になる。リリアはいつも私を他の何かだと言っていた。彼女のこと、神に感謝する。彼女は、私たちを動かし続け、私の死んでいく弱々格の韻脚に対位法的に話すために、手に取るものを何でも投げつける資格があった。（p200）

「自分のものではない言語」で／を生きていくことそのものが「用心深いスピーカー」になることであろう。「用心深いスピーカー」とは、一般的には、決して長くはしゃべらないで、相手に気持ちよくしゃべらせる人なのだが、いいかえてみると、自分の話を聞きながらうまく抑制し、相手のネイティブスピーカーに自分の話を分析、検閲するチャンスを与えない人、程度になるのだろうか。引用には、「どんどん縮み、繕われ、着実に解きほぐされていく」センテンスを話し、「顔と手と体の出来上がった態度」を常に相手にみせる、「用心深いスピーカー」としての「私の方法」が紹介されている。

しかし、妻のリリアは、職業が言語矯正専門家であるだけに、「私」のこの「用心深い」方法をしっかりと見抜いている。というのも、物語の初頭で彼女から渡された目録の一番目が「あなたには秘密が多い」で、その目録全体を締めくくる規定がまた「言語を偽りでいう人」ではなかったのか。妻リリアがみるには、「私の方法」は、「耐えられない何か」を隠すために「言語を偽りでいう」ことにすぎなかったのである。しかしながら、「死んでいく弱々格の韻脚」や「エドワード朝風」の会話態度は、「私」が体得した最終段階—もともとその言語の学習に始まりがあり、終わりの段階があるとするならばのことだが—の、普通のネイティブスピーカーたちにはなかなか発覚されることのない、「自分のものではない言語」で／を生きるための術であったのである。

「自分のものではない言語」との出会い

「私」の「自分のものではない言語」との初めての出会いについて、物語は、妻リリアとの葛藤が解消されていく後半部でより濃密に回想される。人はそもそも、自分の言語が「自分のものではない」こと、より正確にいうと、自分が今使っているその言語の主人たる者が自分ではなく、ネイティブスピーカーといわれる他者であることを、どのようにして容認することになるのだろうか。他者の言語と出合うことによって、これまでの家庭で行われていた言葉の練習とは違う意味においての、「自分のものではない言語」の学習が始まるのである。ここで注意しなければならないのは、その出合いの最初に経験が、意識ではなく、身体のほうで行われるということだ。「私」は、妻リリアに言語矯正の訓練を受けている移民家庭の子どもたちについてこのように語る。

人の口、舌、上下の口蓋、口蓋垂の、彼女の手描きイラストがみえる。彼女の筆づかいは広く、穏やかで、色は落ち着いている。機械的に正確な絵になると子どもたちは悪夢を見ると、リリアは言う。

モーズ（動物の口、のど、胃袋─引用者）と、私が言う。私の冗談を子どもたちに聞かせてはいけないと、彼女は言い、私を抓《つね》る。しかし彼女は、私が言語治療を受けたことを知っている。私が言語専門家によって育てられ、野生から救われたことを知っているのだ。

……

現在彼女の十数人の学生のうち三名がアジアンである。一人の女の子は耳に問題がある。彼女の言葉のすべては鈍く、エッジがない。まるで水の壁の後ろで話しているように聞こえる。「マーラー」と彼女は言う、私たちが理解できない何かを意味しながら。（p232）

移民家庭の子どもたちにとって、「自分のものではない言語」の他者性を初めて経験するのは、いうまでもなく、「口」、「舌」、「口蓋」、「口蓋垂」など、肺から唇にいたるまでの発音気管であろう。引用の語りは、「自分のものではない言語」を教える／学ぶことが、認知能力に関わる教育である以前に、発音気管という身体を解剖学的に解体、分割し、それぞれの筋肉と神経にネイティブスピーカーのそれと同じような運動、感覚能力をもたせる反復訓練であるということを示す。その運動、感覚能力に支障があったり、ネイティブスピーカーのそれと微妙に異なったりすることを、語り手は「野生」として捉えている。実際に、耳に問題があった一人の女の子は野生から救われないかもしれない。

リリアが画いた人の発音器官の絵をみながら「私」がいった、「モーズ」(Maws) を、彼女は冗談として片付けている。しかしその軽蔑的な表現がただの冗談ではないことは明らかである。その「冗談」は、「自分のものではない言語」を従属的に学習しなければならない者たちの自嘲にも、言語同化を強制するネイティブスピーカーからの、目立たない差別に対する辛辣な風刺にも聞こえるからである。語り手は、移民家庭の子どもたちの発音気管や耳を訓練させる、すなわち、生々しい身体「モーズ」を、意味のある言葉を発する人間の発音器官に作り変えていく、言語治療を「野生から」の救いとしても語っている。

基本的な発話の訓練を受ける子どもたちを眺めながら、「私」は「自分のものではない言語」との最初の出合いを思い浮かべる。

それは、我が家と我が舌の私的領域から離れた、私の学校生活の最初の年、最初の日のことだった。英語は単に我が韓国語の一つの変形だと思っていた。着替えられる別の種類のコートのように。言語の違いが何なのかその時は知っていなかった。または、最初の発話を試みたとたん、私の舌は、紐に結ばれ、固くなり、くくり罠にかかって死んでいく獣のように頭の中で藻掻《もが》くことになろうとも知っていなかった。ネイティブスピーカーたちは完全には知らないだろうが、英語発音は厄介だ。韓国語では、LとRに別々の音はない。音は同じで、華麗なスペイン語のふるえる音や転がる音はない。私たちにはBとVもない、PとFもない。私はいつも誰かが私たちを拷問するために特定の単語を考案したに違いないと思っていた。「くだらない。野蛮人。」私が最初に大麻を吸った後、私をじっと見つめながら、父が「あなたの目全体が赤い（all led)」と言ったのを覚えている。私は自分の部屋に戻り、泣くまで笑った。(pp233-234)

ここでは、アメリカの「英語」が「自分のものではない言語」として発見されるプロセスが的確に捉えられている。「我が家と我が舌の私的領域」では、「英語」は「我が韓国語の一つの変形」、いいかえれば、自分の意識と身体の延長線上である言葉として想像された。あるいは、「我が家」の言語生活の中での韓国語と英語は、「別の種類のコートのように」、常に互いが助け合う、補い合う、理想的なバイリンガル関係にあったかもしれない。しかし、「私」が移民社会の学校という公的領域に入るや否や、その英語は他者のものとして再発見される。公的領域での最初の英語の発話は、「舌」、「口」などの発音器官に、ネイティブスピーカーたちにはわからない、苦痛を加えるものであったのである。語り手は、「我が」移民家庭の韓国語には区別されていないLとR、BとV、そしてPとFを巧みに使い分けなければならないアメリカ英語を発音することは、私にとって「拷問」だったという。

ここで、イタリック体の *Frivolous. Barbarian.* 「くだらない。野蛮人。」のアンビヴァレンスについてもう少し注目したい。まず、その中で後者の "*Barbarian*" から考えてみると、それは、アメリカの英語の発音に苦しんでいる「私」にネイティブスピーカーたちが与えた軽蔑語であろう。もともとギリシア語の barbaros とは、外国人たちのわけのわからない言葉の発音を指示する単語だからである。そして前者の "*Frivolous*" は、逆に、わけのわからない発音にそこまで細かく拘る周りのネイティブスピーカーたちに、「私」のほうから投げかけた軽蔑語であろう。しかし、その二つの単語が、同時に一方だけに向けられていると読む場合はどうなるのだろうか。それらは、ネイティブスピーカーたちにも、「私たち」にも、同時に掛けられる軽蔑語になる。

引用の最後の文章の意味もまた多少曖昧である。すなわち、大麻を吸った私の顔を見た、父の "Your eyes all led" という会話においての、all red の発音 all led を聞いたときの「私」の態度。父の韓国語式の英語発音に対して、ｒとｌの発音の使い分けができるネイティブスピーカー「私」は、笑ったのだろうか、あるいは、厄介な発音の分別に苦しんでいる韓国人英語話者の父に同情して泣いたのだろうか。

「敬慕と軽蔑」対「倦怠と優越感」、あるいは「同化」対「差別」

アメリカ英語の発音に慣れ親しんでいる者と慣れ親しんでいない者の間の、互いに対する複雑な感情を、語り手は次のように捉えている。もちろんその微妙な感情の交差については、たとえば「私」という語り手のような、自分のものではない言語で／を生きる者たちは敏感であろうが、ネイティブスピーカーたちはそうでもなかろう。

「このようにハエ（flies）は恐れを知らない（fearless）夜のフクロウ（owl）を邪魔する（foul）」、彼女なら、頭を上げ、首をまっすぐにし、そして私たちの先生を凝視しながら、唇をきちんと整えて鋭く発音するだろう。アリス・エックレス。私は、彼女の身長と美しさ、そして彼女の白い肌の光沢を敬慕し、また軽蔑した。私は、彼女が、ひょろ長い、色白で、唇の薄い、彼女の両親にすごく似ていることを知っていた。また、彼女が自分の両親に話しかけたとき、彼女が私たちの上に君臨するときと同じように、両親は倦怠と優越感に満ちた平らで低いリズムの話で答えたことを知っていた。

私がクラスを離れ、毎日の特別な時間のために二階に行くとき、アリスは私を嘲笑していた。二階の特別クラスは「スピーチ矯正」であったが、私は、それを発音するのに非常

に苦労していたという理由だけで、そのクラスへの参加を受け入れた。(pp234-235)

アメリカ英語の発音に、もちろん幼児期から繰り返された強制的な練習を通して、慣れ親しんでいた、いわゆるネイティブスピーカーの子どもに対する「私」の感情は、「敬慕と軽蔑」である。まず「敬慕」のほうは、「私たちの上に君臨する」アメリカ社会の主流の中産家庭出身の子どもに対する、マイノリティの移民家庭出身の「私」が抱く感情の一面である。「軽蔑」のほうは、「私たち」を「野蛮人」とさえ見做す、文化教養階層の白人家庭出身の子どもの俗物的態度に対する「私」の感情である。互いに相反するようにも、錯綜したようにもみえる、この二つの感情は、いったい何処から出たのだろうか。自分のものではない言語に〈同化〉を試みた「私」がネイティブスピーカーの他者からの〈差別〉に圧倒されたときの、「私」の心理状態からこの二つの感情が発現されたのは確かであろう。その差別を容認しようとする同化への欲望が「敬慕」、差別する他者を否認しようとする欲望が「軽蔑」だとするならば、それらは同化する側が同化のモデルになる側に抱く感情の両面であることがわかる。

つづいて、倦怠と優越感。それらは、「自分のものではない言語」に出合い、さまざまな困難―特に、発声器官と聴覚器官という身体の困難―に苦しみながらもそれに同化を試みている、移民家庭の「私たち」に対するネイティブスピーカーたちの感情として、語り手の「私」が捉えたものである。もちろん、この倦怠と優越感は、移民家庭出身の人々に話し掛けるときのネイティブスピーカーたちだけでなく、聞き手の「上に君臨する」話し手に共通する一般的な態度や感情であろう。あるいは、アメリカの言語や文化の主人―たとえば、ワスップ（White Anglo-Saxon Protestant）のようなアメリカの中心階級―を自任する人々の話し方の態度とそこに含まれている感情であるということも、アリスの両親についての語り手の描写から読み捉えられる。雰囲気的に重なったり、微妙にずれたりする、この二つの感情は、ネイティブスピーカーのどのような心理状態で発現したものだろうか。実はそれらは、〈同化〉のモデルとなる者がその〈同化〉のために努めている者を前にしたときの心理状態から同時に生じた感情である。ネイティブスピーカーにとっては決して〈差別〉の感情ではあるまいが、「私」はそれらを軽蔑―あるいは敬慕―せざるをえなかったのである。「自分のものではない言語」を学習する者たちがいくら努力したとしても同化しきれていないことにネイティブスピーカーは呆れる。その時の諦念と無関心が「倦怠」につながるとすれば、「優越感」とは、「私たち」には呆れるほど難しいその言語が、「自分のものである」ことへの満足から出たものである。その点において倦怠と優越感とは、アメリカ主流社会といえる白人の文化教養階層の自文化・言語中心主義の具体的態度、感情に他ならない。

いうならば、「私」が捉えた「敬慕と軽蔑」対「倦怠と優越感」は、「自分のものではない言語」で／を生きる者と〈自分のものである言語〉で／を生きる者の間の、対他者的な心理関係の雛形である。

「自分のものではない言語」の学習と教育

しかしながら、互いがこうした対立的感情を抱いてはいるものの、移民家庭出身の「私たち」とネイティブスピーカーたちの間には絶対的な協力、共謀関係がある。「私たち」が「自分のものではない言語」で／を生きる主体になるためには、移民社会で提供される言語教育の下で、自らの新しい言語を学習しなければならないし、最終的には自分の言語習得をネイティブスピーカーたちに検証してもらわなければならない。学習と教育と検証の同時進行的な反復によって新しい言語の習得が可能になるのである。

まず、「私たち」のほうの学習である。

私はいつも間違いを犯しながら話す。見知らぬ人の前でしくじって、母と父を思い出す。リリアは、決して学ばないことのできない、話すことの精神的な通路があると言う。アクセントがないので、目の前の人は誰もが、私が瞬間的に思考の流れを捉えそこなったと思うだけだが、私は依然としてリトル（*little*）をリドル（*riddle*）、ヴェント（*vent*）をベント（*bent*）と発音する。しかし、私はいつも自分が二つの言語を置き換え、それらを合成すること（conflating）を――それともそれらを燃え上がらせること（conflagrating）を――聞く。二つの舌（言語――引用者）の間には、摩擦と軋轢が非常に多いため、常に火事が起こる恐れがあるのだ。摩擦、苦痛。幼稚園の子どもたちは、私が雑音まじりの声で話し、縛られた舌を正しい方向に動かすために捻じ曲げたので、私を「大理石の口」と呼んだりした。(p234)

「自分のものではない言語」で／を生きていくことは、新しい言語を学習するだけで可能になることではない。その新しい言語の中から、移民家庭の古い言語の痕跡、両親譲りの母語の痕跡を抹消しなければならない。後者のほうがより大事な学習であるかもしれない。後者の学習の困難さを、「自分のものではない」フランス語で／を生きることを自ら選んだ、精神分析家で記号論者のジュリア・クリステヴァの次のような発言が的確に捉えている。「人は新しい言語によって自分が生まれ変わったような気がする、新しい肌、新しい性を得て。だがそんな幻想は録音された自分の声を聴いたりするとあっけなく消えてしまう。おかしな抑揚、どこの国のでもなく、今度の言葉よりは前の言葉の片言に近いようなもの」[15]と、離れない古い言語のせいでなかなか新しい言語の主体にはなれないことを語っている。仮令《たとえ》、隣の誰もがネイティブスピーカーに錯覚するほど、新しい言語の発音を自由に操るようになったとしても、「私」は依然としてrをlに、vをbと間違ったりする。「最も用心深いスピーカー」にとってさえ、移民家庭の言語の痕跡を完全に取り除くことは余程難しい学習だからである。

引用の第一文“I will always make bad errors of speech”は、“will always”が示しているように、

過去、現在、未来を通して新しい言葉が決して「自分のもの」にはなれないことをはっきりと語る。にもかかわらず「私たち」は、いつまでも抹消することのできない両親譲りの言語の痕跡を抹消するための、訓練と練習に自ら進んで臨み、自分の発音器官を暴力的に、強制的に作り直していく。新しい言語の発音のルールに充実に従えば従うほど、発音を置き換える際の、舌の「摩擦」と「苦痛」は激しくなり、その言葉の「自分のものではない」特徴だけがより明確になる。「大理石の口」“Marble Mouth”と揶揄する——「私たち」の発話を評価する——ネイティブスピーカーたちの前で、緊張して固まらない、そしてその不安を隠すために無表情を装わない、「自分のものではない言語」で／を生きる者がはたしているのだろうか。

次は、移民家庭の子どもたちに新しい言語を教育する場面である。

彼女は、私たち一人ひとりに小さな手鏡を渡して、私たちが話すときに口を調べることができるようにした。それから私たちの隣に来て一緒に練習した。彼女は生徒から生徒へと行って、彼または彼女の前にまっすぐ座って、「今、私の喉を手で触ってください」と言った。彼女は私たちに特定の音が必要とする振動を理解してほしいと思っていた。子どもがそうしないと—私たちのほとんどは自動的に手を首に伸ばしたが—彼女は手を取り、それを自分の喉につけながら、「ヴァンパイア」のような深く振動する言葉を話す。これが先生なのだ、（発音を—引用者）見せることができる人なのだ、と思った。彼女のそば

かすの目立った乳白色の肌はいまだ子どもたちの手のひらの汗で湿っていて、彼女の息は甘い。(p235)

引用では、「自分のものではない言語」の教育の仕組みが簡略でありながらも、的確に捉えられている。その教育の中心内容は、何より、古い言語の痕跡を消すとともに、正しい発音を教え込むことだったのである。まず、教師によって配られた「小さな手鏡」に映される、「私たち」の移民家庭で慣れ親しんだ発声の〈間違っている点〉を確認する。次に、教師と一緒にアメリカ英語の発声を練習する。そして最後に、教師は自分の喉の振動を感じさせることで、アメリカ英語の〈正しい〉発声を「私たち」に示しているのである。こうした教え方が達成しようとした目標が、「私たち」の発声器官の改造にあったことはいうまでもない。

子どもたちに自分の喉を触らせて発音を「みせる」、この若い女性教師の、文字通りの献身的な教え方は、いわゆる一般的な知識の伝授という価値中立的な教育行為とは区別されるものである。なぜなら、それが現実的には同化と差別、あるいは友愛と暴力という二重的価値を同時に実践しているからである。たとえば、言語の多様性や他者の言語との共生を擁護する、この頃の多言語・多文化主義の観点からすると、友愛に満ちているようにみえる女性教師の「新しい言語」の教育行為は、移民家庭出身の子どもたちの「言語的人権」の無視にも、延《ひ》いては、マイノリティの「古い言語」の抹殺の促進にもなりかねない。彼女が用いる「ヴァンパイア」はただ一つの「深く振動する言葉」ではあるまい。「新しい言語」の教育における「古い言語」への暴力をあらわすための比喩表現でもあろう。とはいうものの、引用で語られている言語教育、特に発声練習の効果とは、もちろん、新しい言語を話すことへの恐怖だけではない。「私」が女性教師の首の肌の感触と息の匂いを今もはっきりと覚えていることからも明らかなように、「自分のものではない言語」で／を生きる者の心深くまで教え込まれたユニヴァーカリズムへの憧憬でもあったのである。

話すことへの恐怖、ユニヴァーカリズムへの憧憬

はっきりした記憶といえば、ミットはいつも美しく話した。リリアは、一歳の時から彼に毎晩読んであげた。彼女は私にも彼にお伽噺を読んであげてほしいと思っていたが、やはり私は、高校や大学のときでさえ、大声を出して読むのを決して楽とは思わなかった。さらに私は、ちょうど言葉と出会ったばかりの息子の前で、不器用に発音したり、言葉を乱雑にしたりしたくなかった。私が彼の障害となり、彼の脳の中の言葉の成長に妨げにならないかが怖かった。またリリアが話す方法の最良の例を提供するのだと信じていた。私の愚かさ。見て、聞いておくべきだった。(p239)

七歳の時に友たちと遊ぶ途中、事故で死んだ息子への「私」の記憶の中で、もっとも鮮明なの

が言葉を「美しく」話すことだという。そのところに、アメリカ英語に対する「私」の意識―恐怖や憧憬など―のすべてが暗示されるようになっている。また、息子についての「私」の記憶が、子どもが一歳の時まで遡っているところも注目に値する。生まれた子どもは、どのような言語であれ、一定の音さえあればまずそれに反応する。その聞き取りと発声の訓練を経て、ある特定の言語だけに反応しながら、単語の発音を真似することができる段階、または、その真似を反復することによって自分の言語を形成し始める段階が「一歳」前後であろう。つまり、私の記憶は、息子の最初の言語識別、発声練習の段階にポイントが当てられているのである。

その「一歳」の子どもに「毎晩」本を読んであげたのは、もっぱら妻リリアだったという。我が子にお伽噺を聞かせることを恐れること以上に、発話意識の破綻をあらわす出来事もない。また、父が「息子の前で」発話することが、むしろ子どもの「脳の中の言葉の成長に妨げに」なると思うことほど、言語からの疎外をあらわす出来事もないだろう。もし、父の望むように、完璧なネイティブスピーカーへと言語的な成長を成し遂げようとする息子が、父の「用心深い」、「秘密の多い」発話の仕方を真似でもしたらどうするつもりなのだろうか。あるいは、亡くなった息子がまだ生きていたとしたら、父は、彼の前で「用心深い」発話を続け、移民家庭のピジン英語、すなわち古い言語の痕跡を「秘密」にしておくことができるのだろうか。

移民家庭の人々にいつまでも付き纏《まと》う、こうした話すことの恐怖は、ただちにアメリカ英語のモノリンガリズム、そしてユニヴァーカリズムへの強い憧憬として表出される。

そして、週末に韓国人学校に通わせようとするレリアの主張にもかかわらず、私は息子が古い言語を学ぼうとは決してしないことを知っていたので、それは論外だった。私は、彼が自分の言葉に対してたった一つの感覚を持って成長し、一つの声の人生を生きることを望んだ。それが彼の半黄色の、広い顔からは得られない権威と自信を与えることになろうと思ったのだ。もちろん、これは同化主義者の感情であり、私自身の半盲目で、醜い、この土地への愛情の一部である。（pp266-267）

いわば移民三世にあたる子どもの言語選択を巡る私の判断と感情である。三世にとって移民家庭の元の言葉はもうすでに未知の言語であって、父の古い言語とのつながりは、現実的というよりは、想像的なものになっている。しかし、それがいくら想像の記憶にすぎないといえども、「息子が古い言語を学ぼうとは決してしないことを」頑なに信じるほど、二世のヘンリ朴にとっては、完全に抹消したい負の痕跡だったのである。もちろん、父の古い言語に対する子どもの考え方は実際には分からないし、しかも、子どもが言語を選択すること自体現実的にはあり得ない。その点において移民家庭出身の子どもの言語的な成長には両親の選択が決定的であるといえよう。

アメリカの英語のほぼ完全なネイティブスピーカー、ヘンリ朴とリリアの家庭からすると、問題なのは、かすかに残っている古い言語文化の痕跡を次の世帯に渡すか否かである。たとえば、まず、二つの異質的な言語文化を相互補完的に謳歌する、いわゆる多文化、多言語の家庭を築いていく、という理想的な観点からの判断もある。そしてもう一つ、さまざまなかたちでの同化がマイノリティの移民たちに強要される社会環境の中で、単一言語の家庭を築くためには古い痕跡を徹底的に抹消しなければならない、という現実的な判断もあり得る。引用では、子どものための言語の選択を前にして、「週末に韓国人学校に通わせ」ることを巡って、リリアは前者の立場で、「私」は後者の立場で主張している。アメリカ英語を第一言語として習得していく子どもに父の古い言語を第二言語として学ばせようとするリリアの立場と、子どもを「一つの感覚」、「一つの声」をもつネイティブスピーカーとして成長させることを主張する「私」の立場が対立しているのである。

より複雑なほうであろう、父の心境だけをもう少し窺ってみる。自分の子どもが、移民家庭の古い言語をも使いこなせるバイリンガルになって、ネイティブスピーカーたちの前で話す時には、常に、父親譲りの古い言語の発音の痕跡を「用心深く」消しつづける、「秘密の多い」「言語を偽りでいう人」になることだけは避けたかっただろう。雑種的な発音で話すことへの恐怖が大きい分だけ、同時にこの土地の言語文化への「半盲目で、醜い」憧憬が強い分だけ、子どもがアメリカ英語のモノリガル・ネイティブスピーカーとして育ってくれることを父は望んだだろう。

マイノリティの言語的人権―結末における「私」の幻想

しかし、物語の最後の場面にいたると、「私」は、こうしたアメリカ英語のモノリンガリズム、ユニヴォーカリズムへの憧れを自ら切り捨てる。その憧憬の放棄は、より正確にいえば、諦めや断念ではなく、止揚、あるいは克服である。つまり、この『ネイティブスピーカー』という物語は、移民家庭の、しかも韓国系だけでなく、すべての少数者の移民家庭の古い言語の痕跡を褒め称える中で結末を迎えるのである。

私たちは彼らの話の真剣な試み、彼らの堅苦しい英語の断片に耳を傾ける。若い頃の私なら、彼らを嘲笑《あざわら》っていただろう。父と従業員たちの―すべてのコングリッシュ、スパングリッシュ、俗語の―可笑《おか》しい口調に、縮みあがって、恥ずかしくて、怒っていただろう。正しく話せ、あなたたちのみすぼらしい人生で一度だけでも正しく話してみろ、私は叫びたかった。しかし今は、猛烈に飛んでいきながら、衝突し、強打し、停止する父の言葉を、もう一度聞くためなら、私は何でもするつもりである。私はこの町、この通りでの彼の言葉を永遠に聞くだろう。また、残りの人たち、特にこの土地に流れてきた人々の疑いの泣き声や叫び声も聞きたい。私は、彼らが私に浴びせたがる如何なるセンテンス、彼らが立て続けに放つすべての祈りと呪いを受け入れるだろう。（p337）

ここでは、これまでアメリカ英語への完璧な同化のためにもがいていた、「言語を偽りでいう人」ヘンリ朴が、マイノリティの人々の言語的権利を声高く擁護するようになる。その態度の急な変化に驚く読者も少なくないだろう。読者が主人公の意識の変化―一種の転回、あるいは跳躍―の決定的な契機を物語の展開から探すことは難しいからである。

移民労働者たちの「堅苦しい英語」を聞きながら、「私」は、自分の意識の変化を語る。「コングリッシュ、スペングリッシュ、俗語」などのピジン英語の「可笑しい口調」の人々に、「あなたたちのみすぼらしい人生で一度だけでも正しく話してみろ」と叫びたかった、「若い頃の私」から、「この土地に流れてきた人々の疑いの泣き声や叫び声」のすべてをどのような代償をはらっても聞きたがる、〈今の私〉に変わっているのである。どうしても完全には抹消することができなかった移民家庭の古い痕跡を隠すために、「言語を偽りでいう」しかなかった「私」が、移民労働者たちの言語的バーバリズムを心の底から受け入れるようになったということは、自己肯定への成長なのか、それとも偽善的妥協なのか。または、この物語の結末で捉えられている、故郷、移民家庭の古い言語のネイティブネスへの回帰は、いままで幾度も繰り返されてきた肯定と否定の中での一つの肯定にすぎないのだろうか。確かなのは、「自分のものではない言語」で／を生きるヘンリ朴のアメリカ英語への旅の終わりとしては、描かれた結末はあまりにも非現実的だということである。

「この土地に流れてきた人々」の言語をノスタルジックに賛美する物語の結末は、実は、たとえば自分たち移民一世、二世の言語的な人権の擁護という、韓国系アメリカ人の作家チャンネ・リ自身のイデオロギー的な主張を代弁するものであろう。物語の結末では、マイノリティ言語に対するこういた作家のイデオロギーを、「私」だけでなく、妻のリリアも共有することになっている。新しい言語の基準からすると、言語障害に他ならない、移民家庭の古い言語的習慣を矯正し、正常なアメリカの英語を子どもたちに学習させなければならない、言語矯正師のリリアがマイノリティの言語的主権の擁護に賛同していることも非現実的な設定である。ともかく、物語の展開としては、リリアの多言語共生主義的な考え方が、「言語を偽りでいう人」ヘンリ朴の結末での態度や意識の変化に大きな影響を及ぼしていたことは否定できない。

リリアはスピーチ矯正を別に試みない。子どもたちはほとんど外国語の話者で、とにかく、彼女は、人数と構成からすると、彼らに笑いを与えてから、自分の最も穏やかで奇妙な声で珍談を読んであげたほうがいいと考える。彼らが何を理解するかはどうでもいい。彼女は、彼らに何も恐れなくてもいいことを知ってもらいたい、さらに、すべてを出鱈目《でたらめ》に発声してもかまわないことを彼らに示すために、言葉に乗ってふざけ回る蒼白な白人女性を差し上げたいと思っている。

……

今、彼女は、最後のピッチやアクセントのすべてに注意を払いながら、できる限りの最善を尽くして、子どもたちの名前を呼んでいる。そして私は、私たちが誰であるかを語るその難しい名前を呼ぶ彼女の声を聞く。十数種類の素敵なネイティブたちの言葉を聞く。(p349)

引用の前半で語られている、「彼らが何を理解するかはどうでもいい」、「すべてを出鱈目に発声してもかまわない」というリリアの主張は、言語同化主義のアメリカ社会で行われる、すべての言語教育と学習の実践を真っ向から否定するものである。はたしてそれが、移民家庭の子どもたちのアメリカ英語の矯正を担当する、彼女の本心からでたのだろうか。また、自分たちの「出鱈目の発声」がどのように「理解」されようとも、子どもたちは「何も恐れなくてもいい」ということが、アメリカの学校、社会のコミュニケーションの現実においてははたして許されるのだろうか。子どもたちに対するリリアのこのような主張は、現実についての蓋然性のある語り手の想像というよりは、マイノリティの言語学習者とネイティブスピーカーの矯正教師によって代表される、言語的被支配者側と支配者側の対立の解消を急いで求める、作家のイデオロギー的な幻想としてしか読まれないのである。

引用の後半は、この翻訳では三つの文にされたが、英語版では物語の最後の一文[16]にあたる。アメリカ英語のネイティブスピーカーリリアが、むしろここでは、移民家庭の「私たち」の発音し難いネイティブ言葉の発音を真似している。「最後のピッチやアクセントのすべてに注意を払いながら、できる限りの最善を尽くして」、「私たち」の固有名を発音するリリアの態度は、実は、「用心深く」「秘密の多い」ヘンリ朴の発話の態度を正反対にひっくり返したものである。移民家庭の古い言語の痕跡を隠蔽したのはアメリカ英語をそのまま再現するためであったのが、私の言語使いだとすれば、移民たちのマイノリティ言語をそのまま再現するためにはアメリカ英語の痕跡を隠蔽しなければならないのが、リリアの言葉真似だったのである。しかし、ここで見逃せないのは、その二つの言語使いの真似が非対称的だということである。いままで述べてきた通り、「用心深く」「秘密の多い」話し方をするヘンリ朴がリリアによって「言語を偽りでいう人」と物語の冒頭で名付けられ、物語展開全体においてその二人はアメリカの英語の他者と同一者にそれぞれ区別されていた。それならば今度は、「私たち」のネイティブ言葉を「できる限りの最善を尽くして」真似しているリリアに向かって、「私たち」は「言語を偽りでいう人」と言い返すことができるのだろうか。それができないのはなぜだろうか。要するに、「私たち」の言葉を再現するアメリカの英語の同一者たるリリアの他者への真似は、「言語を偽りで」いわなければならないほどの実存的危機に瀕したそれではなく、マイノリティの言語的人権を擁護する、いわば善意に満ちたユーモアのようなものだからである。この結末でより顕著に読まれるのは、どうしても、多言語共生主義者を自任するアメリカ英語のネイティブスピーカー、ユニヴォーカリストの虚栄と優越感のほうである。また、リリアの真似と私たちの「偽り」の話し方の間の権力の非対称的関係なのである。いうならば、〈誰もが、話すとき、当惑や差別、そして恐怖を感じることのない、ユートピア的言語環境〉を具体的に礼賛する、この物語の結末の場面が作為的にしかみえないのはそのためである。

語られていない真実としては……

「自分のものではない言語」で／を生きる者が自分たちの言語の雑種性を肯定し、その言語的人権を擁護することはいくらでもあり得る。しかし、彼らが周りのネイティブスピーカーたちとのコミュニケーションを少しでも取ってみると、自分たちの言語イデオロギーがどれほど壊れやすい幻想にすぎないものなのかをすぐさま実感するだろう。すなわち、移民家庭のネイティブ発話者に言語的アイデンティティを確認したり、あるいはこの小説の韓国語訳の題名があらわすような、「永遠なる異邦人」に安住することは、アメリカ英語の完璧な模倣を追求してきたヘンリ朴の言語的現実としてはありえない。自分たちの古い言語の痕跡への肯定が一時的にはもちろんあり得るものの、それは以前の否定への微々たる反発であって、より強い否定のための触媒にすぎないのが、ヘンリ朴の言語的現実ではないだろうか。

そうだとするならば、移民家庭の子どもたちの発声や移民労働者たちのピジン英語を聞きながらヘンリ朴が得た不思議な感覚、いうならば安心感、満足感などは、いったいどのように理解すればいいのだろうか。まずそれらは物語の表層には、アメリカ社会の言語同化主義の現実的状況の中で、同じく差別され、同じ苦痛を体験する者同士の、ある種の共感として、あるいはヘンリ朴からすると、韓国系の移民家庭出身のマイノリティとしての言語的、文化的アイデンティティを再発見し、それを肯定する喜びとして描かれている。

しかし、多言語共生主義のイデオロギーに基づいているこうした物語解釈は、「用心深い」「言語を偽りでいう人」のヘンリ朴の感覚を読者に説明するにはあまりにも皮相的ではなかろうか。「自分のものではない言語」で／を生きる者の内面世界に対する私の理解としては、物語の結末でヘンリ朴が得た安堵、共感、そして喜びなどは、実は、一時的ではあるものの、ネイティブスピーカーとして自分の言語的アイデンティティを確認した時の感情である。したがって、こうした理解から読む物語の結末は、二人の主人公が分かち合う多言語共生主義の幻想を描き出す場面ではなく、ヘンリ朴がアメリカ英語への同化をより一層成し遂げたことを自認する場面になる。ヘンリ朴が、異邦の者たち、移民家庭の子どもたちのより「野蛮」な、より「堅苦しい」アメリカ英語を発見し、そこからある種の愛着を覚えつづける物語の結末では、むしろ、移民家庭出身の彼がネイティブスピーカーにたどり着く唯一の方途を示しているのである。物語展開の中でつねに重ねられている、「自分のものではない」アメリカ英語に最初に出合った自分の過去と、新しい移民家庭の子どもたちが英語発声を練習する現在は、ヘンリ朴にネイティブスピーカーに近づいたことを確認させる絶好の契機ではなかったろうか。そもそもネイティブスピーカーという概念自体、意識の前面に異邦人たちの〈偽りの言語〉を浮かび上がらせることによって成立するものだからである。このように、「私」が自分の中にある移民家庭の古い言語の痕跡を抹消しつつ、アメリカ英語に完璧に同化していく決定的な場面として、物語の結末を位置づけてみると、『ネイティブスピーカー』が「自分のものではない言語」で言語同化主義社会の現実を生きる者たちの普遍的な経験を描いた物語であることはより明らかになる。

〈2〉言語のあいだで読む――*Beloved*

それでは、「自分のものではない言語」による読書もまたありうるのだろうか。他言語に翻訳された作品を一次テクストとして読む読者が、原文の読者に比べて圧倒的多数を占めている、という世界文学の現実を考えてみるだけでも、「自分のものではない言語」の読書が「自分のものである言語」のそれより一般的であることがわかる。

たとえば、二一世紀初頭の日本と韓国の読者の中には、人生の重要な成長期間の小・中・高等教育期に、あるいはそれ以後も、英語をもっとも重要な必須科目の一つとして、相当の時間と経費、そして努力を投じて学習したにもかかわらず、英語の文学作品の原文を読む際には、もちろん程度の差はあるものの、さまざまな言語的困難に直面し、それを直接、自由に読むことができない人々が数多くいる。もちろん彼らの「自分のものではない」英語が決して無用であることはない。彼らの英語の理解力は、日本語か韓国語に翻訳された作品を一次テクストとして読む中で発揮されることがむしろ多い。特に翻訳文の意味と文脈の理解に確信を持てなくなった時に、原文と対比しながらより妥当な解釈を求める手段として使われるのである。

日韓の大衆読者の一人である私の場合も、英語から日本語、または韓国語に翻訳されている文学作品を読みながら、自分のものではない言語である原語や他言語への翻訳文を参照せずにはなかなか言葉の意味や文脈を掴めないことを何度も経験する。すべての翻訳語とは、彼方に運ばれた(translated)、「翻《ひるがえ》」られた、そして偶然に遭遇した異変としての言語であろう。したがって私の読書が、翻訳テクストの異変の言葉についての不信感と、それを原文や他言語の翻訳文につねに照らし合わせようとする焦燥感から解放されることはできない。[17]

そしてそれとは反対に、原文を一次テクスト、翻訳を二次テクストとして読んでいく場合においても事情は同じである。そもそも、文学作品の読書や視聴、そしてその研究において、原文のほうはより特権的なテクストとして、翻訳のほうは副次的な、補助的なテクストとしてそれぞれ見なされる傾向がある。しかし私の読書においては、原文に対する自分の解読に信頼を失うたびごとに、今度は自分のものである翻訳テクストの言葉のほうに確認を求めていかなければならない。

要するに、私の英語作品のほとんどの読書は、自立した原文、あるいは翻訳文の読書ではなく、翻訳と原文を同時に取り上げ、両テクストを往来しながら対比的に参照していく読書なのだ。その点においてそれは、原文、あるいは自言語のテクストだけを読み、その一方から解釈を確定していく、いわゆる原文、あるいは自言語中心主義の読書への実践的な批判でもある。そこには解釈の規準になるすべての意味は原文、あるいは翻訳文に内在するものではなく、むしろその間から追い求められるものである。ここでは、自分のものではない原文も自分のものである翻訳文も本質的権威を失っている状況で行われる読書を、その両言語のテクストへの非自立的な相互依存性を強調するために、マイナー読書と名付けてみようとする。

それなら、このマイナー読書の意義ははたして何処にあるのか。実際にそれを確かめるために、アメリカの現代小説を語る上で欠かせない作品の一つといわれている、トニ・モリスンの *Beloved*（1987）[18]、日本語訳『ビラヴド』[19]、そして韓国語訳『빌러비드』[20]をテクストとして取り上げる。以下では、二つの翻訳テクストと原文との対比と参照を持続的に行う、言語横断的な実践を通して、マイナー読書の可能性を探ろうとする。ちなみにここで *Beloved* やその日韓両言語の翻訳作品を取り上げる特別な理由はもちろんない。ただ一つだけ、私の言語行為と解釈の範囲からするとさまざまな文脈において遠く離れているところからの言葉を、いいかえれば翻訳を介さずには充分な解読が期待できない英語作品を、どのように読み取るかという問題意識が、このテクスト選定に強く働いたということはある。たとえば、「黒人」、「奴隷」、「女性」、「死者」など、私にとってみれば他者性に満ちている主体たちが発信する、破格に近い性癖のある英語表現に対する解釈を、翻訳を介さざるをえないマイナー読書を通して試みたかったのである。

題名の翻訳――「ビラヴド」と「愛されし者」

まず、この翻訳作品の題名について。*Beloved* の最初の日本語訳の題名は『ビラヴド 愛されし者』、すなわちそこには、"Beloved" の音訳とそれに意訳が付け加えられていた。それがその後に出た文庫版では、後者のほうを切り落とし、『ビラヴド』に改題された。そしてこの頃の、たとえば、訳者を含めた論者たちの作家研究や作品紹介では、*Beloved* の日本語発音、ビラヴド、ビラヴィドなどの中で「作中の状況、作者自身の朗読などを参考に」[21]、「ビラヴィド」という題名が一貫して用いられている。

一方、韓国語訳の題名は *Beloved* の英語発音を再現した『빌러비드』―ビラヴィドに近い―になっている。韓国語訳は、*Beloved* が出版直後からベストセラーに、またさまざまな文学賞の受賞作になり、その後に現代のアメリカ文学、あるいは英語小説の古典の一つとして、文学教育の教材にも使われるようになった二〇一四年に、日本語訳より二〇年余り遅れて出版された。いいかえれば、*Beloved* がアメリカ、世界文学史の中で作品の固有名として認知されている時点での翻訳である。そのために、『ビラヴド 愛されし者』という題名に読み取られる、翻訳言語の不十分さをどのように補うかについての配慮と躊躇が、韓国語訳には最初からなかったかもしれない。

実は、日本語訳者の題名選択の際のこうした配慮と躊躇は、翻訳作品を一次テクストとするマ

イナー読書の原語への依存性を考える上で、重要な手がかりの一つを提供する。*Beloved* が「ビラヴド」、「ビラヴィド」に定着される以前の日本語訳の題名『ビラヴド 愛されし者』での、同時に音訳と意味訳を並べることは、一般的な意味においての「翻訳」としてはどうしても不自然である。「ビラヴド」という音訳とその解釈である「愛されし者」が重なっているからである。そのため、日本語訳は後に一方を選択せざるを得なかっただろう。しかし、意味訳の「愛されし者」を外し、*Beloved* の発音だけを再現する『ビラヴド』、あるいは『빌러비드』のほうははたして必要十分な翻訳語になるのだろうか。翻訳テクストの読者が、原語発音の模倣、再現にすぎない音訳だけをもって、いいかえれば、原文の英語"Beloved"を参照せずに、その意味に近づくことはできない。題名 *Beloved* の意味を日本語、あるいは韓国語の読者たちに示す翻訳になるためには、最初の題名の一部「愛されし者」のような訳語がまたどうしても必要になる。

しかしながら、日韓の今の翻訳作品は両方ともにその「愛されし者」という意訳を外すことを選んだのである。それができた客観的な理由は、トニ・モリソンという作者と作品 *Beloved* が「世界文学」の中で定着されたことであろう。もちろん、翻訳テクストの読者にとってより重要なのは、意訳が外される客観的な状況より、翻訳者たちが音訳を選ばざるをえなかった作品内的な根拠を把握することである。いいかえれば、なぜ、意訳の「愛されし者」は *Beloved* の訳題として成立しえなかった―あるいは、不充分な、不適切な翻訳語と判断された―のか。なぜ、「ビラヴド」という音訳を意訳より優先しなければならなかったのか、ということである。

日韓の両言語の翻訳テクストは、原文テクストに倣《なら》って、物語がまだ始まる前の段階で、単語二つ三つ程度の意味深長な巻頭語と、「ローマ人への手紙」から引用した巻頭文を、それぞれ最初の一ページ、二ページの全面を使って記している。この二つの巻頭言が題名*Beloved*,「ビラヴド」、そして「빌러비드」の説明にあたることはいうまでもない。

まず一ページ目の、"Sixty Million and more"「六千万有余の人々へ」、そして「육천만 명 그리고 그 이상」。今までの数多くの批評が指摘しているように、この物語は、奴隷船に積み込まれて以来、奴隷制度がもたらした凄まじい暴力の長い歴史の中で、忘却に投げ出されている名もなき犠牲者たちの存在の回復のために語られたものである。それならば、題名*Beloved*はなる。その場合の訳語としては、むしろ「愛されし者」（あるいは「愛されたもの」）という意訳のほうがより適切ではないだろうか。音訳「ビラヴド」、「빌러비드」は、「六千万有余の人々」の立場を代弁する抽象的、包括的な表現というよりは、具体的な作中人物の名前の固有性をまず表象するからである。

続いてそれぞれのテクストの二ページ目には、「ローマ人への手紙第九章二十五節」、「わたしは、わたしの民でなかったものを、わたしの民と呼び、愛されなかった者を、愛されし者《ビラヴド》と呼ぶだろう」が引用されている。ここでの訳文は、文の構造や統語などからみると、基本的に、既存の口語訳日本語聖書から引かれたと思われる。ただ翻訳者は「愛されし者《ビラヴド》」で、聖書の「愛される者」を参考にしながらも決定的な修正を施している。聖書の「愛される者」を「愛されし者」に修正し、「ビラヴド」という振り仮名を振ることによって、「愛されし者《ビラヴド》」が物語の題名となるキーワードの翻訳語であることを明確に示しているのである。しかし、意味訳と音訳を同時に示す「愛されし者《ビラヴド》」が、原文の巻頭文の中の“beloved”―振り仮名という二重表記がない文章システムでの単語―の訳語としては、過剰翻訳であることは否定できない。原文の“beloved”は、題名*Beloved*の暗示にはなるものの、明示には至らないからである。

一方韓国語訳のほうは、原文“I will call them my people, which were not my people; and her beloved which was not beloved.”[22]の再現に止まっている。原文がEnglish Standard Versionの“ROMANS 9:25”からだとすれば、韓国語訳は共同翻訳韓国語聖書からの修正引用である。韓国語訳『빌러비드』の「내 백성이 아니었던 자들을 내 백성이라、사랑을 받지 못하던 자들을 사랑하는 자라 부르리라」においては、聖書の「아닌」、「하지 아니한」という現在形の表現が「아니었던（なかった）」、「받지 못하던（受けなかった）」という過去形動詞の連体形に修正されている。もちろんここで「사랑하는 자」と題名『빌러비드』の直接的なつながりを確認することはできない。

日韓の巻頭言翻訳における共通点として目を引くのは、英語の聖書や*Beloved*の後半部の節では明記されている目的語“her”に対する翻訳が、両方の翻訳文では全く考慮されていないところである。日本語訳では性別や単複数の不明の「者」と、韓国語訳では性別不明複数の「자들

（者たち）」となっている。代名詞〝her〟を翻訳しなかったことは、日韓の翻訳作品が既存の日韓聖書での翻訳文を底本とした証拠であろう。〝Beloved〟が聖書の表現に基づかれていることを意識しながら翻訳を行う場合は、題名のほうも「愛されし者」、「사랑받은 자」という意味訳が選ばれるのも当然と思われる。

しかし、〝beloved〟の意味訳ではどうしてもあらわせない、いいかえれば、〝Beloved〟の音訳「ビラヴド」、「빌러비드」を選択せざるを得ない、固有性が物語の展開とともに知らされるようになっている。なぜなら、〝Beloved〟のほうが文字通りに「墓標に刻み込」まれることによって、この物語のヒロインの名前として与えられてしまうからである。実際この小説は、母の手によって殺された、名もなき幼い娘に与えられた〝Beloved〟という名前を巡る話でもある。そのために、物語を代弁する特権的な名前、題名にもなったのである。一般名「愛されし者」、「사랑받은 자」が、題名の訳語としては、むしろ不適切であった理由がそこにあったのである。

日韓テクストの中の〝Beloved〟

物語の主人公、母セテ（Sethe）は、石工の男に自分の身体を「十分」間売って、娘の墓碑銘として〝Beloved〟を彫らせたことを想起する。次は、日韓翻訳と原文の引用である。

七文字彫るのに十分かかった。さらにもう十分あったら「かけがえなく」という文字も彫らすことができただろうか？　あの時は頼んでみようと思わなかったのだが、そうしてもらうこともできたかもしれないと考えると、いまだに心が乱れた。二十分、もしかしたら三十分あれば、全部彫ってもらえたかもしれないのだ。葬式で牧師が言い、彼女が聞いた一語一句を残さず（しかも、そこには間違いなく言いたかったすべてがあったから）、赤ん坊の墓標に刻み込んでもらえたかもしれないのだ。

「かけがえなく《ディアリー》・愛されし者《ビラヴド》」

結局彼女が選び彫ってもらったのは、肝心要の一言だった。（一四〜一五頁）

네 글자를 새기는 데 십 분。십 분을 더 허락했더라면「디얼리」란 글자도 새길 수 있었을까？ 그때는 남자에게 물어볼 생각조차 못했지만、그럴 수도 있었으리라는 미련이 아직도 그녀의 마음을 괴롭혔다。이십 분、아니 삼십 분이었다면 장례식에서 들은、「디얼리 빌러비드（참으로 사랑하는）」라고 한 목사의 말（사실 목사가 한 말은 그게 다였다）을 전부 아기의 묘비에 새길 수 있었을지도 모른다。하지만 결국 그녀는 중요한 한마디만을 새겨넣었다。（p16）

Ten minutes for seven letters. With another ten could she have gotten "Dearly" too? She had not thought to ask him and it bothered her still that it might have been possible-that for twenty minutes, a half hour, she could have had the whole thing, every word she heard the preacher say at the funeral（and all there was to say, surely） engraved on her baby’s headstone: Dearly Beloved. But what she got, settled for, was the one word mattered.（p5）

名もないまま死んだ娘の墓碑に“Beloved”という文字が刻み込まれことによって、一般名、あるいは動詞連体形の“Beloved”が死んだ娘の名前としての固有性を獲得し、ひいてはこの物語の題名にまでなるのである。もちろん、二歳に死んだ赤ちゃんに実際に名前が与えられなかったとは想像しにくい。物語では、末っ子の“Denver”には生まれると同時に名前が付けられていたし、二人の兄たちもそれぞれ“Buglar”,“Howard”という名前で語られている。四人兄弟の中で死んだこの子だけが、語り手からも登場人物からも、実際には付けられたはずの名前では一度も呼ばれることがなかった。それは、いうまでもなく、彼女の名前として墓碑名の“Beloved”を与え、その固有性を強調するとともに、その名前を巡る物語を作り上げるために、作者が意図的に設定した文脈であろう。

　原文では“seven letters”,日本語訳では「七文字」、そして韓国語訳では「네 글자（四文字）」の単語、“Beloved”「愛されし者《ビラヴド》」「빌러비드」がそれぞれ彫られたとされている。ここで翻訳テクストの読者にとって当然問題になるのが、日本語訳の「七文字」に該当するのは「愛されし者」か、あるいは“Beloved”なのかということである。どうしても“Beloved”を連想するようになっているところに、「七文字」の「愛されし者」という日本語テクストの原文への依存を確認

することができる。一方韓国語訳における「네 글자」の「빌러비드」の場合は原文参照が要らなくなっている。

次に注目したいのは、墓碑の文字から外されたとする“Dearly”に対する日韓の翻訳語である。もしも娘の墓碑に、牧師の「一語一句を残さず」、“Dearly Beloved”が彫られたとすれば、“Beloved”が死んだ娘の固有名になることはありえない。原文の牧師の「一語一句」が、たとえば“Dear Beloved”ではなく、“Dearly Beloved”となっていることからも明らかであるように、“Dearly”という副詞は名詞―固有名であれ、一般名であれ―ではなく、動詞の“belove”をまず修飾するのである。その場合、“Beloved”が娘の固有名になることも、物語の題名となることもできなかったはずである。物語の設定としては彫られてはいけない、その“Dearly Beloved”に対する日韓の翻訳語は、それぞれ「かけがえなく愛されし者《ディアリー・ビラヴド》」、「디얼리 빌러비드（참으로 사랑하는）」である。二つの訳語の決定的な違いは、日本語訳は名詞句にされ、一方韓国語訳は述語の形容句になっている。ここでの“Beloved”に対する日本語訳の「愛されし者《ビラヴド》」は、「七文字」だけ彫られた時のそれと同じく訳されている。微妙ではあるが、墓碑に“Dearly”が一緒に彫られてはいけない物語の設定からすると、誤訳に近いといわざるを得ない。ちなみに韓国語訳は「디얼리 빌러비드（참으로 사랑하는）」とし、「ディアリービラビド」という音訳だけの不十分さを括弧の中に「참으로 사랑하는（真に愛する）」という述語形容句の意味を書き込むことで補っている。視覚的にはくどくどしい異変の翻訳になっているが、原文の意味は充実に再現され

ているようにみえる。

このように、偶然の出来事を装いながら施される、作者の緻密な操作によって与えられた“Beloved”という名前には、物語の流れの中で絶対的な固有性が刻まれる。死んでから一八年ぶりに母の前に現れた娘は、自分を「ビラヴド」“Beloved”と名乗り、またその名前で呼ばれることを強く欲望する。そしてそれを完全に自身だけのもの、すなわち固有名にするのである。

> 「触ってくれなきゃ、だめだよ。中のところをね。それから、あたしをね、あたしの名前で呼んでくれなきゃ、だめよ」（二二六頁）
> 「당신은 날 만져줘야 해。몸속을。그리고 내 이름을 불러줘야 해。」(p197)
> “You have to touch me. On the inside part. And you have to call me my name.”(p137)

これは、母の家で同棲するようになった、母の奴隷時代の仲間ポールDの身体を誘惑する言葉である。彼女は、「あたしの躰」の中に、破滅を恐れ、拒否し続けたポールDを誘い込み、結局「あたしの名前」を呼ばせる。母の男であるポールDを介して自分の「躰」と「名前」への二つの欲望を同時に満たすのである。ここでの二つの欲望が実は一つであることはすぐ確認される。ポールDが「ビラヴド」と呼んだのは、彼女の「躰の中のところ」に入っていった時である。その時、彼は“Red heart, Red heart.”「赤い心臓《レッドハート》。赤い心臓《レッドハート》」、「붉은 심장。붉은 심장」と繰り返

し呟き、また叫ぶ。この段階にいたると、「ビラヴド」という「名前」と死んだ彼女の身体は一体になり、「赤い心臓《レッドハート》」が象徴するように、彼女は完全に蘇るのである。「躰」と「名前」の一体感を伝えている、日韓の会話文の語調の差をあえていうならば、日本語訳が人物の会話が作る雰囲気を、韓国語訳が会話の的確な意味を、それぞれ翻訳することに努めている傾向はある。もちろんここでの〝Beloved〟は、「愛される者」あるいは「愛されし者」に一般名には抹消されえない固有名として翻訳されなければならない。日本語訳が意味訳の「愛されし者」を題名から外したのは当然だったかもしれない。

　こうしてみると、この作品の題名、主人公の名前、そして作者のメッセージを象徴する表現でもある〝Beloved〟は、物語の中で一般名、固有名、そして形容詞、動詞としても使用されることからもわかるように、意味的には相当の振幅を持っていることが明らかである。〝Beloved〟あるいは〝beloved〟というほぼ同一の単語が使われている原文テクストの場合、読者たちはその複合的な意味やニュアンスをその単語から直接読み取ることになるだろう。その〝Beloved〟に対して、日本語訳では「ビラヴド」、「愛されし者」、「愛されし者《ビラヴド》」、「愛される」など、毎回一つの翻訳語が選択されている。自立的な読書を可能にする翻訳ともいえようが、読者たちは、一つの訳語の選択によって排除されてしまったさまざまな意味とニュアンスを、物語の文脈や語用的状況を参照しながら読み取るしかないことになる。一方韓国語訳では、物語が始まる前の一節での、聖書から引用した〝beloved〟以外には一貫して、「빌러비드」という音訳語——いいかえれば、意味の

翻訳をしないこと―が選択されている。翻訳テクストの読んでいく読者たちは、「빌러비드」という訳語と出合うたびごとに、その複合的な意味とニュアンスを求めて原文に引き付けられるようになる。この場合は、日本語訳より原文への依存度が相対的に高いといわざるをえない。

段落の再編、感情表現の敷衍

実は『ビラヴド』『빌러비드』を読み始める前からすでに気になり、原文テクストと比較してみたくなる点がある。原文より翻訳の量が多くなっているからである。もちろん、ほぼ同じ意味を伝える英語と日本語文章の場合、どれほど長さに差があるのだろうか、ということに関する信頼できるデータを参照することはできない。しかし一般的には、英語を日本語訳すると文章の量が増えるといわれている。この点を考慮に入れたとしても、『ビラヴド』という日本語翻訳の文章量の増加は目立つ。英語と日本語テクストの分量を正確に測ることは容易ではないであろうが、大雑把な見当では翻訳文の量が確かに七、八割は増えているのである。ちなみに、英語と同じく単語の間にスペースを置く韓国語テクストの場合、原文との文章量の差がそれほどは目立たないが、たいてい同じ長さの行で、二、三割程度増えている。

日本語テクストの量が大きくなった理由として、まず、原文に比べて段落の分節がより細かく行われていることが挙げられる。もちろん段落が分化されることによって文章の長さが変わるわけではない。しかし、行数や頁数が増えることによって、テクストの分量が大きくなるのは避けられない。たとえば、物語の最初の段落を取り上げてみる。

124 WAS SPITEFUL. Full of a baby's venom. The women in the house knew it and so did the children. For years each put up with the spite in his own way, but by 1873 Sethe and her daughter Denver were its own victims. The grandmother, Baby Suggs, was dead, and the sons, Howard and Buglar, had run away by the time they were thirteen years old–as soon as merely looking in a mirror shattered it (that was the signal for Buglar); as soon as two tiny hand prints appeared in the cake (that was it for Howard). Neither boy waited to see more; (p3)

一二四番地は悪意に満ちていた。赤ん坊の恨みがこもっていた。

その家に住んでいる女たちはそのことを知っていたし、子どもたちだって同じだった。何年ものあいだ、それぞれが、その悪意にじっと耐えてはきたものの、一八七三年には、まだ残っていた被害者はセテと彼女の娘デンヴァーだけになっていた。

祖母のベビー・サッグスは死んでいたし、息子のハワードとバグラーは一三歳になる前に逃げ出していた。覗《のぞ》きこんだだけで鏡が粉々に砕《くだ》けたとたん（これでバグラーの心が決まり）、二つのちっちゃな手形がケーキの上に現れたとたん（これでハワードの決心がついて）二人は逃げ出したのだ。息子たちはそれ以上の異変が起きる前に、家出を決行した。

（一一頁）

主人公の家族構成がいっきに紹介される、物語の出だしである。原文は一つの段落であるが、日本語訳には三段落構成となっている。ここで日本語テクストが段落を細分する根拠として、語りの焦点が当てられている人物が段落ごとに変わっているということが挙げられる。すなわち、第一段落目に死んだ娘、二段落目に母セテと娘デンヴァー、そして三段落目には死んだ祖母と逃げ出した息子兄弟が、それぞれ登場人物となっているのである。

もちろん段落の分節、再分節とは、訳者による一種の解釈であろう。また、物語の内容を明確に示そうとする翻訳態度のあらわれでもあろう。日本語翻訳は物語の最初から最後まで一貫して、語りの場面、語り手の視点、そして語られる焦点などが変化されることに応じて、段落を原文のそれより細かく分節している。それによって、原文の文体の特徴といわれる、異なる場面、視点、焦点を自由につなぎあわせる語り手の意識の流れや、夢幻的な雰囲気が相当失われてしまったことは否めない。つまり、日本語テクストは、原作の独創的な形式にある程度の変形を加えてまでも、物語展開の文脈を読者に明示しようとしたのである。一方、韓国語訳は、原文の段落分節を充実に反映しようとする態度をとっている。形式を再現することによって、語り手の意識の流れや呼吸のリズムをも翻訳しているのである。

日本語訳の文章そのものが長くなった直接の理由もまた、意味伝達を重視する翻訳態度から確

認することができる。日本語テクスト『ビラヴド』には、訳文の意味が曖昧になり、また不明になると判断された場合、訳者が積極的に文章の中に説明や解釈を挿入する傾向が著しい。たとえば、引用の三段落目。その文章の中には「逃げ出していた」、「逃げ出したのだ」、「家出を決行した」のほぼ同じ意味の述語が三回も繰り返されている。もちろんそれは、意味を明確にするために原文を再分節する過程で、述語を反復せざるをえなかった結果かもしれない。ともかく、原文ではこの述語に当たる“had run away”は一回しか使われていない。そして訳文の三段落の最後の文章、「息子たちはそれ以上の異変が起きる前に、家出を決行した」には、原文、“Neither boy waited to see more;”の中には見当たらない、「異変が起きる」や「家出を決行した」などの表現が含まれている。どうみても訳者の解釈に基づく余分の説明が添加されたと思わざるをえない。ちなみに、三段落目に当たる韓国語訳の文章、「두 아이 모두……아직 보이지도 않았는데 달아나버렸다。」(p13) には、述語の反復と多少の説明はあるものの、文の再分節は行われていない。

日韓翻訳文における訳者の解説の介入の度合いを対比するために、今度は韓国語訳にも原文にはない任意の表現が付け加えられた例を取り上げる。

ハミが外されて数日たって、ガチョウの脂《あぶら》を口の両端にすりこんでも、屈辱を受けた舌の痛みを和らげ、目に浮かんでいる獰猛《どうもう》な表情を取り除く薬はなかった。(一四一頁)

재갈을 벗고 며칠이 지나도, 거위 기름을 입꼬리에 문지르며 온갖 방법을 다 써봐도 혀의 통증은 가라앉지 않았고 사나운 눈빛도 사라지지 않았다。(p123)

Days after it was taken out, goose fat was rubbed on the corners of the mouth but nothing to soothe or take the wildness out of the eye.（p84）

一八年ぶりに再会したポールDのその間の苦しい経験を、セテが、子どもの頃に見た光景を浮かびながら想像し、読者に伝える地の文である。ここで注目したいのは、文章の後半部の節、原文の“but”以下、“nothing to soothe or take the wildness out of the eye”に当たる日韓両言語の訳文である。日本語訳文で、説明や解釈のために任意で加えられた表現を括弧に入れてみると、「〈屈辱を受けた〉〈舌の〉痛みを和らげ、目に〈浮かんでいる〉獰猛な〈表情を〉取り除く薬はなかった」となる。二語に一語ペースの余分の表現の挿入が確認できる。もちろん、過剰の単語なのかどうか、曖昧な部分もある。たとえば、「和らげ」ることができなかった痛みが「舌の」痛みになっているところである。「舌の」に特定化されるのはもちろん前後の文脈からであろうが、はたして痛みの部分を「舌に」限定できるのか、疑問の余地がある。たとえ限定できるにしても、「舌の」を付け加える必要があるのかという疑問は依然として残る。ちなみに、韓国語訳も「혀의（舌の）」という限定を付け加えているのは同じである。むしろ不要な表現とも考えられる「舌の」と「혀의」が日韓翻訳テクストに同時に使われていることは、偶然なのだろうか、

あるいは韓国語訳の際に日本語訳が参照とされた結果なのだろうか。*Beloved* の文章が両義性に満ちていることは広く認められている。そのような原文に対して訳者のほうが、和らげようとしたのは〈屈辱を受けた舌〉と特定し、目の獰猛さを〈目に浮かんでいる獰猛な表情〉と説明し、また、それを取り除くために〈薬〉が使われたという推測までを加えてしまうと、読む過程で戯れるべき読者の解釈の範囲が極めて狭められることは避けられないということである。韓国語訳で目立つ任意の説明表現は、「혀의」という一つの語句だけである。原文の含蓄性が日本語訳に比べてある程度は保たれていることがいえる。

このように、登場人物の感情を伝えるために、訳者が直接解説をする傾向は、日本語テクストの文体的特徴にもなっている。感情表現の文章をもう一つ取り上げる。次は、ビラヴドの妹デンヴァーの感情を、語り手とデンヴァー本人が交互に読者に語るところである。死の世界から戻ってきた姉と、母、そして妹が至福の暮らしをしている時に、突然姉の姿がデンヴァーには見えなくなってしまったのである。

ポールDが一二四番地にやってきて、デンヴァーがどうにもできなくてかまどの前で泣いていた時より、いまの方がみじめだ。いまの方がつらい。あの時は、自分自身がかわいそうで泣いた。いまはその自身が消えてしまったので泣いている。この惨めさに比べたら、死だって食事を一回ぬかすぐらいのつらさにすぎない。（二三八頁）

This is worse than when Paul D came to 124 and she cried helplessly into the stove. This is worse. Then it was for herself. Now she is crying because she has no self. Death is skipped meal compared to this.（p145）

英語テクストには、人物の感情状態をあらわす述語として、二種類の動詞 "is worse" と "cry" が二回ずつ使われている。要するに語り手は感情表現を非常に節制しているのである。それに比べて、訳文では名詞の「みじめ」、「つらさ」、形容詞の「つらい」、副詞の「かわいそうで」、そして動詞「泣いている」など、多様な感情表現を八回も用いている。翻訳テクストの読者としては、訳者が物語の中で直接登場人物の感情を解説しているような印象まで受けるのである。ちなみに韓国語訳での感情表現の使い方は、最後の訳文「그에 비하면 죽음은 그저 식사 한끼 거르는 일에 불과하다。（それに比べたら、死は食事を一回ぬかすことにすぎない。）」（p206）からもわかるように、原文とほぼ同様である。

翻訳の差異、差異の翻訳

『ビラヴド』と『빌러비드』を対比しながら読んでいく際、日韓訳語の相異に出合うのはそれほど珍しくない。その翻訳の差異は、微妙なものから顕著なものまでさまざまである。まず、微妙な翻訳の差異から述べる。そのため取り上げてみるのは、セテが、娘が赤ん坊だった頃の、ス

イートホーム農園での奴隷生活について、自分のところに戻ってきた娘ビラヴドに語る、エピソードの中に含まれている会話文である。ガーナー夫人の看病をしていたセテが、突然「特徴」(Characteristics) という単語の意味について、夫人に聞く。子どもたちを教えていた先生が子どもたちに (奴隷である) 自分の「人間的な特徴」と「動物的な特徴」を書かせるのを聞いたからである。次は、セテがいい出した質問と夫人の受け答えである。

「はい、奥さま。あのう、ちょっとお訊きしていいですか?」/(改行―引用者)「何なの、セテ?」/「トクチョウってどういう意味でしょうか?」/「何ですって」/「コトバです。トクチョウ」/「ああ」奥さまは、枕の上であちこち頭を動かした。「目立った点よ。誰が教えてくれたの?」/「『先生』が言っているのを聞いたんです」/「この水とりかえて、セテ。ぬるいわよ」/「はい、奥さま。メダッタテンですか?」(三六八~三六九頁)(中略)「メダッタテンとおっしゃいましたね?」/「え、何?」/「メダッタテンですか?」/「そうよ。たとえばね、夏の目立ったところは、暑さ。特徴というのは目立った点なのよ。あるものに、もともと自然についているものなのよ」/「二つ以上持つことができるんですか?」(三七〇頁)

"Yes, ma'am. Ma'am? Could I ask you something?" / "What is it, Sethe?" / "What do

Characteristics mean?" / "What?" / "A word Characteristics" / "Oh." She moved her head around on the pillow. "Features. Who taught you that?" "I heard the schoolteacher say it." / "Change the water, Sethe. This is warm" / "Yes ma'am. Features?"……

"You said features, ma'am?" / "What?" / "Features?" / "Umm. Like, a feature of summer is heat. A characteristic is a feature. A thing that's natural to a thing." / "Can you have more than one?"（pp229-30）

最初にセテが先生から聞いた「特徴」という言葉は、質問するときは「トクチョウ」に、それに対して答えられた「目立った点」はまた「メダッタテン」に、その後に「特徴」、そして最後に「自然についているもの」と説明されている。それに当たる原文の単語は、"Characteristics", "Features" と "A thing that's natural to a thing" の三つである。ここで原文からまず注目したいのは、"Yes ma'am. Features?", "You said features, ma'am?" と、二回も "Features" の意味についてセテが質問をしているところである。つまり英語テクストからは、"Characteristics" からその言葉の意味として答えられた "Features" という類義語に変わっても、まだセテは言葉の意味が分からない状態にいることが読み取れる。この段階でセテが言葉の意味について再度質問をする会話の状況が読者たちにはっきり伝わるようになっている。そして言葉の多少なりの意味がセテに知らされるのは、続く "A thing that's natural to a thing" という夫人の答えによってである。

それに対し、日本語テクストの「目立った点」、または「メダッタテン」は、「特徴」または「トクチョウ」という単語の意味の説明としてセテに聞かされるようになっている。それは、“Features”という名詞が、形式的に、「目立った点」という述語を含む節として翻訳されることによって生じた効果であることはいうまでもない。その結果、病気で弱っているガーナー夫人の機嫌を窺いながら聞き出す、セテの質問―具体的には、「メダッタテン」に関する、二回の直接的な質問と、説明を聞いた後に再び出される、引用の最後のもう一回の質問―の持つ文脈的な意味は失われてしまうのである。セテの一連の質問は、もう少し解釈を加えてみると、奴隷としての「人間的」、「動物的特徴」について、全く無知の精神状態にあったセテが、自分を財産として所有している白人を相手に、自らの存在の意味を執拗に追い求めるために出されたものである。「目立った点」という意味を説明するような名詞節を以て、セテの連続的な会話文を構成している日本語訳は、無知の状態から言葉の意味を求め続ける登場人物の切実な心理の状態を伝えるには効果的ではないと思われる。

もちろんここで、「特徴」と「トクチョウ」、そして「目立った点」と「メダッタテン」の間には、意味やニュアンスの微妙な差があるという点に着目し、語り手とガーナー夫人の言葉である前者の漢字語は、発話者たちがその単語の意味を知っていることを、セテの言葉の片仮名語は、発話者がそれを知らないことを、それぞれ表象するものと見做す読み方もあるかもしれない。そしてそうした意図的な表記の区別を通して、日本語訳文にセテの連続的な質問においての文脈的整合性が保たれていると見做す読者もいるかもしれない。しかし、『ビラヴド』のカタカナ語表記を全体的に考慮した場合、それらに訳者の主観的な感情（強調、感嘆など）が表象されているとは認められるものの、文脈的意味の客観的な差が示されているとは認められない。それは引用の会話文「コトバです。トクチョウ」からも確かめられる。ここで二つの片仮名表記は、発話者セテの態度を客観的にあらわすものではなく、訳者の判断による言葉の特権化に当たるものである。したがって、カタカナ語表記にその言葉に対する発話者の無知という意味が内包されているかのように考えてみることは主観的な見方にすぎない。

一方韓国語訳では、原文の“Characteristics”,“Features”と“A thing that's natural to a thing”がそれぞれ「특징（特徴）」、「성질（性質）」、と「자연스럽게 타고난 것（自然についているもの）」（p319-21）となっている。そして、二回にわたるセテの再度の質問は「성질이라고요？（性質とおっしゃいましたか。）」（p320）となっている。「특징」から類義語「성질」に単語がずらされた後にもセテの「성질」という単語に対する無知の状態が続けられるように工夫されているのである。その文脈的な意味は、「자연스럽게 타고난 것」というガーナー夫人の説明を聞いた後に出される「성질이 하나보다 많을 수 있나요？（性質が一つより多いこともありえますか。）」（p321）という、セテの「성질」の概念に関するもう一回の質問が読まれる段階には、より明確に捉えられる。

次は、いよいよ母の愛を独り占めにしたビラヴドが、自分の母への思いについて、直接読者に語りかけるところである。ビラヴドの母との関係は、物語の後半の展開の重要なモチーフであり、すべての葛藤の原因になる。

あたしはあの女《ひと》と別々じゃないの　あたしがじっとしてられる場所はないの　あの女《ひと》の顔はあたしが持ってる顔だからあたしはあの女《ひと》の顔があるあそこにいてあの女《ひと》の顔を見つめていたいのよ　熱イモノ（四〇一頁）

熱イモノ　いまあたしたちは一つになれる　熱イモノ（四〇七頁）

ここで繰り返されている「熱イモノ」は、"a hot thing"（p248, p252）の翻訳である。韓国語には「멋져（素敵）」（p346）となっている。日本語訳が皮膚感覚から捉えられる感動をあらわすとすれば、韓国語訳のほうは視覚から得られる心理的感動をあらわすものである。ビラヴドが発するこの"a hot thing"とは、二歳の時母の手によって殺された娘の母に対する欲望—あるいは、愛—と、「死んだ人たちの小さな山　熱イモノ　皮膚のない男たちがその人たちを棒でぐいぐい押してる」（四〇三頁）場所から一八年ぶりに母の家に戻ってきてついに母との一体を成し遂げた時の、娘の感情をあらわす感嘆の声であろう。そうした言葉に相応しい翻訳語としては、やはり「멋져」という視覚的感動の表現ではなく「熱イモノ」という肉体的感動の表現にならなければならない。日韓の翻訳を交互に読んでいく読者の記憶にはどうしても「熱イモノ」から受けら

れる印象のほうがより強く残るだろう。

引き続き、もう一点の感嘆表現の翻訳を取り上げる。そもそも死者であるビラヴドの魔性に惹かれているセテを救うために、共同体の女たちが立ち上がる。セテを「洗礼を受けた者のように」震えさせる歌（おそらく讃美歌であろう――論者）を歌いながら、彼女の家に入っていた共同体の女たちは、ビラヴドを次のように描写している。

妊婦に化けていて、裸で、昼下がりの炎暑の中で、微笑んでいた。雷雲のように黒く、キラキラと輝き、すらりと伸びた長い脚で立ち、腹は膨らみぴーんとしていた。つる草のような髪がもつれ茂って頭を覆っていた。オドロイタ。あの女の微笑は目も眩《くら》むようにまぶしかった。（四九四頁）

述語の過去形のひらがな表記が続く中で、カタカナ表記の「オドロイタ」はまず読者の目を引く。訳語の表記自体にある程度の翻訳不可能性が示される、その原語は"Jesus"（p308）である。韓国語訳では「오、주여（おお、主よ）」（p427）とされている。引用は、共同体の女たちが死んだ娘の呪縛から仲間のセテを救い出し、彼女に新たな生活を与えようとする前後文脈の中で語られたものである。共同体の女たちがビラヴドを「悪魔の子ども」（四九三頁）"devil-child"（p308）とも呼んでいることを念頭におけば、彼女についての描写の中で含まれている、感嘆語

"Jesus" に対する訳語としては、それが驚きをあらわしているとはいえ、「オドロイタ」よりは「오、주여」のほうが無難ではないだろうか。

そして次は、日韓翻訳の間の意味の差が画然とした場合である。ビラヴドが共同体女たちの目の前で一二四番地の家から出て行った後の、いわば物語の大団円で、ポールDが戻ってきてひとりになったセテに再会するところである。

彼女がいるのは、あそこだ―やっぱり、そうだ。陽気な彩りのキルトをかけて寝ている。セテの髪は、立派な植物の黒々とした細かい根のように、枕の上に広がりうねっている。セテの目は吸いつくように窓に向けられていて、あまりに無表情なので、彼には自分が誰だかわかってもらえるかどうか、確信が持てなかった。この部屋は明るすぎる。ものが、裏切られた表情をしている。（五一一頁）

그 여자가 거기 말고 또 어디 있겠어。그녀가 있다。밝은 색깔의 누비이불을 덮고 누워 있다。튼튼한 식물의 가늘고 검은 뿌리 같은 그녀의 머리카락이 베게 위에 구불구불 펼쳐져 있다。창문을 하염없이 바라보는 그녀의 두 눈이 어찌나 무덤덤한지、폴 디는 과연 그녀가 자기를 알아볼지조차 의심스럽다。여기 이 방은 지나치게 밝다。물건들은 팔아치운 듯하다。(p441)

セテの姿勢、髪、そして目の表情などに対しての、ポールDの視点による描写である。描写の焦点といえば、娘の亡霊が追い出された後の、母セテの微動もしない虚ろな「無表情」である。ここで、「表情」を帯びているのはむしろ「部屋」と「もの」のほうである。ポールDによって語られる「明るすぎる」と「裏切られた」という表情がそれである。この「部屋」と「もの」の対照的な二つの「表情」を通して、読者たちは、死霊の憑依《ひょうい》から救われながら、同時に死んだ娘との永遠な別れを告げられた、母の心理状態を想像するようになっている。しかし、引用の描写文に対してこうした感想が可能になるのは、日本語テクストに限られるかもしれない。いいかえれば、「部屋」と「もの」が対照的な「表情」を帯びていることは、日本語訳者の独特な解釈の結果であるかもしれないということである。

引用の最後の文「ものが、裏切られた表情をしている」に当たる韓国語訳は、「물건들은 팔아치운 듯하다（ものたちは売ってしまったようだ）」である。日本語訳が主語「もの」、助詞「が」、そして述語「裏切られた表情をしている」で構成されている。それに対して韓国語訳では、「が」の代わりに「は」という助詞と、「売ってしまった」という他動詞が用いられている。それによって、「ものたち」という複数形の名詞が目的語になっているのである。少なくない差異を呈する、この二つの翻訳文の原文は、“Things look sold.”（p319）である。

日本語訳は確かに、「もの」に移っている、セテの心の状態の描写である。それに対し韓国語訳「물건들은 팔아치운 듯하다」では、誰かが「ものたち」を部屋から除去したことが、語り手

によって推測されている。前後文脈からすると、それは、前の文の「이 방은 지나치게 밝다（この部屋は明るすぎる）」というポールDの感想を、語り手が補充説明をする文章である。「部屋」と「もの」を並列させ、その対照的な「表情」伝える日本語訳とは異なって、韓国語訳は、「部屋」の雰囲気と「もの」の不在の状態との因果的関係を読者に伝えているのである。その結果、韓国語訳の「이 방（この部屋）」は、登場人物の感情状態が投影された対象というよりは、無機物としての空間的背景となってしまう。もちろん、何方《どちら》の翻訳が妥当なのかを決めつけるのは重要ではない。ただ、日本語テクストの訳者のほうが、人物の感情や場面と雰囲気を伝える際、より積極的に物語の中に介入する、ということを確かめるのは重要であろう。

原語の両義、翻訳の択一

この物語の最も重要なモチーフは、いうまでもなく、自らの手で幼い娘を殺した母の経験であろう。ケンタッキーからオハイオまでオハイオ川を渡って逃走してから二九日後に捕獲人たちに発見された時、セテは、母子五人同伴自殺で奴隷生活のない彼方に逃げようとしたが、結果的には幼女だけを手引き鋸を使って殺してしまったのである。セテのこの激しい抵抗、すなわち「母の愛」は、スイートホーム農園の奴隷時代の仲間、いまは彼女のほうも一緒になることを望んでいる男、ポールDにさえ恐怖を与えるものであった。実は、この「母の愛」についてのセテの主張の言葉に対する、日韓テクストの一連の翻訳語の選択には微妙なずれが生じている。

「あんたの愛は濃すぎるんだ」（三一三頁）というポールDに、セテは、「愛はあるか、ないかよ。薄い愛なんて愛じゃない」（三一四頁）といい返す。この三つの会話に当たる、韓国語訳は、「당신의 사랑은 너무 짙어」、「너무 짙다고?」、「사랑이 그런 거야。그렇지 않으면 사랑이 아니지。옅은 사랑은 사랑이 아니야」（p272）で、原文は"Your love is too thick,"（p193）"Too thick?""Love is or it ain't. Thin love ain't love at all,"（p194）である。

問題になるのは、セテの「濃すぎる愛」（「너무 짙은 사랑」（p273）、"too-thick love"（p194）への執着を理由づける最後の会話である。日本語では、原文同様に二つの文になっている。一方韓国語では、原文の第一文の二つの節がそれぞれ文になって、三つの文に訳されている。まず韓国語訳での、それぞれ三つの文を分節して日本語に訳してみると、「愛はそうよ」、「そうじゃないと愛ではない」、そして「薄い愛は愛じゃない」になる。前の二つの文の「そう」に当たる意味をあらわすと、「愛は濃すぎるものよ」と「濃すぎじゃないと愛ではない」となる。こうしてみると、韓国語訳におけるこの三つの文は、ほぼ同じ意味内容を繰り返していることが分かる。そして、全く別の意味を語る二つの文となっている、日本語訳「愛はあるか、ないかよ。薄い愛なんて愛じゃない」との、意味の差異も明らかになるのである。この場合、原文"Love is or it ain't."の意味は、日本語訳の「愛はあるか、ないかよ」、韓国語訳の〈愛は濃すぎるもの、そうじゃないと愛ではない〉、あるいはその両方を含むものだろうか。

ここで日韓両翻訳の中でより妥当な翻訳を選んでみることは、もちろん前後文脈の主観的な解釈を根拠にして、不可能ではないだろう。そもそも翻訳作品のすべての言葉とは一次的には訳者の主観的な判断のもとで選択されるものだからである。しかし、日韓の―もちろん日韓だけでなくありとあらゆる言語の―翻訳テクストを交互に読んでいく読者にとって、より重要なのは、異なる翻訳語の中で一方を選択して読むのではなく、潜在的可能性として予《あらかじ》め原文に含まれていた両義が択一されるそのプロセスを分析的に味わうことである。文学作品の言葉を翻訳するということは、原理的に、原文のさまざまな可能性を犠牲にする、翻訳語の選択―死を与える（decide）―行為でもあるからである。

原語が内包する多義的意味の中、翻訳はその一義的意味を重視する選択をしなければならない。その一義的言葉に出合ったとき、翻訳作品を一次テクストとする読書における原文への依存度はいっきに高まるようになる。マイナー読書の危機ともいえる事態である。ここで最後に、マイナー読書を決定的な危機に追い込む一つの表現を取り上げる。『ビラヴド』という物語の最大の緊張は、たとえば、長年奴隷仲間であった恋人のポールＤにもうまく伝えられないセテの「濃すぎる愛」を、語り手が読者に言葉で伝えなければならないというアポリア（解決のつかない難問）から生じるものであろう。実はこの作品は、伝えられないが、むしろそのために、伝えなければならない、という語りそのものの矛盾について、読者に直接語っている。それを最も含蓄的にあらわす表現が、作品の内部ではあるが物語の外部である、物語が終わった後に語られる文章の中で繰り返されているのである。"It was not a story to pass on."（p323）である。

日本語訳は「人から人へ伝える物語ではなかった」となっていて、「伝える」、「伝えながら消えていく」、あるいは「忘れる」などの意味を多義的に内包する“pass on”[23]が、「伝える」という一義的訳語に固定されている。韓国語訳では「그것은 전할 만한 이야기가 아니었다（それは伝えるほどの物語ではなかった）」（p447）とされている。日韓翻訳両方が、〈伝えられないが、むしろそのために、伝えなければならない〉という原文の両義的意味の中で、後半の〈むしろそのために、伝えなければならない〉のほうを切り捨てることによって、矛盾を含む逆説的意味を読者に伝えることはできなかったのである。

そして、最後のリフレイン“It is not a story to pass on.”（p324）は、日本語訳では「人から人へ伝える物語ではないのだ」（五一八頁）に対して、韓国語訳では「그것은 전할 만한 이야기가 아니다」（p448）になっている。原文には、〈伝えられないが、むしろそのために、伝えなければならない〉物語が、実際に過去から現在まで〈伝わってきた〉ことが、“was”から変わっている動詞“is”に暗示されている。しかし日韓の翻訳では、ただ時制の変化だけはあらわされているものの、そこから、原文の含蓄的な意味を読み取ることはできなくなっている。

翻訳テクストを読んでいく読者が、自分たちのマイナー読書が決定的な危機に瀕していたことを、実は事後的に、原文との対照を通して初めて気づく。そしてその危機が、原文に内包されている翻訳可能性を参照することで、すなわち言語間を横断する依存的な読書を通して、克服できたことにも気づくようになる。

マイナー読書のために

それでは、これまで実践してきた、言語の間を読むマイナー読書―より正確にいえば、翻訳を一次テクストとしながら原文と他言語の翻訳文を参照する読書―における追求すべき価値とはいったい何であろうか。

マイナー読者は、翻訳文の言葉の意味や文脈の解釈が理解できなかったり、あるいはそれに違和感を持ったりするたびに、原文のそれらに対比、確認しようとする一種の不安をつねに経験する。そして実際に、解釈の妥当性が原文に担保されている場合があるのも事実である。とはいうものの、それが原文中心主義の読書ではけっしてないことは急いで指摘しなければならない。マイナー読者の原文への態度は、自分の言語への主人たる立場を自任し、言語行為に信頼を持ち続ける、いわゆるネイティブスピーカーたちのそれとは全く異なるからである。原文中心主義からみると、マイナー読者の解釈は、正典的になることを根本から期待できない、「非領域」の(deterritorialized)ものにすぎないからである。

たとえば、音か意味かの一方だけをあらわしたり、多義の中で一義的意味以外は切り捨てたり、またはどうしても異変の言葉を選ばざるをえなくなったりする、翻訳テクストの不安定な言葉を読む中で、マイナー読者たちは、自分自身の言語の限界ぎりぎりまでをむりやりに意識させられるようになる。実はそこから、原文中心主義の読者たちが経験することのできない、マイナー読書の可能性を確認することはできないだろうか。

原文であれ、翻訳であれ、「自分のものである言語」の内部で行われる自立的な読書の場合、意味共有性を前提とする言語共同体的主観によって解釈されてしまう。その解釈の過程で境界の外に追い出されてしまうさまざまな意味や語りの彼方なる記憶、それこそが他者の他者性に他ならない。それに対し、他言語あるいは原文に依存せざるをえない、「自分のものではない言語」を読むマイナー読書の場合、他者の観点より自分の観点を、または、他言語より自分の言語を、まず重視することは最初から不可能である。むしろマイナー読者にとって、自分の言葉選択の際に抱くようになった根源的不安を解消するための拠り所は、慣れ親しんでいた言語の向こう側、すなわち自分の言語の外部から求められるのである。

しかし忘れてはいけないのは、自分の言語の主導の下に解釈することがもはやできない、言語の間を読む読書であるからこそ、その他者尊重的な読み方を通して、境界の外からの声が他者性を保ったまま訴えるさまざまの解釈の手がかりに素直に耳を傾けることができるということである。他言語が示す解釈に依存せざるをえない一種の「賭け」を、危険を恐れず戯れる。それがマイナー読書の言語横断的な実践である。その過程で、慣れ親しんでいた自分の言葉は、「非領域」の異質の言葉として生まれ変わるのである。こうした「自分のものではない言語」の読書から、われわれはたとえば、「伝える、伝えながら消えていく、そして忘れる」ことのできない、「ビラヴド」」の物語を読むもっとも誠実な立場を確認することができよう。セテの怨恨に満ちている

「母の愛」を、解釈の意味共有性の前提の下で「伝える」こともなければ、共同体の言語主観の中に「消え」させ、また「忘れ」てしまうこともない、そうした読み方をマイナー読書は追求しているからである。この追求とは、実は「私」の特殊な言語状況の中で行われた、偶然的で唯一の出来事に他ならないという点において、もっとも〈自立的〉な読書体験なのである。

Ⅱ

民族、故郷というイデオロギー

〈1〉「民族」の呪縛――李光洙の「親日」を読み直す

「朝鮮人の日本人化」の含意

人々にとって母語と同じ程度に存在を拘束する力が大きい、その点のために普遍的にさえ見做されているアイデンティティの構成と決定の要因として「民族」という観念がある。民族のあいだの混じり合いを前提にする、たとえば混血、雑種、ハイブリッドなどの用語が一般の日韓社会で今も通用していることからもわかるように、それぞれ民族の異質性は特権的なものとして想像されている。だが状況によっては人々が、生得的な条件ではなく、主に教育と訓練を通して、民族のあいだを生きていくことはいくらでもある。ここでは植民地末期に朝鮮人と日本人の民族的アイデンティティを同時に標榜していた李光洙《イグァンス》の、「民族のあいだ」の経験を取り上げる。

アジア太平洋戦争期の日本帝国によって対外的に掲げられていた、「大東亞共栄圏を建設する」

というプロパガンダは、それを発信した政治家や軍国主義者の立場からすると、単なる自国のナショナリズム言説にすぎなかった。それは一九四〇年七月に誕生した第二次近衛文麿内閣によって「新東亞秩序の建設」が日本帝国の戦争遂行のための「國策」として定められたことからも明らかである。そして、政治、軍事ナショナリストたちの主張を内面化し、戦争の状況に追随していた日本人一般の「大東亞」イデオロギーも、日本の東アジアの植民地支配を正当化する、自国家中心主義である点において事情は同じであったろう。しかし、アジア太平洋戦争に、国際的にまた国内的に、「日本國民」として動員されていた植民地朝鮮人、特に「親日、協力」的な指導者、知識人らには、大東亜共栄圏の構想や、それを語る上での重要な概念であった「八紘一宇《はっこういちう》」、「内鮮一體《ないせんいったい》」などは、偏狭な国策などではなく、むしろ植民本国のナショナリズムを克服する契機として認識されていたのである。そのような認識からすると、「大東亞共栄圏」の建設のためには、朝鮮的地方主義が止揚されると同時に、植民地支配を可能にするさまざまな被差別的統制もまた撤廃されなければならないからである。「大東亞共栄」が最大の政治文化スローガンに掲げられていた時期に、脱―朝鮮主義と脱―植民地主義のイデオロギーをもっとも徹底的に追求した思想家が李光洙だったのである。

だが、アジア太平洋戦争期の李光洙の思想を、「朝鮮人」の立場から日本帝国主義者の植民地統治や戦争遂行に〈協力〉をするというイデオロギーに単純化してしまうと、支配民族と被支配民族のあいだの経験における多くのことを読み落とす恐れがある。大東亜共栄圏の建設、特にその一環としての「内鮮一體」の実現への李光洙の承認と主唱は、まず「朝鮮人が日本人に生まれ変わる」ということを前提としていたのである。厳密にいうと、李光洙の「親日」イデオロギーは、植民地人が日本帝国の統治を自発的に支持するという意味の〈親日〉でも、植民地宗主国の支配政策に追従するという意味の〈協力〉でもない。それは「朝鮮人の日本人化」という共同体のアイデンティティ変容のための論理と実践だったのである。

しかし、李光洙の「朝鮮人の日本人化」への声高な主張は、いままでの日韓の植民地文化研究では、一般的な意味においての〈親日〉、または〈協力〉の言説として片づけられていた。そこには、日韓の人々の民族的相異は本質的であり、したがって植民地朝鮮住民が、法的・政治的にだけでなく、感情的にまで、日本人の民族的主体性を獲得することは不可能であるという認識が前提とされている。李光洙の主張は、こうした自民族中心主義の観点によって、論理的にみれば自己矛盾の言説、倫理的にみれば自己欺瞞の言説としか読まれてこなかったのである。

もちろん、〈朝鮮人が日本人に生まれ変わることができる〉という主張が李光洙自身の確信から出ていたとは断定できない。また、彼の主張にむしろ自己矛盾や自己欺瞞が散在しているのも否定できない。しかしここでは、その言説に含まれている論理的、倫理的欠点を読むのではなく、親日や協力には還元できない、「朝鮮人の日本人化」への一貫した主張を支えている、李光洙の「親日」イデオロギーの〈間―民族的〉な特徴を読み取ることを目指す。

植民地朝鮮の民族主義運動家としての李光洙の主張は、〈民族の意識の改造〉という一言に代月号）は彼の代表的論説にならざるをえない。朝鮮民族の意識改造を訴えながら、そのための実践項目の数か条を述べている単純な主張だが、植民地朝鮮の社会運動史の文脈からするとただの抽象的な空論ではなかった。李光洙は、民族の啓蒙を行動目標とする団体「修養同友会」を組織し、その運動を指導していたのである。李光洙のいわゆる「親日」への転向はその修養同友会の解散をきっかけに行われるのだが、彼の「親日」転向の核心とは、朝鮮民族が自主的に「改造」に努めることからその「改造」のモデルとして日本民族を想定することへの変化に他ならない。

李光洙が「親日」に転向する時期は、一九三七年六月から一一月にかけて「修養同友会」の一八一人が逮捕され、また一九三八年一月、本人も含めた四二人が治安維持法違反で起訴されてから、李光洙が懲役五年に処せられた一九四〇年八月の第二審をへて、一九四一年一一月の最終審では四二人全員が無罪釈放される、その三、四年の間であった。この期間というのは、周知のように、国家全面戦争への（植民地住民も含む）国民の総動員体制が強化される時期であった。植民地朝鮮での言論統制や思想弾圧も厳しさを増していた。一九三七年に勃発した日中戦争が、全面化、長期化し、一九四一年一二月には太平洋戦争に突入する、日本帝国の国民総動員戦時状況の中で、植民地朝鮮社会には、神社参拝、皇居遥拝、国旗掲揚、「皇國臣民の誓詞」の提唱、君が代の普及、朝鮮語教育廃止、志願兵制度実施、創氏改名など、一連の「忠良ナル皇國臣民」化が、植民地の日本国民であった全朝鮮住民を対象に強要された。こうした植民地統治当局の思想弾圧が李光洙の「親日」への転向の決定的な外的要因であったことは確かである。しかしより重要なのは、内鮮一体、朝鮮人の皇民化などの戦争期の国家の政治的要請を、自発的に、そして徹底的に受け入れる、李光洙の「親日」イデオロギーの内的論理を理解することである。

解放後に書き綴った『私の告白』（春秋社、一九四八年）は、自分の「親日」転向についての李光洙自らの説明でもある。その結末に、日本の植民地支配と戦争遂行に「自発的」に、「徹底的」に「親日」すること以外に、支配民族からの差別をなくし、「民族を保存し」、また将来の民族の自立を確保する道はなかったと語っている。自身の「親日」への転向は朝鮮民族の犠牲と受難を最小化するために行われた、やむをえない選択、すなわち疑似転向であったということである。[24]一方、親日は自己犠牲の結果であったという主張に対し、解放以後の歴史評価は、事後的な自己合理化の弁明として片づけている。また、李光洙の植民地期の「親日」を、疑い余地のない「民族反逆」という裏切りの行為として決めつけながら、その弁明の態度を、自己反省の不在、あるいは罪意識の欠如として、倫理的観点から厳しく断罪しているのである。こうしてみると、本人からの「親日」に対する理由づけにも、それを批判する解放以後の韓国文化史の言説にも、自民族中心主義がすべての価値判断の基準として据えられていることは明らかである。しかし、李光洙の「朝鮮人の日本人化」のイデオロギーには、自民族中心主義の単純明快な二項対立的認識からは把握されえない繊細な心情的論理が含まれていることを見逃してはならない。

まず、李光洙の「親日」の要ともいえる「内鮮一體」のスローガンがどのような状況下で生まれたのかを確認しよう。原理的にみて、植民地末期のアジア太平洋戦争の時代状況と朝鮮人の日本国民への統合は必然的な因果関係にあった。アジア太平洋戦争とは、日本列島と朝鮮半島の外部の敵と戦うという状況認識を日本人と植民地朝鮮住民が共有することを前提とする、日本帝国の全面戦争である。その戦争という条件は、日本列島と朝鮮半島の区別をなくし、日本人と朝鮮人を内部の共同体として一元化することを要求する。植民地社会では〈内地人と朝鮮人〉に、植民本国の社会では〈日本人と外地人〉に、それぞれ対立的に構造化されていた民族間の差別が禁じられ、「皇國臣民」として一体化されることは、そのまま、植民地住民が外部の他者をより明確な敵として想定する契機になる。そのための国策が朝鮮人の「皇國臣民化」、その具体的なスローガンが「内鮮一體」だったのである。[25]

ここで注意しなければならないのは、李光洙の「親日」が植民地朝鮮住民を帝国の戦争に総動員する国家政策への「協力」を無媒介的に主張するものではないということである。李光洙の「親日」がまず「自発的に、徹底的に」追求したのは、戦争動員政策の遂行のために訴えられていた皇民化、内鮮一体の論理と実践のほうであった。実際この二つの項目は、李光洙本人の解放後の認識も含めて既存の歴史的評価には、結果論的な観点から、同じ動機としてしか捉えられていない。しかし、戦争に協力するために「日本人」になることと、「日本人」になるために戦争協力をすることとは、互いに逆方向の因果関係を示している。李光洙の「親日」の立場が後者にあったのは確かである。先ほども述べたように、「民族」を、対―他者の関係の中で流動的に構成される概念としてではなく、共同体の存在性を本質的に決めつける生の条件として認知する、いわゆる自民族中心主義の観点からすると、李光洙の「朝鮮人が日本人に生まれ変わる」という主張は、単なる自己矛盾、あるいは成立不可能な妄想にすぎないものになる。その場合、日本人になることと戦争に協力することは等価であったのである。李光洙の「親日」を、朝鮮民族のための偽装的な協力だとする本人からの事後的な説明や、それを欺瞞、背信、不正などの反倫理的な言説として断定している戦後文化史の批評的基準は、こうした自民族中心主義によって支えられていたといわざるをえない。

しかし、実は、「朝鮮人の日本人化」主張は、植民地社会の支配・被支配の状況においての、被支配者側と支配者側の両方の欲望を相対化しながら生産された、いわば間―民族的なイデオロギーであったのである。

まず被支配者の立場からみれば、その主張の第一義が差別解消にあったのはいうまでもない。「朝鮮人」という、日本帝国内の社会構造的不平等を一つの生の条件として受け入れている植民地住民の中で、「日本人」という本国人の地位に憧れていないものが果たしていたのだろうか。さまざまな被支配の状況の中で抱かれる、日本人になりたいという朝鮮人の欲望とは、不平等の条件を乗りこえ、日本帝国が支配する「大東亜共栄圏」内で少しでも平等な位置を確保しようとする、「差別解消」のための身構え以外の何物でもない。

一方、こうした朝鮮人の欲望は、支配者側からすると、植民地支配を円滑にするためには絶対に必要な条件にあたる。もちろん、植民地住民の帝国国民への過剰な模倣、あるいは朝鮮民族の日本民族への過剰な憧憬は、本当の「日本人」を自任する支配者たちをたまに不安に陥れることもある。支配者のこうした不安は、「皇國臣民化」の「内鮮一體」を強要しながらも、たとえば、「内地」の日本人や大和民族など別のアイデンティティ概念を用いて「外地」の朝鮮民族を差別化する、植民地社会の日常言説によくあらわれる。とはいうものの、ここでの被支配者の支配者たちの地位に近づこうとする欲望とその実践が結果的に支配への屈従や敗北をもたらすことを見逃してはならない。それがいくら外見上には支配者たちを不安に陥れる被支配者の身構えになろうとも、それ自体、植民地支配・被支配状況のさまざまな暴力に対する、真の意味の〈抗争〉にはなれないということである。支配者のほうも、自分たちが支配する状況を維持、強化するために、被支配者の「帝国国民の地位」への憧憬を生じさせ、恒常化し、また強化しなければならないからである。要するに、日本人への欲望を朝鮮人が抱き続けることは、日本帝国主義が朝鮮半島の植民地社会を円滑に統治するための、また、支配者と被支配者の民族間の非対称的関係を固定、永続化するための、不可欠な条件になるということだ。

こうしてみると、李光洙の「朝鮮人の日本人化」は、朝鮮人一般の「差別解消」の論理でありながらも、同時に差別解消論一般には還元できないことが明らかである。「朝鮮人の日本人化」のもっとも重要な認識論的な根拠が、被支配者の欲望だけでなく、それを強要する支配者側の不安の内面を同時に相対化しているからである。「朝鮮人の日本人化」の主張の最終的目的が、一般的な差別解消論のように、日本国民や日本民族への植民地住民の同化にあったとするならば、それは単なる現実追従の敗北主義として片づけられるものになる。しかし、李光洙の「親日」が想定する日本民族は、次章で詳論するが、国家の戦争動員イデオロギーが朝鮮人に要求する「日本国民」とも、朝鮮人自らが欲望する「日本人の地位」とも、根本的に異なるのである。

ここで李光洙の「朝鮮人の日本人化」が、被支配者側の差別解消論とは異なって、同時に支配者側の同化の主張に抗争的であるという性格を取り上げるために、差別解消と同化がどのように支配の論理に吸収されるのかを確かめてみる。いいかえれば、被支配者の朝鮮人の差別克服への欲望と支配者の支配への欲望がどの地点で妥協し、重なり合っているのかということである。その後に、差別解消論と支配論理においての「日本国民」と李光洙の主張での「日本人」が、どのように相違するかを論じる。

ポスト・コロニアリズム文化論者のホミ・バーバは、植民地支配者と被支配者の二項対立を固定化する植民地主義言説を分析する、「擬態と人間について」(『文化の場所』[26]、一九九四年)の冒頭での、「啓蒙主義以後のイギリス植民地主義の言説は、しばしば、偽りではなく、二枚舌(a tongue that is forked)で語る」[27]という第一文以下の議論で、「植民地的擬態(mimicry)とは、〈ほとんど同一だが完全には同一でない差異の主体(subject)としての〉、矯正ずみで認識可能な〈他者〉に対する欲望ということになる」[28]と、植民地被支配者たちに与えられている支配者への模倣について語っている。ここで被支配者たちの模倣の対象として語られている、「ほとんど同一だが完全には同一でない差異の主体」、あるいは「矯正ずみで認識可能な〈他者〉」には、被支配者たちに許された模倣の範囲が明確に示されているのである。実際、アジア太平洋戦争期の「朝鮮人の皇國臣民化」イデオロギーには、まさにこの「差異の主体」に対する支配者の欲望が典型的に表出されているといえよう。ホミ・バーバの説明を借りていうと、朝鮮人が追求（模倣）する「日本人」とは、ほとんど同一だが完全には同一でない「日本人」、矯正ずみだがまだ矯正しつづけねばならない対象としての「日本人」などになる。ちなみに第一文の、「二枚舌で」語られる植民者の言説を、またここでの議論に合わせて置き換えると、〈日本人の位置〉を追求しなさい、しかし〈外地の日本国民〉の域を超えた〈日本人の位置〉を追求してはいけないということであろう。実は「模倣しなさい、だがそれ以上は模倣するな」という「二枚舌」の命題より、植民地の支配・被支配の本質を要約的にパラフレーズした表現は他に少ないと思われる。植民地朝鮮の現実的な支配・被支配の状況は、被支配者自らが欲望する「日本人の地位」が、支配者によって欲望させられる「外地の日本国民」に常に重なり合うことによって維持されていたからである。

李光洙の「親日」が想定していた「日本人」は、先ほど述べたように、被支配者の欲望する「日本人の地位」や支配者の欲望する「外地の日本国民」とその範囲を共有するものではない。「朝鮮人の額を針で刺すと日本の血が出るまで日本精神を持たなければならない」という李光洙の主張が本音であったことを、一九四四年一一月南京の第三回大東亜文学者大会に日本代表として参加した李光洙と同行した朝鮮文人報国会の金村八峯（金基鎮）は、大会後に蘇州の宿で本人から直接聞いたと後日伝えている。[29]つまり、ここでの「額から日本の血が流れる朝鮮人」は、決して現実の「日本人」、いいかえれば支配・被支配の状況の中で支配者の位置にある「日本人」に還元されるものではなかったのである。この点次節で議論する。

「日本人」という観念への追求

李光洙自身の「日本人」になるための修行について書いた「行者」というテクストがある。『文學界』一九四一年三月号に掲載された「行者」は、当時『文學界』を編集していた小林秀雄宛てに送った書簡形式の文章である。小林秀雄が、アジア太平洋戦争期の植民地朝鮮文壇の戦時動員を指導していた、日本文壇の中心的文学者の一人であったことは周知の通りである。

小林先生。

すみませぬ。折角の御好意を背いて來て、誠に申譯ありませぬ。實はあなたから、「君の自叙傳を書け」と勸められた時には恐縮しましたが、おことばに甘へて、「それでは書きませう」と返事はしたものゝ、通り一遍の御世辭ぢやあるまいか、書かぬ方が却つて禮儀に叶ふだろうと思つて居りました。二度も御催促を受けて私ははつとしました。私はあなたが生粋の日本人であるのに氣がついたのです。日本人は噓はいはない。たとへ酒席におけるかりそめの戯言でさへ、必らず責任を取る、といふことに氣がついたからです。お詫び申上げます。同時に私に、日本精神の一端をお示し下さつたことを感謝致します。

それだからといつて、私は長たらしく、物の數にもならない自分の、自叙傳を書くわけにはまゐりませぬ。しかし、あなたから教はつた、「信義を守れ」といふ日本精神を學び、これに忠實ならんがために、私の生涯の一片を切離して、自叙傳の代償にさしていただきます。[30]

この「行者」の冒頭からは、二人の間の関係や交流を理解するにあたって必要な幾つかの手掛りを確認することができる。また幾つかの疑問も浮かび上がる。まず、植民本国の文壇の影響力のある雑誌の編集者小林秀雄から植民地朝鮮文学者李光洙に、自叙伝の執筆の要請があったこと、二度の催促があったにもかかわらず結局その要請を断って、李光洙はその代わりにこの「行者」を書くことになったということが綴られている。その中で、小林秀雄は「嘘はいはない」「生粋の日本人」として、李光洙本人は「日本精神を教わる」朝鮮人として位置づけられているところにも注目に値する。内地の中央文壇の権力者と外地の植民地文壇の文学者の立場の差だけでなく、小林と李の間には、倫理的に完全な者としての教化する植民者と倫理的に不完全な者としての教化される被植民者という関係が当然のごとく想定されているからである。

それではなぜ、小林は李に自叙伝の執筆を勧めたのだろうか、いいかえれば執筆ジャンルを自叙伝に特定していたのだろうか。また、李光洙にとって「生涯の一片」、すなわち自身の日本人になるための修行を書いた「行者」がなぜ「自叙傳の代償」となりえたのだろうか。あるいは、二度にわたる自叙伝の執筆要請を断りながら、その代わりとなる「行者」を書こうとしたのだろうか。「行者」の内容を分析する前に、小林が李に自叙伝執筆を勧めたとされている「酒席」を想像してみる。

小林秀雄が、釜山、京城、新京、奉天、大連など朝鮮と満州の各都市で開かれた、いわゆる「文藝銃後運動」[31]の講演会に参加するため、日本を出発したのは一九四〇年八月二日である。小林秀雄ら（菊池寛、久米正雄、中野實、大佛次郎）が一九四〇年八月五日に京城府民館で行った講演会を、植民地朝鮮の最大日刊紙『京城日報』は翌日詳しく報道している。府民館の定員を超える二千人の「殺人的聴衆の大群」が集まったとされる。小林秀雄の講演「文学と自分」[32]は一部が抜粋され、朝鮮語文芸誌『文章』一九四〇年九月号に翻訳、紹介されている。「文藝銃後運動半島各都で盛況」という題名下で「聴衆を感激させた菊池、久米、小林氏」の講演を簡略に紹介しながら、特に文学者の表現と思想のあるべき関係についての小林の主張は、「事変の時代の精神文化」を担う朝鮮の文学者たちに「頂門一針」になったと伝えている。[33]国家総動員戦争イデオロギーに対する、小林秀雄の現実受容の協力的態度は、他の参加者の講演―ちなみに、菊池寛の演題は「事変と武士道」、久米正雄のそれは「文芸的事変処理」―に比べて、それほど積極的なものではなかった。「内鮮文学」が抱えている問題を解決するために、文学作品の徹底した理解、内地と朝鮮の文学者同士の友情と相互理解が重要だとの見解を述べる程度であった。そして、小林秀雄が李光洙に執筆を要請できたのは、次の二つの交流においてである。講演会二日目の午前一〇時五〇分から半島ホテルで開かれた國民精神總動員朝鮮聯盟主催文藝懇談会と、午後七時からの明月館で開かれた京城日報、大阪毎日、日本旅行協会朝鮮支部主催の歓迎会であるが、「酒席」とはおそらく後者であろう。[34]

それなら引き続き、小林秀雄はなぜ自叙伝に特定しながら執筆を勧誘したのかについて推測してみよう。そもそも自叙伝とは、告白であれ、弁明であれ、人生のある局面に区切りがつき、あるいは区切りをつけるために、その時点までの経験と出来事を自らの回想によって書く随筆形式であろう。小林秀雄からの要請があった時期の李光洙の人生の一段落とは、いうまでもなく「親日」への思想転向であった。その時期李光洙は、「修養同友会」事件で懲役五年に処せられる第二審（一九四〇年八月二一日）を控えたこともあって、「創氏改名」の表明や「皇國臣民化」など、より積極的に「親日」を訴えていたのである。こうしてみると、自叙伝に期待される内容は、植民地朝鮮の代表的な民族主義指導者李光洙の、皇国臣民として生まれ変わることの経験であったことがわかる。それについては小林も李も暗黙に了解していたはずである。「君の自叙傳を書け」[35]と勧めた小林は、李光洙の人生のある重要な局面に区切りが付いたと―すなわち、「親日」思想への転向が成し遂げられたと―認識していたし、「それでは書きませう」と返事した李光洙も、一旦は小林の認識に同意していたといえよう。ここまでの推察を整理してみると、「内鮮文学」建設を指導する立場にあった小林秀雄は、「朝鮮文学」の代表的作家李光洙の思想転向が、朝鮮人として「日本国民」へとアイデンティティの変容を達成した模範的ケースと判断し、その達成の経緯を「自叙伝」に書くことを要求したということである。その点において、小林による李光洙の自叙伝執筆の要請は、充実な内鮮文学の「銃後運動」であったのである。

こうした二人の文学者の内鮮文学建設のための交流を背景に、李光洙が小林秀雄を一次読者に想定して送った書簡が「行者」である。自叙伝執筆を要請した小林の意図はもちろんその要請を断る答申として書かれた「行者」からより具体的に確認できる。「行者」の主な内容は、「朝鮮人に日本精神の訓練を授けるために出來た、法務局関係の機関」「京城大和塾」で、李光洙自身が体験した日本人になるための修練過程についてである。この内容からみた小林への返答は、自分は〈いま〉日本人になるための訓練の途中にあるから、まだ自叙伝を書くことはできないということになる。「行者」の末尾に、李光洙は「私の過去」を「また書きます」と、日本人になるための修練が終わった時に――いいかえれば、皇国臣民に生まれ変わったことをある程度自任した時に――自叙伝を改めて執筆するということを約束する。しかし今の段階での李光洙からすると、当初の執筆約束は守れなかったとはいえ、「大和塾」で「日本精神を學」ぶ過程を綴った「行者」をもって「自叙傳の代償に」することができたのである。

李光洙を皇国臣民に達した典型的な植民地住民とみる小林秀雄の判断は、もちろん彼個人のものではない。小林秀雄らの「文藝銃後」講演会があった一九四〇年八月前後には、実際、李光洙の「朝鮮人の日本人化」、いいかえれば「内鮮一體」の実践は、植民地社会に大きな反響を呼んでいて、「内鮮」の知識人たちの間でも話題となっていたのである。たとえば、徳富蘇峰は、李光洙が「香山光郎と創氏改名したことや國民として態度表明」したことを聞き、「日鮮本是同根忘小我殉大義欣快曷勝」という額を贈ったとされている。[36] 植民地朝鮮人の帝国国民への統合を主唱するイデオログーたちの立場からすると、植民地朝鮮の地方主義から帝国日本の普遍主義に転向した李光洙は、いうならば〈朝鮮人が達成できる十分な日本人〉であったろう。つまり、「内鮮文学」の主導者たる小林秀雄からの自叙伝の執筆要請は、このように、「内鮮」のエリート社会で李光洙の「日本人の地位」が認められている状況の中で行われていた。

ここでもう一点分析しなければならないのは、それにもかかわらず、「行者」では、李光洙は自分を、日本人になるための修行者、まだ日本人にはなっていない者として位置付けているということである。李光洙はなぜ、「自叙傳を書くわけにはまゐりませぬ」と、返事せざるをえなかったのだろうか。もちろんそれが謙遜な断りでも、あるいは「日本人の地位」の内鮮社会の承認に対するただの否定でもないことはいうまでもない。

それでは、李光洙の目標とする「日本人」とはいったいどのようなものだったのだろうか。それは、「法的の日本臣民」になったから、また「日本的な氏名を名乘つた」からなりうるものではない。「行者」は朝鮮人がならなければならない日本人を「完全な日本人」、「本当の日本人」

として設定している。「行者」は「さて、どの程度になつたら、……完全な日本人になれるでせうか」と問い、同語反復になるだろうが、「日本精神」を「魂の底から」獲得することによって「完全な日本人」になると答える。それを成し遂げることは、「並大抵の修行では」とうてい不可能な「大事業」とも語っている。すなわち、「行者」が想定する「日本人」とは、将来には必ず達成しなければならない朝鮮人個々人の修行の目的でありながらも、現在の状況下では何処にもその例を確認することができない存在である。この点において「不在」の対象にならざるをえない。

「行者」は、「完全な日本人」になるための自身の修行を語る前に、その修行の場所、「京城大和塾」について詳しく説明している。「京城大和塾」は、民族主義や共産主義などから転向した、いわゆる植民地朝鮮社会の知識人階層に「日本精神を注込む」ために設立された学習所で、以前の「思想報國聯盟」を改称した機関だという。植民地朝鮮各都市の「思想報國聯盟」支部が「大和塾」に改編される中、「京城大和塾」は、当局より圧力を受けて一九四〇年一〇月に休校に入った監理教神学校の校舎を使って一九四〇年一二月に開塾した。まずこの「京城大和塾」という思想報国の学習機関の名称が喚起するアイロニカルな文脈に注目してみる。ここで用いられている「大和」とは、日本民族の別名ではあるが、現実の日本人そのものをさす、一般的な概念とはいえない。語源的に考えると「大和」は、九州地方の隼人や東北地方の蝦夷を自民族の外部として区別するために、いいかえれば共同体の内部を限定するために用いられた名称であろう。しかし、中世以後には日本列島の民族間の同化が進んだ結果、「大和」の範囲は不明確になる。その段階での「大和」は民族概念としての弁別的な意味をほぼ失っていたのである。それがまた、北海道や琉球などが併合されていく明治期以降に、「大和」は、アイヌ人や琉球人を排除する意味合いを内包するようになる。そして植民地期には、帝国日本の国民に統合された台湾人、朝鮮人を排除し、「日本民族」だけを指すために使われる用語となった。こうしてみると、外地の日本国民に思想報国を教育する施設の名称「京城大和」塾には、互いに排除し合う二つ意味が拮抗していることになる。しかし、内地の日本人と外地の朝鮮人の民族的アイデンティティを区別しながらも日本国民として統合するという、現実の「内鮮一體」の条件からすると、その排除と統合の意味を同時にあらわす適切な名称にもなる。いいかえれば「京城大和」は、朝鮮人が「七生報國どころか、百生千生でも、生まれかはり死にかはつて」[37]いない限り、「日本人」になることはできない、したがって、「完全な日本人」になるための自身の修行が現実的には達成不可能である、という意味を含み持つ名称であったのである。

確かに「行者」での「完全な日本人」とは、朝鮮人にとって「如何にしても」「成し遂げなければならない」が、どうしても成し遂げられない存在として位置づけられている。そこで朝鮮人は常に「未完成な日本人」、すなわち「修行」する者にならざるをえない。注意しなければならないのは、「行者」が強調する「完全な」あるいは「本当の」という修飾語が、朝鮮人の日本人化の「未完成な」あるいは〈偽物の〉状態だけをあらわすことではないという点である。それはむしろ、朝鮮人の目標が〈普通の〉、〈現実の〉日本人ではないということを積極的に含意する。当然のことであるが、「完全な日本人」とは主観的、抽象的観念にすぎない。「日本人は嘘はいはない」、「内地人の小さい子どもでさへ、われわれ朝鮮人の先生である」など、朝鮮人が学ぶべき日本人の長所を二三紹介しながらも、「行者」の語り手は「完全な日本人」のモデルを植民地支配・被支配の現実から求めることはしない。いいかえれば、〈現実の〉日本人は「完全な日本人」への修行の媒体ではあるが、修行の対象ではないということである。それは「行者」が〈現実の〉日本人に「内鮮一體」を要求するところからも明らかである。

このことに關してあなたに相談があるんです。相談といふよりもお願ひですね。あなた一つ朝鮮の人たちに呼びかけてくれませぬか。「おい朝鮮の兄弟たち、一緒になろうや」と。そして手を差し延べて下さいませぬか。

（中略）

内地の七千何百萬の同胞が、「内鮮一體同胞相愛萬歳々々萬々無窮歳」と一年間も念願して下されば、八百萬の神々が總出動をなさるんではないでせうか。そしたら一億の同胞が、それこそ一心一體になるのではないでせうか。[38]

前半の文章での要求が手紙の受取人である小林秀雄に[39]直接向けられているとすれば、後半は内地人と呼ばれていた〈現実の〉日本人全体に伝えられることを要求する文章である。両方とも「内鮮一體」修行への同参を要求している。「内鮮一體」に対する、小林秀雄や〈現実の〉日本人の消極的な態度への批判でもある。「皇國臣民化」、「内鮮一體」を主導する側に出される、こうした要求は、実は、李光洙の「親日」における模倣の過剰さを物語る。一九四〇年前後のアジア太平洋戦争期を生きていた〈現実の〉日本人たちが、はたして李光洙が提案している「内鮮一體」をまじめに受け入れることができたのだろうか。「修行」を通してそれを成し遂げようとした日本人は〈現実的に〉誰一人いなかったはずであろう。李光洙の〈現実の〉日本人への要求はこのように〈非現実的な〉観念に基づいていたのである。いいかえれば、「行者」が追求する「完全な日本人」は、けっして〈現実の〉日本人ではない、日本人以上の日本人の存在、あるいは〈現実の〉日本人の否認によって想像されるユートピア的存在である。

原理的に、植民地支配・被支配の状況に置かれている被支配者の支配者への模倣は、ホミ・バーバのいうように、「ほとんど同一だが完全には同一でない差異の主体」になるためのものでなければばならない。被支配者は「差異の主体」になるまで模倣をしなければならないが、同時に〈完全に同一な主体〉になる―あるいは、それを超える―まで模倣してはいけないのである。被支配者の「差異の主体」になるまでの模倣は、支配者を安心、満足させるだけでなく、被支配者の模倣の欲望を持たせ続ける契機にもなる。いまだ〈完全に同一な主体〉にまでは同化しきれていない被支配者に、支配者は、同化を要求しながら、差別をし続けることができるからである。

こうした条件の下で、支配・被支配の関係そのものが維持されるのである。[40]

しかし、李光洙の「完全な日本人」への追求は、被支配者は「差異の主体」になるまでの模倣ではない。したがって一般的な意味での「親日」ではない。李光洙の「修行」は、一言でいうと、支配者、すなわち〈現実の〉日本人の地位そのものを否認し、凌駕してしまう模倣である。朝鮮人が日本人より「完全な日本人」になるために模倣する状況の中では、同化を要求してきた〈現実の〉日本人は逆に同化が要求される立場に追い込まれることになる。結果的に日本人による朝鮮人の支配という〈現実の〉支配・被支配の関係が否認されてしまう。被支配者の支配者への抗争ともいえる、こうした過剰な模倣こそ李光洙の「親日」の特徴であったのである。

たとえば、李光洙の「親日」信念を伝える象徴的言葉として広く知られている、「創氏改名」を巡る発言も、実は一般的な意味での「親日」には収まらない。李光洙は、朝鮮総督府によって「創氏改名」が実施される二か月も前に「一家揃つて」「香山」に創氏したとされる。[41]すなわち、支配者の同化の要求がある前にすでに「自発的な」、過剰な模倣が行われたのである。「香山光郎」――李光洙自身「かやまみつらう」と読んでいる[42]――についてこう語っている。

いまから二千六百年前、神武天皇が御即位されたところが橿原ですが、ここにある山が香久山です。由緒深いこの山の名称にちなんで氏を〈香山〉とし、その下に〈光洙〉の〈光〉の字をとり、〈洙〉の字は内地式の〈郎〉に改め、〈香山光郎〉に名付けたのです。[43]

「香」あるいは「香山」が用いられる幾つかの山や寺院の名称の中で、李光洙は自分の創氏の由来を奈良の天香具山に特定している。[44] 李光洙の「創氏」に対するこうした表明は、日本という皇国の起源にまで遡り、「天皇の臣民」としての自己同一性を確認する試みにほかならない。「八紘一宇」、「一君万民」の臣民イデオロギーを強調することによって、自分の「創氏」に、日本人の誰よりも「完全な日本人」を追求する者としての自負を刻み込もうとしたのである。

当時朝鮮人の一般的な創氏の仕方は、姓と本貫、由縁のある地名、そして門中の形成などを反映するかたちで氏を創ることであった。[45] 実際に総督府からも「朝鮮的」な氏の設定が誘導されていた。[46] いわば、「ほとんど同一だが完全には同一でない差異の主体」の標識としての「氏」が、模倣の対象として与えられていたのである。そうした模倣こそ、同化を要求しながら差別しつづける─植民地末期の朝鮮社会の文脈で理解すると、朝鮮人を日本国民の内部に吸収しながら外部の植民地住民として排除する─ために実施した「創氏改名」政策の目的に合致するものであろう。こうしてみると、ほんもの以上のほんものの日本人、すなわち日本人という観念を追求した李光洙の創氏は、同化と差別をあやつろうとする支配権力を根幹から揺さぶる、過剰な模倣であったことが明らかになる。

「行者」の署名は「香山光郎（李光洙）」となっている。李光洙の手紙のもともとの署名がそうであったか、小林秀雄がそのように編集したかはわからない。ともかくその署名にはまさに二つの民族のあいだの標識が同時にあらわれている。編集者の小林の認識からすると、李光洙は内鮮一体の文学の建設のための必要充分なまでに同化した植民地の日本国民であって、したがって「朝鮮人の日本人化」の経験を書くことに相応しい人物であったろう。そしてその人物の署名は、香山光郎でも李光洙でもない、「香山光郎（李光洙）」で丁度よかった。それに対して、李光洙からすると「香山光郎（李光洙）」は、「完全な日本人」になるためにはまだ修行しなければならない、いいかえれば自叙伝を書く資格は持たない「行者」の署名に相応しかったのである。

こうした李光洙の「親日」は、今までの日韓の歴史文化論では、もっぱら被支配者の屈従的な協力としてしか評価されてこなかった。特に自身の「日本精神の訓練」を日本人知識人に報告する「行者」は卑屈な「奴隷のことば」[47]の典型として片づけられていたのである。しかしこうした評価は、本論考の認識からみれば、皮相的とならざるをえない。「行者」が追求する「完全な日本人」は、植民地支配・被支配に関与した〈現実の〉日本人とは無関係な観念であり、また「行者」が想定する協和・共栄の理想的共同体「大東亜」が内地と外地に分割されている〈現実の〉日本社会とは無関係な抽象であるという事実を見逃しているからである。「朝鮮人の日本人化」の李光洙の過剰な模倣を〈現実の〉朝鮮人の日本人への協力に還元することはできない。むしろそれは「内鮮一體」イデオロギーを危機に陥れる問いを内包している。実際に、当初戦争遂行のために植民地朝鮮住民に日本国民化を要求していた〈現実の〉日本人に向かって、「完全な日本人」や理想的な「大東亜」を要求し返すことより、効果的な「内鮮一體」への抗争がありうるの義的な歴史認識からは捉えられない価値である。

しかし「完全な民族」を追求したすべて理想主義的イデオロギーがそうであるように、李光洙の「朝鮮人の日本人化」も現実の中の実践の過程で頽落することになる。最後に、「朝鮮人の日本人化」の過剰な模倣が、どのように李光洙思想の破綻をもたらすことになったのかを一瞥する。以上で議論した通り、内鮮一体、同祖同根論、そして創氏改名の主張などの「親日」では、植民地主義の支配・被支配の現実に対する、李光洙思想ならではの抗争の意志が堅持されていた。そこでの「親日」は、常に、二つの民族のあいだに立たされ、「日本人」の内部からは排除される「未完成の日本人」のままでは戦争に「奉公する資格」もない、したがってまず「完全な日本人」になるために修行しなければならない、という論理であった。この論理は、日本人が日本人であることは既定の事実である、したがって黙って戦争に処すればいい、と要約される小林秀雄の戦争「協力」イデオロギーに対して、「未完成の日本人」李光洙から示された具体的な問題提起でもあろう。しかし、戦争が不利になりつつある状況下で、植民地住民の強制的戦争動員がより本格化される一九四三年後半にいたると、李光洙の「親日」は戦争「協力」のイデオロギーと区別がつかなくなる。代表的な戦争「協力」言説、「兵制の感激と用意」(『毎日新報』、一九四三年七月二八日〜三一日)、扇動詩歌「朝鮮の学徒よ」(『毎日新報』、一九四三年一一月四日)、そして一九四三年一二月初旬明治大学講堂で朝鮮人留学生を相手に行ったとされる演説などでは、朝鮮人学徒兵の戦争参加への勧誘が主な内容である。ここに至ると、李光洙の「親日」の論理は、まず戦争に協力することによって「日本人の地位」に少しでも近づこうとする性急な主張に化してしまうのである。この段階で、二つの民族を同時に生き、それらを相対化してきた、李光洙の民族のあいだの経験は過去のものになる。

李光洙思想、そして文学の破綻は、彼の「朝鮮人の日本人化」が朝鮮民族を裏切り、未完成の日本民族を志向したことに起因するのではなく、根本的には、その二つの民族に挟まれ、民族の束縛から自由になるいかなる認識も持たなかったことに起因する。彼の「親日」は、二つの民族のあいだを経験しながらも、その雑種的な「反」民族イデオロギーを模索することは決してできなかった。彼にとって、二つの民族のあいだは、民族の不在、外部、余白の場所ではなく、「完全な民族」という観念に徹底し、挙句の果てには、現実の中で追究しようとした場所であったのである。彼が民族という呪縛から解かれることは最後までなかった。李光洙は、解放以後の韓国の自民族中心主義の歴史認識によって「民族反逆者」として断罪されながら、不幸にもまた「民族文学」に回帰することになるからである。

〈2〉余白の民族文学――李光洙『私の告白』

世界文学、あるいは比較文学の観点からすると、奇妙なカテゴリーになるかもしれないが、解放以後の韓国文学には「民族文学」が展開されている。その「民族文学」については、おそらくそれが普遍的なカテゴリーではないからか、いくつかの定義が出されてきた。

たとえば、大韓民国の建国初期のいわゆる民族文学樹立期の代表的な理論家金東里《キムドンニ》は、「世界史的ヒューマニズムの連続的必然性に起因する民族単位のヒューマニズム」である民族精神を表現する文学として、「民族文学」を定義する。それは「土着的、民族的」素材を通して「生の究竟的形式を探求する純粋文学」と根本的に一致すると述べている。[48] また、一九七〇年代以来、第三世界国家の脱植民地化という歴史的文脈の中で「民族文学」を論理化してきた白樂晴《ペクナクチョン》は、それを「大多数の民族共同体の構成員の真なる人間らしい生き方のための文学」と定義している。その定義はさらに、「真なる人間らしい生き方」に深刻な毀損を経験し、いまだ回復していない民族共同体の、いうならば植民地主義的矛盾とその遺制の中を生きている第三世界国家の人々の、「自主的、理想的な民族共同体の建設を目指す」という集団イデオロギーを表現する文学として理解される。[49]

異なる時代状況で、異なる現実認識—金東里はいわゆる「純粋文学」、白樂晴は「参与文学」をそれぞれ主張した—の下で提出された、この二つの定義は、「民族文学」の対象や目的について、「生の究竟的形式の探求」や「真なる人間らしい生き方」というほぼ同じことを意味する抽象的表現を用いて語っているのである。その定義自体に、「民族文学」というジャンルの概念が不明瞭であることが示されている。それと同時に、特殊な歴史的、現実的状況に置かれている民族共同体の構成員の多様な生き方を、「民族文学」という一つのカテゴリーに包摂するためには、異なる立場での二人の主唱者がそれぞれ「生の究竟的形式」、「真なる生き方」などの抽象的なキーワードを用いて定義したほうがむしろ有効であったとも思われる。

ここで確認したいもう一つの要点は、「民族文学」の課題が、いままで存在している民族共同体の文化を〈現実的〉に反映することにあるのではなく、これから存在しなければならないものとしてそれを〈理想的〉に構成することにあるという主張である。この主張によれば、「民族文学」は、必要な伝統を再構築し、歴史をナショナルヒストリーとして再解釈し、望ましい民族文化的な価値を再生産していかなければならない。その点において、「民族文学」は、その時代の作家たちの自民族中心主義のイデオロギーの追求によって展開されている。

こうした「民族文学」を徹底的に実践した作家の一人として、韓国の近代文学の成立において最も重要な役割を果たしたと評される、李光洙をあげることができる。李光洙は、韓国最初の近代小説『無情』を皮切りに、植民地全期間を通して一貫して、朝鮮民族共同体が置かれていた被支配状況の矛盾を克服するために、論説、小説、詩歌、論文などのありとあらゆる文筆活動を旺盛に行った。李光洙の文筆活動は、帝国主義的資本主義の暴力的なヒエラルキーに強制的に編入された近代初期から、植民地被支配の結果としてもたらされた民族分断の時代にいたるまでの現実的状況の中で、どのようにすれば朝鮮民族が理想的な共同体を築き上げることができるか、それだけを唯一のテーマにしていたのである。

李光洙は自身の文学の存在理由や目的について次のように語っている。

> 私が〈無情〉・〈開拓者〉や、〈再生〉・〈革命家の妻〉を書いたのは、文学作品を書くという意識をもって書いたというより、大概論文の代わりに、私が見た当時朝鮮の中心階級の実状―彼らの理想と現実の乖離、彼らの弱点のすべて―を如実に描き出し、読者の鑑戒や感奮の材料にし、ついでに朝鮮語文の発達に刺激を与えて、できれば青年たちの文学慾に健全な読み物を提供する―いうならば、この政治下では自由に同胞に通情できない心懐の一部分を伝える―方便として小説の筆を執ったのである。[50]

文学作品を書く第一の目的が、日本帝国の統治下で抑圧されている民族共同体を啓蒙し、自立させること、特に青年層の知識教養―李光洙の言葉を借りれば、「実力」[51]―を成長させることであったことが明言されている。[52]ここで挙げられた一連の朝鮮語新聞小説は、その点で、李光洙が自身の民族主義イデオロギーを植民地朝鮮の青年たちに直接的に語った「民族改造論」（一九二一年）などの「論文」の延長線上にある「小説」であったのである。

引用では、自身の文学の目的とともに、民族主義のイデオロギーを小説化する構成の方法に関しても語られている。その小説構成の原理とは、作家の民族共同体に対するイデオロギーや思想を、「私が見た当時朝鮮の中心階級」、すなわち「新青年」、「新女性」と呼ばれていた「有力」、「有識」、「有産」の新興階級の人物に体現させるということである。それらの民族共同体の理想を実践していく人物たち、たとえば、『無情』の享植、炳郁、英采、善馨、『開拓者』の金性哉、『再生』の淳英、そして『土』の許崇ら、男女若者の主人公たちは、李光洙自身の現実認識やイデオロギーを体現する代弁者として構成された人物である。その代弁者たちを通して「この政治下では自由に同胞に通情できない心懐の一部分を伝える」ために書かれたのが、李光洙の文学作品、特に小説ジャンルの「民族文学」であった。[53]

ちなみに、植民地末期の李光洙の文学を「親日民族文学」と範疇化することができると思う。太平洋戦争期に入ると、「朝鮮人の日本人化」、すなわち皇国臣民化を通して「朝鮮民族の理想的な共同体を建設する」ことを主張した論説類や、天皇の聖恩と帝国の聖戦を賛美する詩歌類が、その時期の李光洙「民族文学」の中心となるからである。

解放後の「民族文学」への回帰

李光洙文学の中には、「民族」という相手を教化するために作者自身のイデオロギーを伝えることによって成立する、植民地期の「民族文学」とは異質的なもう一つの民族文学がある。解放以後、親日派、民族反逆者と烙印されている李光洙が自分の「親日」について「民族」を相手に語る作品、『私の告白』(春秋社(ソウル)、一九四八年一二月)がそれである。

一九四五年八月一五日、アジア太平洋戦争の終結とともに、植民地朝鮮は解放を迎えた。しかし、「自主的、理想的な」一つの民族共同体の建設の企画は、連合国の、特に米ソの利害と妥協によって当初から挫折を余儀なくされていた。一九四八年八月以降には、南、北の分離単独政府が樹立されるようになり、二つの国家がそれぞれの自国民中心主義のイデオロギーの下で「大多数の民族共同体の構成員の真なる人間らしい生き方」を主唱し、追求していかなければならなくなった。大韓民国の場合、政府樹立直後の九月二二日、国会は「民族の正気」を回復するという名分で「反民族行為処罰法」―略称「反民法」―を制定、公布する。反民族行為調査特別委員会の活動はその後約一年間行われる。しかし、政府樹立とともに誕生した李承晩《イスンマン》政権は、周知のように、植民地期の官僚、軍人、警察出身のいわゆる「親日」エリートを新しい国家の建設に積極的に利用しようとした。こうした政治的状況を背景に、一九四九年九月、国会で「反民法」廃止案が可決され、「反民特委」の活動は途中で中断することとなった。

こうした「反民特委」の活動によって、李光洙が民族反逆者として一九四九年二月七日に逮捕され、二月九日に拘束された。主な起訴内容は李光洙が香山光郎に創氏改名した一九三九年頃から『毎日新報』、『京城日報』、『三千里』などの新聞、雑誌に朝鮮民族の皇国臣民化を主張する多数の「親日協力」論文を発表したことであった。同年、三月四日保釈され、八月二七日に不起訴決定となった。

国会で「反民法」が制定されるその時期に、李光洙は京畿道南楊州の古刹奉先寺に隠居しながら『私の告白』を執筆したとされている。「すでに反民法も実施され、私がいつ審判を受けるか分からないし、審判を受けるとすればどのような法の処分を受けるかも分からないがために、まだ文章が書ける間に、私の民族運動の概略を綴り、平素私を愛し、心配っていた、または私を嫌い、恨んでいた人々に、私の心境を伝えるために書いたものである」[54]と、李光洙は『私の告白』の最終章「解放と私」に記している。『私の告白』を書くまでの心境の変化を次のように語る。

私が朝鮮神宮に参って拝み、香山光郎に名前を改めた日、私はすでに毀節した人間であった。戦争中に私が天皇を称頌《しょうしょう》し、内鮮一体を主唱したのは、一時期朝鮮民族に降りかかろうとする災禍から少しでも身を躱《かわ》そうとしたためだが、つまりその目的を持って生きて働いたのだが、いまになって民族が日本の支配から解放された以上、私にはもうそれを話す理由も資格もないのである。最も潔くなろうとしたならば、解放の知らせとともに私が死ぬことであったろうが、それができなかった私に今残された道とは黙っていることしかないと私は思った。それで私は解放後の満二年間を黙っていた。[55]

まずここで、植民地期の民族反逆者であった「私」が解放直後に取るべき「最も潔」い行動として語られている「死ぬこと」から取り上げよう。それは過去の自分の「親日」言行に対する徹底的な後悔と反省を聞き手である民族共同体に行動を通して伝えることである。民族共同体の容赦や処罰などの反応には関心を示せない、あるいはそれを待てないという点において一方的な表現である。この段階では私の反省は私の内面だけに向けられる。民族共同体は、「私」にとって、特に私の独白にとっては完全な他者である。しかしその徹底した反省、あるいは懺悔は解放直後に想像してみただけの選択であって、実際の行動として「私」が選択したのは、「解放後の満二年間を」「黙っていること」、すなわち自分の心境の言葉を民族共同体に表現しないことであった。

測ってみれば、この二年間の「私」は、民族共同体からの反応や処分を消極的に待っていたか、あるいは自らの心境を言葉に表現する機会を窺っていたかであろう。何れにしろ「話す理由も資格もない」という認識からも明らかのように、積極的に沈黙を選択したのである。その「私」に「話す理由」や「資格」が回復されたのは、解放後の三年目に入ってからだという。このように、李光洙が民族共同体を自分の話の聞き手として想像したときの、解放後三年間の心境の変化が捉えられる。ここで一つ、自分の過去の親日行為を語るタイミングと方式の選択についてはもう少し注目する必要がある。民族共同体が現実の聞き手として再び想定されるようになったのは、「反民法もすでに実施され、私がいつ審判を受けるか知らない」解放後三年目に入ってからだという。つまり、聞き手である民族共同体が「審判」者として浮かび上がった時、李光洙が選択した語りの方式は「告白」だったのである。

そもそも「私の告白」は、その告白を聞く他者、すなわち民族共同体との相互関係の中で行われる言語行為である。私の純粋な懺悔ではなく、原理的に他者に伝える言葉である点において、告白は、自分の過去に対する赦し、あるいは処罰などの民族共同体の判断に多少なりとも影響を及ぼすことへの期待が含まれている。したがって、「私の民族運動の概略を綴り」、「私の心境を伝えるために」民族共同体への告白を選んだ瞬間から、そこにはすでに自殺や沈黙より語り手の反省の純度は低くなる反面、聞き手の判断への関与の度合いは高まっていく。このように、李光洙は解放以後の三年間、「死ぬこと」から「黙っていること」、また「告白」することへと、民族共同体を相手にする自分の立場の表明の選択を変える。その流れの中で、審判者の民族共同体は、「私を愛し」、「私を嫌」う聞き手として、「私」の主観の中に収められるようになる。『私の告白』が「私の民族」への告白になったことから、このテクストの「民族文学」への回帰の可能性が開かれることはいうまでもない。

『私の告白』の両価性

それでは李光洙の解放以後の文学は、植民地期「民族文学」の流れの延長線上でどのように意味づけることができるのだろうか。『私の告白』と、その後民族文学への回帰の試みとして執筆される、『愛の東明王』（一九四九年）、未完の長編『ソウル』（一九五〇年）、遺作『運命』（一九五〇年）などは、発表状況や時期からしても、李光洙の「民族文学」の内か外かの境界に位置づけられるものである。

特にこの時期の代表作『私の告白』というテクストには、死の二年前に書かれた晩年作としての視点や語調が強く反映されている。もちろん『私の告白』は、作家が人生の終わりの局面を想定しながら書いた作品ではない。しかし結果的には、これまでの人生を振り返る、李光洙文学の晩年の代表作となってしまったのである。植民地住民を理想的な民族共同体に改造するという意欲と自信に満ちていた、教師、思想家、そして志士の李光洙ではなく、「民族を裏切った者」と名指され、悲観的に晩年を迎える、病弱な文人李光洙によって書かれたものである。

今までの韓国文学文化論では『私の告白』は、植民地末期の親日行為を認め、反省する文章としてではなく、文学の名を借りて一貫して自己弁護と釈明に徹した作品として否定的に評価されている。すなわち、『私の告白』の文学的な価値よりは、李光洙の晩年の人生観そのものが批判されてきたのである。その中で、実は、李光洙の人生を代弁する「私」という主人公の発話の分析には関心が及ばなかったのを指摘しなければいけない。ここではまず、発話者の「私」と聞き手の「民族」の間の会話状況に注目する。

先ほど確認した通り、植民地期の「民族文学」に登場する指導者、教師、エリートなどの主人公たちは作家のイデオロギーの代弁者であった。被支配の植民地住民である朝鮮民族の自立と成熟を指導する立場にあった彼、彼女らは、作家の「心懐の一部分を伝える」ために虚構的に構成された人物である。したがって主人公たちの発する言葉は、作家から民族共同体のほうに一方的に向けられていて、その対話状況の権力を常に持っている側は語り手だったのである。

しかしこうした意思伝達の権力関係は、『私の告白』にいたると一変することになる。作家のこれまでの人生、特に植民地末期の「親日」行為が題材となっている、このテクストの聞き手としてはもちろん朝鮮民族全体が想定されている。『私の告白』の言葉は、植民地被支配を乗り越え、新しい国家を作り上げなければならないという、今まで経験したことのない局面で興奮し、動揺していた民族共同体に向かって、語り手が告白、弁明し、そして和解を求める中で成立しているのである。しかも語り手の「私」からすると、いくら真実を標榜するとしても、その言葉がそのまま真正なものとして認められることを確信することはできない。語りの真正性を判断する権力をもっているのはもっぱら聞き手の民族共同体のほうだからである。こうした不安な対話状況、すなわち言葉の権力関係が逆転されている対話状況で『私の告白』が書かれていたという点から、李光洙「民族文学」におけるテクストの特殊性が確認される。

そもそも、民族共同体によって信頼される立場ではなく、裏切り者として見捨てられるかもしれない―あるいは、見捨てられている―絶望の中で発せられた「告白」が、はたして「民族文学」の範疇に入るかどうか。いいかえれば『私の告白』は、「大多数の民族共同体の構成員の真なる人間らしい生き方のため」の、あるいは「自主的、理想的な民族共同体の建設を目指す」ためのメッセージを、どのようにして「告白」を通して民族共同体に発信しているのだろうか。

「民族の私」から「私の民族」へ

作家自身は『私の告白』で「告白」される内容を、「私の民族運動の概略」と規定している。それによって、「私」は、民族に自分の過去を告白する場所に立つと同時に、その民族を指導する位置から発話することができたのである。『私の告白』は、「私の心に最初に民族意識が芽生えたのはいつ頃なのか」を想起することからはじまる。そこで語られた「私」の民族意識の形成と成長の過程は、韓国近代の民族主義の成立と展開そのものを代弁しているといっても過言ではない。『私の告白』の会話状況では、語り手は「民族の私」、聞き手は「私の民族」、すなわち「私」と「民族」は等価となる。

『私の告白』の第一章で、日露戦争時に故郷の定州の街に入ったロシア兵隊が行った略奪や、輪姦などを見て、また、その凶悪なロシア軍隊を追い出した日本軍憲兵隊の東学教徒に対する弾圧を見て、そこで経験した復讐心、敵愾心から「私」の「民族意識が芽生えた」と語っている。それは十九世紀末、二〇世紀初頭の朝鮮半島の人々の間に反帝国主義的な民族主義が形成される具体的な場面でもあろう。そして東学の「布徳天下、廣濟蒼生、保國安民之大道大德」という目標や東学の三代教主の孫秉熙《ソンビョンヒ》の「三戦論」―人戦、言戦、財戦―から受けた感銘、申采浩《シンチェホ》、安昌浩《アンチャンホ》らの大韓帝国末期の愛国志士の論説や演説などから受けた影響を経て、「私」が愛国啓蒙主義の民族運動の実践家として成長したことを振り返っている。

第二章では「民族運動の最初の実践」として、日韓併合と前後しての、定州の代表的な民族教育機関の五山学校での教師生活を、第三章「亡命した人々」では、上海、海蔘威《ウラジオストク》、チタなどを旅行しながら出会った大韓帝国出身の亡命愛国活動家たちとの交流を、それぞれ語っている。

第四章「己未年と私」では、まず、三・一民族独立運動に関与した経験について、特に、李光洙自身が主導した二・八独立宣言書の作成や上海での『獨立新聞』の発刊について、引き続き、海外での独立運動に懐疑の念を抱き、帰国し、将来の独立のために緊要な民族の実力養成を目標とする、合法的な、漸進的な民族運動団体の修養同友会を結成して全力を尽くしたことについて詳述する。

そして、第五章「私の毀節《きせつ》」、六章「民族保存」を通して、満州事変、日中戦争、太平洋戦争につながる一五年戦争期の苛烈を極める思想弾圧の状況の中で、「私」が「民族のための親日」を選択するようになった経緯を「弁明」―「告白」ではなく―している。

「告白」が自分の秘密や顧みなければならない過去の過誤を他人に打ち明けて知らせる語りだと

すれば、第四章までの『私の告白』の記録は「告白」とはいえない。それは第五章の「私の毀節」という題名にも暗示されている。「毀節」とは基本的に以前の「節」を前提とする単語であろう。したがって、第四章までは、「毀」される前の「私の」「節義」について語られているということになる。実際、聞き手の民族共同体が期待していた、李光洙の親日行為に関して語られているのは、第五章の中でもその一部だけなのである。第五、六章の大半では、自分の「親日」の動機を正当化する論理が展開される。たとえば、「もし私の一身を捨て、一人でも同胞の犠牲を減らし、ほんの一瞬でも民族の苦難をふせぐことができれば、私が何を惜しむだろうか」[56]という主張によって、民族のための「自己犠牲」が強調されている。すなわち、自分の過誤への「告白」というよりむしろ他者の誤解への「釈明」の語りで一貫しているのである。赦しを求める反省の告白は全くないといっていいほどである。

特に第六章「民族保存」では、太平洋戦争末期に行われた自分の「親日行為」によって民族共同体が蒙《こうむ》る利益までが述べられている。すなわち「私」は、日本が「我らの協力の有無にかかわらず」、「物資の徴発、徴用、徴兵など」を「強制的に実施する」現実的状況の中で、どうせ強制されるのなら自ら協力することによって将来の我が民族の立場を「有利にする」必要があり、むしろ積極的に協力することで「内鮮差別」をなくすことができるという。加えて、理由を七つも挙げながら自分の「民族のための親日」を説明しているのである。[57]このような合理化の論理によって、親日行為は「民族保存」のための最善策となり、「私の民族運動」の中に含まれるようになる。こうしてみると『私の告白』は、「反民法」の実施によって逮捕され、「反民特委」から尋問を受けることを想定して書いた、「親日」の正当性を主張する「弁論」でもあるのである。

そして李光洙は、最終章の「解放と私」で、先ほど取り上げた解放直後から三年間の「私」の心境の変化を語り、付録として付けられている「親日派の辯《べん》」を以って『私の告白』を締めくくる。その「辯」の抗争的性格については次節で分析する。

ここでは、解放以後の韓国文学文化論、歴史学などの分野でどのように評価されてきたのかを取り上げてみる。それらの言説の『私の告白』に対する評価は、民族共同体が経験した植民地的矛盾を克服し、その遺制の中で生じたさまざまな価値の毀損を回復する「民族文学」に符合するかどうかという批評的基準によって行われている。「民族正気をただし」[58]、「自立的、主体的民族国家の建設する」[59]ために役に立つ文学こそ、解放直後に要求された「民族文学」だったのである。「民族正気をただし」云々という表現の内容をこの議論の文脈に合わせて置き換えると、〈民族共同体の毀損された精神的価値を回復する〉ということになるだろう。「民族正気」という神話的な価値がどれほど切実な現実的意味を喚起していたかは、半世紀近くの異民族の支配が終わった直後の政治、歴史状況を想像してみるだけで十分理解できる。こうした観点から『私の告白』は、「毀損された精神的価値を回復」するために必要な反省と謝罪の「民族文学」ではなく、「自己中心的、偽善的」[60]に過去を合理化する反「民族文学」として規定されるようになった。そして今日の韓国文学文化論にいたるまで、そのような評価言説が繰り返し出されることによって、

『私の告白』は、過去の親日行為を罪として認める「告白」ではなく、日和見主義的な親日の理由を正当化する「弁明」として読まれてきたのである。

しかし、李光洙の『私の告白』は、基本的に、植民地期の「親日」を罪として認めた上で、その罪の行為にいたって経緯を説明する物語である。作家自身『私の告白』を当初は小説として構想したとする。最終章「解放と私」で「私は〈私〉の小説で自己批判をしてみようと思っていた。そこに登場する人物、事件が全部実在的な事実ではないにしても、私の一生で最も罪になると思ったもの、私の性格の弱点、また私が一生抱いていた一筋の理想、それに関連した誘惑、失敗、そして再起の連続を描いてみようと思った」[61]と語っている。『私の告白』が、自身の民族運動と「親日」行為を延長線上で描いた物語として構想されたとするならば、当然そこには「告白」も「弁明」も含まれているはずである。にもかかわらず、『私の告白』の物語を、なぜ、一方的に、自分の親日を正当化する「弁明」としてしか見做してこなかったのだろうか。

そもそも「告白」と「弁明」は、自分の過誤を事実として認めるという点においては共通する文、語りであろう。それならば告白と弁明がそれぞれ倫理的価値の異なる言説になる根拠はどこにあるのだろうか。「告白」が自分の過誤に対する積極的に批判する言説である反面、「弁明」は自分の過誤を擁護する傾向が強い言説であろう。しかし、批判か、擁護かはあくまでも相対的で、その分別の基準になるのは結局語り手の主観、聞き手の主観以外に何がありうるのだろうか。もちろん『私の告白』の対話状況では、告白と弁明を区別する権力は一方的に聞き手の主観に与えられていたはずである。まとめてみると、話し手の過誤に対する語りを聞く民族共同体がその過誤を赦し和解を求める意思があるかどうかが「告白」と「弁明」を弁える基準になり、その基準によって、自身の民族運動とその延長線上にある親日行為を説明する『私の告白』は、過去の罪を正当化する「弁明」として判断されたということである。

毀損された精神的価値を回復し、「真なる人間らしい生き方の」民族文学を構築しなければならなかった、解放以後の民族共同体の意思や判断を文学文化の方面で代弁する立場からすれば、李光洙のような「親日派」のより徹底した謝罪と反省の「告白」が必要であったのである。過去の「親日」行為を罪として認め、それについて民族共同体に謝罪し、反省することによって、植民地被支配の傷痕を記憶するとともに民族のプライドを回復することが求められたからである。しかし、『私の告白』のような曖昧な「告白」―同時に曖昧な「弁明」―の言説を通しては、罪の告白から、謝罪と反省をへて、そして傷痕の克服につながる、共同体の精神の回復のための因果的連鎖を起こすことはできなかったのである。それほど植民地期に経験した朝鮮民族共同体の傷痕は深刻なものだったかもしれない。「民族正気」の回復のために『私の告白』の「告白」があげた言説効果はほぼなかったともいえよう。

『私の告白』の言説を客観的に捉えることができないとするならば、なぜ聞き手の民族共同体はそれを一方的に「弁明」として決めつけているのだろうか。それは民族共同体の精神の傷痕を克服するためには、そのほうが「告白」として認めることより遥かに効果が大きいからである。いいかえれば、告白の基準を高く設定し、謝罪と反省を強く要求することによって、「民族正気」の回復を確認することができるからである。つまり、解放以後の韓国文学文化論で『私の告白』が「自己中心的、偽善的」「弁明」として片付けられていることには、「親日派」李光洙の犠牲を必要とした民族共同体のイデオロギー的判断が強く働いていたということである。

処罰と赦しを超えて—親日共犯論

今までの韓国文化論で、『私の告白』の中でも最も「厚顔無恥」な「自己中心的、偽善的」「弁明」として批判されるのが、いわゆる親日共犯論である。その親日共犯論は、『私の告白』の付録として付けられた「親日派の弁」で集中的に訴えられている。

日政に税金を納め、戸籍をもち、法律に服従し、日の丸を掲げ、皇国臣民誓詞を謳い、神社に参拝し、国防献金を出し、子女を官公立学校に通わせたこと、すべてが日本への協力である。[62]

李光洙はここで、植民地期の朝鮮人がその社会システムの中で、法令に従い、規則などを守りながら生きていたとすれば、それは結局総督府の統治に「協力」したことであると主張する。もっとも広い意味での「親日」を植民地朝鮮社会の全体に画一的に適用したのである。もちろん朝鮮住民がただ日本の統治時代の制度圏内を生きていただけで「協力」者として批判に値するわけではない。しかし、日本が戦争に勝つことを信じ、あるいは信じさせられ、「日の丸を掲げ、皇国臣民誓詞を謳い、神社に参拝し、国防献金を出し」ていた朝鮮住民の日常が、また「協力」ではないと言い切ることができないのも事実であろう。そして李光洙は、朝鮮民族全体が何らかのかたちで「協力」に関わっていたとするならば、「日本に協力した者としなかった者」、また「協力した者の中でも真に協力した者とやむを得ず協力した者」[63]を分別することがはたして可能なのか、もし分別したとしたらどのような結果が生じるのかということを確かめようとする。本書の序章で批判的に議論したように、実際、親日・反日の基準によっては明確に分節されることのできない、朝鮮住民の植民地被支配の経験を二項対立的に分別し、親日を断罪し、反日を構築しようとしたのは、解放以後の韓国のナショナルヒストリーの構成原理なのである。こうしてみると、「協力」と非「協力」を分別することもできないし、また分別してもいけないという、李光洙の親日共犯論は、解放以後の韓国の歴史文化言説におけるイデオロギー的主張とは正反対の主張であることが明らかである。

つづいて李光洙は、「解放直後米国の国務省から派遣された将校二人」が「朝鮮の親日派問題に関する報告書」を見せ、自分に意見を求めたことを紹介する。彼らに李光洙は、「親日派」への処罰は不可であるだけでなく、不要であることを主張したのである。

そしてその文章には、もしも日本に協力した者を全部除外するとするならば、死者と一握り（a handful）の亡命客だけで新しい国家を組織せざるをえなくなると書かれ、最後に、韓国社会から親日派排除を主張する者は左翼と安楽椅子政治家（sofa politicians）だけだと、諧謔的に書かれていた。

私がその文章を全部読んだ後に、彼らの中の一人が私に、

「どうだ、我らの観察が正しいのか？」

と聞くところ、私は正しいと答えた。[64]

まず、「米国の国務省から派遣された将校二人」との意見の一致を以って「親日派の弁」を結論付けているところに、李光洙の政治的態度、あるいは『私の告白』の言説の抗争の一面を確認することができる。李光洙はここで自分の「親日派の弁」を正当化するためにアメリカ「国務省」の調査書の権威を積極的に利用している。こうした戦略的な語りを通して、『私の告白』が狙っていた効果とは、いうまでもなく、「親日派の弁」を語る「私」を、過去の罪を告白し、赦しを乞う立場から、聞き手の民族共同体を指導し、教示する立場に変えることである。そのあと李光洙は、ローマの「大赦法（Act of Oblivion）」、南北戦争後のアメリカの「赦免法（Law of Amnesty）」まで挙げながら、「我が国にも畢竟するにローマとアメリカの解決法に見倣って親日派問題を解決すること」[65]を、「反民法」を実施しようとする民族共同体にその解決法を提案し

ているのである。
「民族大和を恢復」するために「親日」を大赦免しなければならないと、アメリカ軍将校に説明している、李光洙の政治的スタンスは、確かに解放以後の大韓民国建国期の「親米」協力、いわば反共、右翼のほうに完全にシフトしている。ここで李光洙の「親日派の弁」が、旧時代の「親日」協力と新時代の「親米」協力を巧妙に重ねていることを見逃してはならない。解放以後の韓国社会から植民地期の「親日」協力者を排除しようとする（と李光洙が主張する）「左翼と安楽椅子政治家」は、実は、親米「協力」や反共イデオロギーの右翼の敵対勢力であったからである。そして大韓民国の建国初期の社会制度下で、法令を遵守しながら生きていた、大多数の民族共同体の政治的立場は「反共」、「右翼」、「親米」であったからである。つまり李光洙は、韓国の国民共同体とともに「親米」協力者の立場に立つことによって、植民地期の「親日」共犯であった朝鮮民族を免罪する政治的妥協を主張したのである。その点において李光洙の「親日共犯論」は「親米共犯論」でもある。

しかしながら、周知のように、解放以後の韓国文化論では、植民地期の親日と解放以後の親米は全く異なる歴史的意味が与えられている。解放以後の現在の統治権力に従属する「親米」協力はたいてい正当な国家イデオロギーとして評価される反面、植民地期に当時の統治権力に従属した「親日」協力は「反民族」、「売国」、「利敵」イデオロギーとして徹底的に批判されているのである。こうした観点からすると、植民地統治制度の下で生きていた朝鮮人全体を「協力者」と見做す、李光洙の「親日」共犯論は、あまりにも無責任な自己弁護にならざるをえない。また、その無分別な共犯論に基づいて大赦免を主張することは「極まりない破廉恥な振舞い」であったのである。もし、植民地期に独立闘争中に投獄された愛国志士や、海外で独立のために働き、帰国した大韓民国臨時政府の要員たちが民族の団結のためにそのような主張をしたとすれば、それは理解できるが、李光洙のような親日派が赦免を云々することは許せない、というのが解放以後の韓国歴史文化論の反感に満ちた評価である。

しかし、こうした李光洙批判もまた、妥当な歴史認識というよりは、建国以後の大韓民国の政治的イデオロギーからでた主張ではあるまいか。たとえば、「親日派の弁」では、植民地期の「親日」を批判できる唯一の立場として、協力しなかった「死者と一握りの亡命客だけ」が明示されている。何らかのかたちで「親日」した大多数の民族構成員たちには、処罰する権利も、赦す権利も与えられていない、という主張である。民族共同体全体の名を借りて「親日」共犯論を断罪する解放以後の韓国文化論は、『私の告白』のこうした主張を全く考慮しない。いままでの韓国歴史文化論の言説では、過去に植民地被支配の制度圏内を生きていた〈一般の協力者〉たちは「死者と一握りの亡命客」と同一の立場から李光洙の「親日」を批判している。いいかえれば、植民地期の被支配を経験した〈一般の協力者〉たちは、「親日派」という〈特定の協力者〉を批判することによって過去の〈協力〉から自由になることができたのである。大多数の民族共同体が〈一般の協力者〉の罪から救済されるためには李光洙のような「親日派」の犠牲が必要であったのではないだろうか。そして〈一般の協力者〉たちの、こうした「死者と一握りの亡命客」への一体化についての集団的な忘却、あるいは隠蔽によって、解放以後の自民族中心主義のイデオロギーが強化されたことはいうまでもない。

　こうしてみると、『私の告白』での「民族」と韓国歴史文化論での「民族」の経験がはっきり区分される。李光洙の主張では民族共同体全体が親日「共犯」として想定されている反面、韓国文化論では植民地期朝鮮民族の被支配の経験は「死者と一握りの亡命客」のそれに重なっているからである。李光洙の歴史認識が過去の不正や罪を容認し、互いが赦し合うことによって民族共同体の和合を追求しようとしたとするならば、韓国文化論での自民族中心主義的な主張は被支配民族が経験したさまざまな「協力」を否認し、親日を断罪することによって民族共同体の真正な価値を構築しようとしたのである。解放以後の韓国の歴史においてはもちろん後者の企画によって「民族」が展開されるようになる。しかし、この二つの相反する「民族」の性質の中で、多少なりとも実体に符合するほうは何方《どちら》なのだろうか。そもそも「民族」というものが、「民」という雑種性の概念を[66]「族」という類似性、あるいは純粋性の枠の中に無理やり閉じ込めた、自家撞着の構成語であることを念頭に置けば、「親日」という不純、不正を容認し、「共犯」として抱え込もうとする、『私の告白』の民族イデオロギーが、「死者と一握りの亡命客」の反日抵抗を民族共同体の純粋な価値とする解放以後の自民族中心主義のイデオロギーより妥当ではないだろうか。

余白の「民族文学」

それでは最後に、李光洙の「民族文学」の全体的流れの中で『私の告白』が占めている位置を確認したい。『私の告白』の付録「親日派の辯」の最後の章は「大韓民国と「親日派」」という論説である。ここで李光洙は民族の将来、民族の和合のために、親日派の赦免の必要性を力説したのである。

> 民族大義で言うならば、過去三年間の親日派に対する舌誅筆誅の痛苦もすでに三年懲役の痛苦に値し、また反民法の制定で民族大義の指向を明示したので、今はもう追及することなどなしに大赦法を決議することによって、民族大和を恢復し、民族一心一体の新気力を振作《しんさく》することが賢明な措處ではないだろうか。形辟之門には忠臣が出ないといわれるのは、形辟が一人だけでなく、一家一族の忠を斥けてしまうからであり、重賞之下に必有勇卒とは恩恵を与えることが忠勇を鼓舞するという意味であろう。親日派云々を一度滌盪《てきとう》することが民心に及ぼす好影響は不小であろう。
>
> 和は力である。[67]

考えてみれば、植民地朝鮮の解放は、「親日派」李光洙にとってはむしろ束縛であった。『私の告白』は、三年間の隠居と二年間の沈黙という、表現者である作家にとって過酷な束縛の中、そして「反民法」による逮捕と審判が予想される中、許された限りのことを民族共同体に向かって話しかけるつもりで書いたものである。その中でも引用は「私」が民族に送った最も重要なメッセージに当たる。

ここにいたると『私の告白』は、「この政治下では自由に同胞に通情できない心懐の一部分を伝える」「方便として」「大概論文の代わりに」書かれた小説という李光洙の「民族文学」と、その目的、内容、そして形式の面において完全に一致するようになる。そして引用の対話状況での「私」は、民族に罪を告白し、それへの弁明をしていた、いいかえれば、民族のほうにすべての権力をゆだねていた話者ではない。進むべき道を民族に指示する立場に立つ話者である。もともと「親日」を分別することはできない、また分別してはいけない、したがって「処罰」も「赦し」もできない、というジレンマの中で「大赦法を決議することによって、民族大和を恢復し、民族一心一体の新気力を振作すること」を、「私」は民族共同体に向かって教示をしている。「私」は、民族に語りかける者でもあり、民族全体を代弁する者でもある。

周知のように、韓国の文学文化史では「民族文学」とは、ただのジャンル区分概念ではなく、批評的、価値評価的基準そのものにもなっている。すなわち、「民族文学」になるものには肯定的価値、ならないものには否定的価値が、当然のごとく、それぞれに与えられるのである。それはもちろん韓国文学文化における偏狭な特殊現象でもあり、植民地被支配を経験した地域、言語文化での普遍的な現象にもなる。その批評的価値基準によって今までの韓国文学文化論では、李光洙の植民地期「民族文学」は、一人ひとりの個人よりは民族共同体全体のほうの真正な価値を追求した文学として高く評価されている。反面、植民地末期の「親日文学」や解放以後の『私の告白』はむしろ「私個人の回復のために共同体の正義を犠牲にした」言説として、「民族文学」の範疇から外されているのである。

しかし、以上の議論からすると、『私の告白』は、過去の「親日」との共犯関係を否認し、将来の「民族大和」を拒もうとする、共同体の倫理的堕落を警戒しながら、共同体の傷痕の治癒、そして和合と浄化のために提出された、民族啓蒙の文学言説である。一方、解放以後の韓国文化論で「親日」との共犯関係が否認された理由は、いうまでもなく、植民地期に日本の戦争勝利を予想し、その前提の下で「協力」した朝鮮民族の大多数の経験を隠蔽し、民族共同体の「反日」と「抵抗」の歴史を新しく構築するためである。[68] こうしてみると、『私の告白』の提案は、韓国文化論の「隠蔽と構築」のイデオロギー的企画に正面から対峙していることがわかる。その点において『私の告白』は、「死者と一握りの亡命客」の経験を民族全体のそれとして横領する「民族文学」、すなわち今までの韓国文学文化論で「民族共同体の真なる人間らしい生き方の文学」として規定されている「民族文学」ではない。むしろ、植民地期に何らかのかたちの「親日」を経験した大多数の民族構成員の未来の「大和」を——もちろん「私」の救済も含めて——主張する、今までの韓国文学文化論では排除されていた、アンチテーゼの「民族文学」なのである。

〈3〉構成としての民族文学――金達寿の二つの『族譜』と『落照』

解放以後の朝鮮文学[69]では「民族文学」という名を冠する、いくつかの文学群が展開されている。現代の朝鮮文学史の記述の中で顕著なものだけを取り上げてみても、たとえば、金東里、徐廷柱《ソジョンジュ》らの土着的な伝統主義の「民族文学」、社会主義リアリズムを標榜する北朝鮮のいわゆる「主体」「民族文学」、金芝河《キムジハ》らに代表される抵抗的な民衆主義の「民族文学」などがある。ここでもう一つ、今日コリアンディアスポラ文学とも呼ばれる世界各地の朝鮮人移民文学の中の「民族文学」も見逃してはならない。

前章で述べた通り、「民族文学」とは、いままで存在している朝鮮人社会の文化を〈現実的に反映〉するだけで成立することではない。これから存在しなければならない「民族文化」を〈理想的に構成〉することがより重要な「民族文学」の課題なのである。そのためそれぞれの「民族文学」は、必要な伝統を再構築し、歴史をナショナルヒストリーとして再解釈し、望ましい民族文化的な価値をまた再生産していかなければならなかった。まさにその点において、「民族文学」はその時代の作家たちの自民族中心主義のイデオロギーの追求によって展開されているということができる。

本章では、在日朝鮮人文学における「民族文学」の自民族中心主義について、根本的な、かつ具体的な批判を試みる。その試みが根本的な批判になるためには、その「民族文学」がどのような状況でどのように構成されるのかを確認しなければならない。同時に、それが具体的批判になるためには、個別作家のそれぞれの「民族文学」作品における自民族、自文化中心主義のイデオロギーを分析しなければならない。

「わが生活」、「わが文学」の再構成

前章の議論の冒頭で紹介した概念規定に倣って、在日朝鮮人文学における民族文学を定義してみると、日本語で、日本語読者を一次的に想定して、日本文壇のメディアに発表される文学の中で、〈真なる朝鮮民族の生き方〉のために朝鮮語・朝鮮文化の世界、たとえば、朝鮮人の伝統、血統、名前、価値観などを〈理想的に〉表現する作品群ということになる。その在日朝鮮人民族文学の嚆矢《こうし》として公認されている作家が金達寿《キムタルス》である。『わが文学』、『わが民族』[70]という代表評論集の題名にも示されるように、作家自ら声高に民族主義を標榜する。金達寿文学に対して、これまでの作家・作品論[71]も、ほぼ例外なく、在日朝鮮人「民族文学」として総括し、その意義につ

いて、文学史的に高く評価しているのである。金達寿の「民族文学」、特に小説の構成を具体的に分析しようとするこの議論は、付随的ではあるが、こうした文学史的な評価に対する検証にもなる。

金達寿は、文学関連の履歴を中心にした自伝『わが文学と生活』[72]に、「小学校さえ満足に卒業することができなかった私」[73]が「日本大学芸術科専門部」に編入学した経緯について詳細に記している。

他人名義でも何でもいいから日大の専門部に入って、……学ぶことができるのならそれでいいのではないか、……姉の夫の鄭朝和が横須賀市立実業学校を出ていたから、その卒業証明書を借り受け、……一九三九年四月、日大の専門部（法文学部国文科―引用者）に……入学したのである……二学期を迎えることになった私は、……鄭朝和という名前をやめて……金達寿という本名で、日大芸術科（いまの学芸部）専門部の創作科に編入試験を受けてみることになった。……編入受験手続きをとったときは、さすがにちょっと胸がどきどきした。……学歴の項に、「××中学校四年修了／日本法文学部専門部国文科一年在学中」と書いて出した。（『わが文学と生活』、六九～七四頁）

これは一九三〇年、一〇歳の時、植民地朝鮮の田舎から日本へ渡航した少年に強いられた過酷な「生活」や、そのなかでも怠らなかった「わが文学」修業を紹介する文脈の中に挿入された逸話である。青少年期の金達寿が入学と編入学の際に行った、この「一つ思いきった冒険」がもしなかったとしたら、大学での修学、卒業ができなかったのはもちろんのこと、日本語の小説作家としての出発を告げることもできなかったはずである。実際に彼の初期習作は日本大学芸術科の雑誌『芸術科』に発表され、またここで取り上げる『族譜』も大学在学中に書かれたものだからである。しかし、それほど後ろめたがることなく、むしろ堂々とした語調で語っているその「冒険」が、正常な社会生活においては通用しない行為であることはいうまでもない。学歴詐称、虚偽記載による不正編入学が明らかになった時点で、それによって成立した入学や卒業の資格は失われて当然であるほどの違反である。

ここで文学修業期の不正な大学入学に対する作家の態度を紹介したのは、実は、いわゆる金達寿の「民族文学」思想の無意識的な表出のようにも考えられるからである。植民地期以後の教育環境なら明白な違反行為に当たる「日大芸術科」への編入学が、植民地期の日本の大学の入学制度下で行われたがために、朝鮮人作家金達寿にとっては「わが文学」修業の一部として容認されているのである。注目しなければならないのは、虚偽内容の記載によって大学に不正入学した「わが生活」の態度と、戦後の「わが文学」との関わりの様相である。他人の経験と性格を自分のそれらに重ねること、他所の出来事をこの出来事として書き変えること、関係のない事件を因果的事件として再配置することなど、たとえば公的文書を作成する場合は違反になってしまう行為が、金達寿の「民族文学」、特に小説の創作の領域においては「構成」になるのである。

それぞれ別の領域の別の営みであるかのようにみえる、「わが生活」の再解釈あるいは偽造と、「わが文学」の構成との重なりが、実は、金達寿の初期小説『族譜』(『新藝術』、一九四一年一一月)の一連の改作過程を通して明らかにあらわれる。最初の『族譜』からそれを書き変えたもう一つの『族譜』(『民主朝鮮』、一九四八年一月〜四九年七月)、それらをまた三〇年後に書き直した『最後の参奉』(『文芸展望』、一九七八年夏)、そしてそれを改題した『落照』(筑摩書房、一九七九年)にまで、作品を改作していく際の「わが文学」の構成法は、「わが生活」の再解釈と再編集に他ならなかったのである。金達寿は、これらの改作作品群は基本的に「ほとんどみな実在そのままの者たち」[75]の具体的「生活」を通して朝鮮「民族の誇りと悲しみを」[76]表現したものだと語っている。いいかえれば、作者の思想や価値観などを含めた「わが生活」に対する再解釈を通して「わが」「民族文学」を構成したということである。したがって、「生活」を再解釈することで成り立つ「構成」が、誠実な反映なのか、あるいは不誠実な歪曲なのかは、これら一連の改作作品を批評する重要な基準の一つになる。まず、作品の改作と物語世界の変貌を把握するため、最初作の『族譜』から取り上げる。

最初作『族譜』における植民地文化

金達寿は、一〇歳の時に日本に渡航してからちょうど一〇年後に、日本大学芸術学科専門部の学生となる。彼は、兄と母と共に植民地朝鮮の故郷を一〇年ぶりに訪ねた。その時に会った五親等の伯父から「強烈な印象」を受け、それを題材として『族譜』という小説を書いたと作家はいう。『族譜』ではその伯父が三親等の叔父に登場し、以後の改作では三親等の伯父として描かれる。当時日本大学芸術科の『新藝術』という雑誌に発表された最初の『族譜』が、「その長い時間のあいだ、三度にわたって書かれ、書き直され」、「二百五十枚ほどの中編」の『落照』になったのである。作者は、『落照』が『玄界灘』(『新日本文学』、一九五二~五三年)から『太白山脈』(『文化評論』、一九六四~六八年)につながる自身の代表的な「民族文学」の「序編」にあたると自評している。[77]いいかえれば、苦難に満ちた朝鮮民族の歴史をテーマにした作品として、『玄界灘』が太平洋戦争期を、『太白山脈』が敗戦後、すなわち朝鮮民族の解放以後をそれぞれ取り上げたとするならば、『落照』は、太平洋戦争以前の植民地期の朝鮮人の「生活」を描いた、もう一つの「民族文学」の代表作として位置づけられているのである。[78]こうしてみると、『族譜』から『落照』までの一連の改作群は、金達寿の「民族文学」の根茎であることがわかる。

ここでまず問題にしたいのは、『族譜』は、なぜ「三度にわたって書かれ、書き直され」たのかということである。いいかえれば、一連の作品の中でなぜ最終的に書き直された『落照』だけが「民族文学」の代表作として、作家自身によって認められるようになったのか。同じく「わが生活」や「ほとんどみな実在そのままの者たち」の経験を描いているそれ以前の作品は、なぜ「民族文学」としては認められなかったのだろうか。あるいは、「民族文学」になるためにはそれ以前の作品はなぜ「書かれ、書き直され」なければならなかったのかということである。実際『落照』以前の『族譜』という題名を持つ二作は、ともに『金達寿小説全集』（全七巻、筑摩書房、一九八〇年）にも収められていない。その全集には、「未発表のものまで含めて、これまでの全小説が網羅されることになった」とされている。たとえば日本大在学中に発表した、「どうせ習作なんだ」と思っていた初期作の中で、当初は「廃棄することにした」『おやじ』までも含めて、『汽車弁』、『雑草の如く』など、金達寿の全作が収録されている。[79] しかし『族譜』とその改作だけは、後に自身の民族文学の代表作の一つ『落照』の起源作にあたるにもかかわらず、「雑誌が手元にないので何月かははっきりしない」[80]という創作時期についての述懐からもわかるように、「わが文学」から抹消されていたのである。

『族譜』は、「創氏期限が迫りつつある」[81]植民地末期、正確には一九四〇年の夏を時間的背景とする。作者が訪れた、故郷の朝鮮農村の人々の「生活」を描く中で、「族譜」によって代表されるいわゆる朝鮮伝統の文化が、植民地統治がもたらした新たな文化状況の中で壊されていく過程を主題化した作品である。物語は、「内地」から一二年ぶりに故郷を訪ねた兄弟金宗泰と敬泰が、そこに帰って暮らしているとは考えもしなかった叔父金貴巖に会うことからはじまる。作中の視点人物、語り手である、弟の金敬泰[82]は作者の自伝的人物である。彼の視点から、叔父と村の人々の「生活」、いうならば植民地末期の朝鮮の農村住民の具体的な文化体験が捉えられている。したがって、物語で展開される出来事に対する時点人物の捉え方は、作者自身の価値観の直接的な反映になる。

古い時代の伝統的価値に執着する叔父は、「金海金氏《キメヘキンシ》」（ママ）「両班《ヤンバン》」家の子孫である兄弟に両班の血筋の象徴である「族譜《ヂヨッポ》」を見せる。その族譜は実は村の人々―植民地末期の朝鮮社会の農村住民―にとって大きな迷惑になっている。若い時に「厩から二頭の牛を引き出して京城に向け旅立」ち、放浪の後、故郷に戻ってきた叔父は、「先山」―祖先の墓のある山―を抵当に入れ、「全定善という賤民《サンヌン》」からお金を借りることまでしながら、貧しい生活を送っている。毎晩酒におぼれる叔父は、酔うたびに、「血だ。血だ。貴様たちは儂を笑つたらう。見ろ！貴様たちの濁つた眼にも解るだらう。所詮賤民《サンヌン》は賤民《サンヌン》だ。両班《ヤンバン》は両班《ヤンバン》だ。ワツハハ、ワツハハハー。貴様たちは賤民《サンヌン》ぢやないと云ふのか！族譜《ヂヨッポ》をみせろ、族譜《ヂヨッポ》を！ワツハハ、ワツハハ―」[83]と、両班の血筋の証拠である族譜を自慢し、村人を「賤民《サンヌン》ども」とののしる。一方、兄弟は旧姓の金の名残を留める「金光《カネミツ》」と創氏名を決め、「村では唯一の小學校を卒業した知識人」、「現在《いま》は愛國斑の班長」の李甲得の案内にしたがい創氏願を出す。李の提案で、兄弟は「内地」に戻る前に、「族譜《ヂヨッポ》がなくなつても」叔父が村人に「威張れるやうに」盛大な宴会を催す。叔父は、宴会が終わった直後、「ポプラの並木の一つに登り」、「賤民《サンヌン》共皆んな出ろツー」、「この金貴嚴の話しを聴け！」と叫びながら、木の上から飛び降りて自殺する。「李甲得の指揮で、村人たちの手で」叔父の葬儀が営まれた後、兄宗泰は、死者の着物が焼かれる隣で、「族譜を一冊々々」燃やしてしまう。

こうしてみると、この作品が、叔父金貴嚴の没落と死を描きながら、植民地末期の朝鮮の農村の住民が経験した文化的、経済的状況の変化を決定的に問題化していることが分かる。たとえば、兄弟が日本に渡る前まではいくら没落したとはいえ、漢学、儒学などの伝統的な知識をもっていた金海金の「両班」家の人々が、村社会を指導する立場にいた。いまは彼らにとって代わり、「村では唯一の小學校を卒業した知識人」、「愛國斑の班長」の李甲得が村の人々の「生活」を指導している。そして「両班」階層の叔父は、「先山」を抵当に入れ、「全定善という賤民《サンヌン》」から「四百圓以上」の大金を借りている。それが儒教的な価値観からすると、祖先の墓を見捨てる行為にあたることはいうまでもない。それらの逸話にも示されるように、畑や山を所有する「両班」の門中が村の人々に土地を貸し出すことによって成り立つ旧時代の朝鮮農村の経済システムは、植民地末期の朝鮮社会ではすでに破綻を来していたのである。

物語の中で作者の思想やイデオロギーを代弁している敬泰兄弟は、植民地統治がもたらした新しい経済状況への変化や文化的価値観の変容などを基本的に肯定する。それについては、兄弟が故郷を訪ねたその同じ時期に行っていた、朝鮮人の「皇國臣民化」運動の一つ「創氏」に対する彼らの態度を通しても確認することができる。

> 彼等の古い習慣では姓を改めることとは、人格までも變更されることであつた。言ひ争ひの悪口に、この姓《シエン》を變へてしまふ奴めが、といふのがある。しかし、宗泰や敬泰は新しい習慣を知つてゐた。敬泰はどんな苗字がいいだらうかと思つてゐる。(『新藝術』、八九～

九〇頁)(中略)

「どうです。金光宗泰《カネミツシウタイ》といふのは。」

敬泰は云つて一瞬、どこからの聲か耳をそばだてた。

宗泰は微動もしなかつた。薄暗い部屋の天井に灯燈が大きく揺れてゐた。夜の鏡のやうな静けさだ。敬泰はだんだんに咽喉を締めつけられるのを覺えた。

「いい名前だ。」

宗泰は判然と云つた。そして「叔父を喜ばせてやらうぢやないか。終りの人だ。」

とつけ加へた。凝つと眼は天井に向つたまま。

敬泰は兄の聲で咽喉のせきが切れたが、身動きは出來なかつた。罪人が眼に見えない捕縛を待つやうに。(九三頁)

「愛國斑の班長」の李甲得に勧められ、「創氏」を受け入れる兄弟の態度を、もちろん植民地統治への積極的な協力者のそれとして理解することはできない。そして、金光という氏に改める兄弟の会話には、何らかの悲壮美ともいえる、金という姓へのノスタルジーが漂っていることも否定できない。「叔父を喜ばせてやらうぢやないか」と、叔父と相談せずに創氏しようとする兄宗泰の提案に黙って従うことに、弟敬泰はある種の罪の意識に囚われていたかのようにも語られている。しかし、朝鮮人の姓への価値観を「古い習慣」として、氏を創ることを「新しい習慣」としてそれぞれを捉えたり、金という両班の姓に執着する叔父を時代遅れの「終りの人」として捉えたりする兄弟の態度は、植民地統治がもたらす文化的変容を容認し、肯定していることは確かである。こうした兄弟の態度に、植民地末期に「創氏改名」を題材化した『族譜』を、大澤達雄[84]という日本式の名前で発表する作者自身の時代認識が投影されていることはいうまでもない。

しかも、兄弟が見せている、「古い習慣」の拒否、そして「新しい習慣」の受容は、植民地末期の朝鮮社会で強要されていた文化政策に受動的に従うかたちで行われることではない。兄弟は、金海金の両班の血あるいは姓に執着する「彼等の古い習慣」を、自らの思慮分別に基づき、自発的に切り捨てるのである。「彼等の古い習慣」の象徴としてこの作品が取り上げているのが、題名にもなっている族譜である。叔父の死後、自分たち兄弟に授けられるようになった「金海金氏」の族譜を自分たちの決断で焼却してしまう、この物語の結末だけを取ってみても、朝鮮社会の文化的状況に対するこの作品の価値観が把握される。朝鮮人の「古い習慣」を拒否し、「新しい習慣」を正当化、合理化している点において、『族譜』を、植民地文化統治に追随する朝鮮人作家による時代反映小説としてまず理解することができる。

民族文化の再構築

植民地支配がもたらす朝鮮半島の文化状況の変化を容認しながら、叔父が固執する古い時代の価値観を批判していた『族譜』の語り手は、『民主朝鮮』版『族譜』以後には一変して、「古い習慣」を擁護しながら、植民地末期の「新しい習慣」を辛らつに批判する、いうならば伝統復古主義の態度をとるようになる。

『族譜』での兄弟が植民地主義への消極的な協力者だとするならば、その後の作品での兄弟は、植民地支配に積極的に抵抗するイデオロギーをもって登場するのである。植民地末期に書かれた『族譜』から植民地期以後に書き直される改作への、それぞれの語り手が見せるこうした時代認識と価値観の変化を、フランツ・ファノンの言葉を借りて、こう捉えてみることができる。すなわちそれは、「その鉄鎖で民衆をしめつけ、原住民の頭脳からいっさいの形態、いっさいの内容をとり去」り、また「被抑圧民族の過去へと向かい、それをねじ曲げ、歪め、これを絶滅する」、植民地主義の暴力の犠牲となった客体の立場から、今度は正反対に、「異常な歓喜に浸りながら、過去がけっして恥辱ではなくて尊厳であり、栄光であり、盛儀であることを発見し」、また「未来の民族文化を復権させ、それを正当化」[85]することによって、民族共同体の新しい歴史に再結合していく主体の立場への劇的な変化であったのである。[86]

まず、植民地期の作品『族譜』では「古い習慣」として批判されていた世界が、一連の改作ではどのようにして正当なものとして書き変えられているのだろうか。次の三つの引用は、作品の中心素材である族譜に向かい合う時の、主人公敬泰の意識や行動を捉えた語りである。最初作『族譜』から取り上げる。

それが二十八巻幾千年の人々を擁してゐた。敬泰は古典の園に引き出されて信仰を得たやうな廣い愛情の潤潤と湧き起るままに眼を睡つた。王宮の滑るやうな廊下と咲き誇る花園の庭とが彼の脳裏を涼めた。彼は俄かに水に打たれたやうに恐怖に襲はれてパッと眼を開いた。次に獄窓のやうな寂しさが押し迫ってくるのだつた。

（中略）

敬泰は祖先の誰かの詩集を手にして開かうともしなかつた。兄や叔父が動作を失つてしまふやうに、なにか、大きな聲を出して笑ひ立てたい欲望に驅られた。敬泰はその欲望に自身で驚いてまた眼をつぶつた。あるひは先きの王宮がみえはしないかとも思ひ。だが思はぬ幻像が浮んだ。白い上衣《ドルマク》の紐を引きづり、高い冠を並べた無限に列をなした老人たちが、黄金の杖を振り上げて口々に喚き襲つて來る。「そこにゐるのは局外者だ。他者だ。異端者だ。」

敬泰は頭を抱へて表に飛び出て行つた。（『新藝術』、七六～七七頁）

ここで「二十八巻幾千年の人々を擁してゐ」る族譜と対面していた敬泰は、「廣い愛情」、「恐怖」、「寂しさ」を次々と感じるようになる。そして結局、「無限に列をなした」「幾千年の」「老人たちが」「襲つて來る」幻覚の中で「表に飛び出て行つた」のである。いうならば、目を向けていた自分の血の歴史が、意識の中で、「ねじ曲げ」られ、「歪め」られ、「絶滅」される過程を語り手は捉えているのである。聞こえた「幾千年の人々」の幻声、「そこにゐるのは局外者だ。他者だ。異端者だ」には、敬泰の意識から過去の「いっさいの形態、いっさいの内容」がとり去られていることが示されている。主人公の意識における、こうした「族譜」からの逃亡、あるいは過去との断絶は、『民主朝鮮』版の『族譜』にはひとまず見当たらなくなる。

その三十八巻の厖大な書物、それは書物であろう、それはどうしてこのように伯父の手元にあるのか、それはとにかくそこには幾千人の一つの人々の流れ、その名が刻まれているのであつた。なるほどそれは手を洗い、「精神を清潔」にして繙くにふさわしいものであつた。

敬泰はそつと眼をつぶつてみた。ととつぜん彼はぶるぶるつと身を慄わした。途方もない考えが急に浮かんできたのであるなるほどそれは厳粛なものである！しかし、彼はそこでこの上なく満足そうに酒を飲みながら髭をしごいている伯父や、そしてしんみりとした深い表情を堪えてその一頁々々をめくつては、何かの感慨にふけつていると思われる兄たちが急に動作を失つてしまうように大きな聲を立て丶笑い立てたい衝動に馳られたのである。しかし敬泰はその衝動におどろいて、いきなり、廊下から足をおとして靴をはき、急いで表に出ていつた。(『民主朝鮮』一九四八年一月、六一頁)

最初作『族譜』では、敬泰のほうに圧し掛かる感傷的な恐怖が描かれたとするならば、『民主朝鮮』版では、「三十八巻の厖大な書物」族譜に対する敬泰のほうからの畏敬の念が捉えられている。族譜に「名が刻まれている」「幾千人の一つの人々の流れ」、すなわち自分の血の歴史が、「精神を清潔」にして繙くにふさわしいもの」として書き変えられている。植民地期の作品ではとり去られていた「いっさいの形態、いっさいの内容」に、植民地以後の作品の語り手の意識は新たに向かいはじめているのである。しかし、見逃してはならないのは、「とつぜん彼はぶるぶるつと身を慄わした。途方もない考えが急に浮かんできた」という表現からもわかるように、血の歴史と自分との関係、あるいは意識の中での族譜の意味が未だ完全には回復されていないという点である。結局語り手は、族譜の十分な理解者、継承者たち―「この上なく満足」する伯父や、「感慨にふけつていると思われる兄たち」―を「笑い立てたい衝動に馳られ」、「表に出ていつた」のである。そこには、最初作『族譜』で描かれた「幾千年の人々」から自分を他者化する衝動は見受けられないものの、血の歴史への自分の意識の融合や、ひいては族譜の伝統的民族文化としての復権はいまだ不完全にしか行われていないのである。それらを成し遂げるために書き直されたのが『落照』であろう。

何と、その人名ばかりの流れが三十八巻もの厖大な部厚い書物の中に収められていた。生まれて、生きて、そして死んだその人名の流れにはところどころ、その時代の王朝のなにであったという官職名がついていたが、敬泰にわかるのは「監司《カムサ》」「群守《グンス》」といったものしかなかった。それはどうでもよかった。

それより、敬泰にとってやはりおどろきだったのは、そこに流れている何千何万という人名だった。それは人名の流れであると同時に、血というものの流れにほかならなかったからである。

〈血、血筋―〉そう思って、敬泰はそこに座っている伯父西貴厳の顔を見た。伯父はさきほど突然、「血だ、血だ！」と叫んだが、それがどういうことだったか、敬泰にもちょっとわかるような気がしてきた。（『落照』、三七～三八頁）

「三十八巻もの厖大な部厚い書物」を前にして、『落照』での敬泰は、感傷に浸ったり、「眼をつぶつて」「途方もない考え」を浮かべたり、逃亡せざるをえないほどの恐怖に圧倒されたりすることなく、その書物の中の「人名の流れ」、「血というものの流れ」を主体の意識を持って辿っていく。その時の「おどろき」が族譜の意味を理解する初めの一歩であることはいうまでもない。最初作『族譜』では滑稽にしか思えなかった、叔父の「古い習慣」への執着や「血だ、血だ！」という叫びにも、敬泰は共感していくようになる。こうした理解が、「彼は自分の家に伝わって来ているその族譜や先山に対して、急にある強い愛着を感じはじめていた」[87]と語られるように、ついには、過去の祖先と自分の意識の融合につながる。すなわち、「血というものの流れ」、あるいはその相関物である族譜の意味は、『落照』での書き直しによって、回復されるようになったのである。これこそ、『落照』の前作に当たる二つの『族譜』は全集からも外される反面、『落照』は作家自身の「民族文学」の代表作として認められた確かな理由の一つであろう。

そして『落照』に至ると、族譜が象徴する「血の流れ」が、西氏一族の範囲をはるかに超え、民族、あるいは人類全体が共有する普遍的な価値として示されるようになる。つまり、族譜が精神史的な意味を得て民族文化となるのである。それぞれの作品の結末を取り上げてみる。

まず、叔父の葬儀後、授けられた族譜を兄弟が焼却してしまう、最初の『族譜』での結末は、『民主朝鮮』版以後の改作には当然除かれる。最初の『族譜』での族譜の物語的な意味は基本的に両班階層の没落に関わっていた。叔父にとってみれば植民地末期の朝鮮農村の社会的、経済的状況の変化に対して抱いていた個人的な鬱憤を晴らしてくれる媒体であった。その族譜に執着する叔父の態度は兄弟や村人からすれば悩みの種であった。叔父が村人を「賤民《サンヌン》ども」とののしりながら自殺する場面でも、族譜の象徴的な意味は金海金氏の没落、ひいては伝統的価値の廃絶以外のものではなかったのである。

それが、『民主朝鮮』版『族譜』の結末では、宴会の終った真夜中、酔いで発作を起こした伯父が、まず「エノムドル（日本人の奴たち）には故郷もないのか」、「先祖の墓も展墓もないというのか！」[88]と、いうならば、血のつながり重視する朝鮮人の価値観を破壊した植民地支配者の「エノムドル」[89]を声高に非難する。また次に、「國もないのに何の官吏・役人か！」[90]と、面事務所の朝鮮人役人たちの親日協力に怒りを抑えない。そして最後に、「サングノム（常民）共、皆んな出てこーい。この江原西氏・金貴嚴の語ることを聞け！」[91]と、過去と現在のつながりを象徴する族譜の価値を知らない村中の人々をののしりながら、「新作路」の「ポプラの老木の上」から飛び降りて自殺する。そこでは、伯父に憎まれていた故郷の村人が、植民地の統治者の日本人、協力者の朝鮮人役人、そして追随者の朝鮮農民と、それぞれ階層的に分類され、批判されている。それによって、伯父の族譜への執着が植民地文化統治に対する抵抗よしての意味を持つことになるのである。

そして、後に『落照』に改題される『最後の参奉』には、「血だ！よいか。大切なのは民族としての、人間としての血だ！」[92]と叫びながら、「集落広場に立っている柿の大木」から落ちて死ぬことになっている。前作とは相異なる点がいくつかある。『民主朝鮮』版『族譜』の結末では、先祖の墓、血のつながり、族譜などの民族伝統を破壊した当事者たちへの伯父の罵倒が、いきなり発作を起こした失神状態で行われている。反面、『最後の参奉』には、族譜が象徴する血のつながりは「民族」、「人間」にとっての普遍的な価値であるという自らの信念をいわば正気の状態で村の人々に訴えているのである。伯父の信念を最後の教訓として村の人々全員に伝える場面として描き出すために、作者は改作に当たって、彼が登り、また落ちて死ぬところを、村はずれの「新作路」の「ポプラの老木の上」から、「集落広場に立っている柿の大木」の上のほうに、設定し直したと思われる。

『落照』の作者がこうした伯父の価値観を全面的に支持していることは、敬泰兄弟―作者の民族主義イデオロギーや伝統主義価値観を直接代弁している人物―が伯父の遺言めいた言葉に感化される物語後半の会話からも明らかである。

「このさいお前たちにははっきり言っておくが、この時節を何としてでも、たといどんなことがあろうと、ともかく生き抜くことだ。このような時節には、お前たちはとにかく、生きて、血を守っておればそれでよい。わが民族の歴史はこれからさきなお千年も万年もつづくのだ。ともかく、我らが族譜に記載される民族の血を絶やさぬことだ、よいか」
「はい。わかりました」
「わかりました」(『落照』、一七〇～七一頁)

このように『落照』では、伯父の族譜、あるいは「民族の血」の思想は、次の世代の兄弟にまで受け継がれることが、作品の最重要なメッセージとなっている。ちなみに、「愛國班の班長」の李甲得に勧められ、兄弟が「創氏願」を出していた最初の『族譜』での場面は、『落照』にはどのように書き変えられているのだろうか。

「きみたちはあの村へ帰ってくるやいなや、もうその夜から村の者たちを扇動して、創氏

　改名の皇民化に反対しているばかりか、そのうえさらにこんどは、戦時増産に黙々と励んでいる善良な農夫までつれ去ろうとしている、こういうことだ」（『落照』、一六四頁）

『落照』では、兄弟が創氏を決めていた会話文や、「創氏願」を出す場面の描写は物語世界から完全に削除されている。その代わりに、駐在所に訪れた兄弟を日本人所長が押さえつける場面が新しく挿入されている。「内鮮一体は創氏改名から！」など、植民地朝鮮住民を指導する日本人駐在所長の、引用のような台詞を通して、兄弟は、「創氏」を含む、戦時総動員体制下の統治政策を反対する人物として性格化されていたのである。

人物像の改造、「愛国志士」

　もともとこの作品は、作者が一〇年ぶりに故郷を訪ねた時[93]、そこで会った「血だ、血だ！」「とっほっほほ……」という奇妙な声を発していた「五寸《オチョン》（五親等）の伯父」に「強烈な印象」を受け、「若いとき家出をして」「放浪をつづけていた三寸《サムチョン》（三親等ということ）の伯父」の経歴を重ね、小説にして書いたものであった[94]。

　実際に一連の作品において叔父は焦点人物である。最初作『族譜』では、語り手は叔父金貴巖の常軌を逸した行動に注目する。叔父は、帰郷してからいろいろな面で村人たちに世話をかけながら生活していながらも、彼らを「賤民《サンヌン》ども」と罵倒し、軽蔑する。旧時代の身分秩序に拘《こだわ》る叔父は、植民地末期の朝鮮農村社会のなかで面倒な邪魔者以外のなにものでもなかった。兄弟は、創氏などの「新しい習慣」を支持する立場から、叔父を時代遅れの「終わりの人」として捉えている。酒に溺れる生活を維持するために先祖代々の墓のある山を他人に手放しながらも、先祖との血のつながりを象徴する族譜には異様なほどに執着する叔父の行動にまた当惑するのである。

一方、『落照』に至るその後の作品での伯父西貴厳の行動は、今までの議論でも明らかなように、語り手のよって批判されるのではなく、むしろ正当化されるようになる。たとえば、酔う度に「血だ、血だ！」と叫んだりする伯父の酒癖さえ、滑稽なものとして描かれることはない。村人たちが「倭奴《エノム》たちと同じナカムラ、ヤマダなどというものになっておるというではないか」[95]という、植民地末期の朝鮮住民の「創氏」に対する伯父の辛辣な批判を加えることによって、語り手は、両班の血に執着する伯父の価値観を正当化しているのである。「族譜」に普遍的な価値を与え、民族の精神文化の伝統として再構成するためにも、伯父を肯定的人物として作り直さなければならなかったろう。特に約三〇年ぶりに改作され、後に『落照』に改題される『最後の参奉』では、創作動機ともなった人物、伯父西貴厳の人生を追跡し、その人格に歴史的、民族文化的な意味を与えていく過程そのものが物語連鎖の軸を成すように再構成されている。

まず、『落照』の語り手は、伯父西貴厳の人生の没落を、朝鮮半島の被植民地化の過程での出来事に重ねる。いいかえれば人物像に歴史的な意味を与えているのである。

西家というのはもと、昌原郡の中心である昌原邑にあった古くからの儒家、すなわち李王朝時代の官家で、同時に地主でもあった。……長男の貴厳が……（家出をしてから—引用者）十年がたち……一九〇六年、明治日本による侵略が高潮に達していた李王朝の末期で、全朝鮮じゅうが騒然となっていたときのことであった。前年の一九〇五年には日露戦争……朝鮮ではあちこちで抗日の「義兵抗争」がおこって数万、数十万の人々が犠牲となっていた。……一九一〇年のいわゆる「日韓併合」であった。と同時に、日本の朝鮮総督府による土地収奪である「土地調査」というのが、長いあいだにわたって何度も繰り返しおこなわれた。

まだ跡継ぎも正式にはされておらず、所有関係のあいまいだった西家の土地はあっちをとられ、こっちを削られして、いよいよ痩せ細って行った。……李王朝最後の儒生だった伯父はきっと、朝鮮が日本に「併合」となるときにおこった「義兵抗争」か、あるいはそののちの「三・一独立運動」かに参加して死んだのではないか、と思っていたものらしかった。（『落照』、一九～二五頁）

「思っていたものらしかった」という最後の述語にもあらわれているように、伯父の履歴について語り手が確かな情報として直接把握していることは何一つない。伯父の周りの人々が「思っていたもの」をまた「らしかった」と推測する語り手の曖昧な再推測の表現によって、伯父の履歴が、朝鮮王朝や民族共同体が経験した一連の歴史の流れに時系列の項目別に重ねられながら、「義兵抗争」や「三・一独立運動」に参加した人物として再構成されている。その語りによって示されるのは、生身の伯父の人物像ではなく、「李王朝最後の儒生」という観念的ステレオタイプであることはいうまでもない。また語り手は、西家の長孫である伯父が没落した経緯や理由を、何一つ具体的な語りに頼ることなく、「明治日本による侵略」、「日韓併合」、そして植民地初期の総督府の「土地調査」事業などを並べるだけで示そうとする。語り手のこのような暗示の手法によって、伯父の人物像を抗日的な「愛国志士」として再構成していく根拠が与えられている。

そして、両班であり、地主の長男であった伯父の、故郷に帰って来てからの生活が、なぜ自立できなかったのか。子連れの女性の世話で貧しく暮らしながら、村民たちに迷惑がられていたのか。それらのことについても、語り手は、伯父の酒癖や怠惰な態度など、人物の性格にその原因を求めることはない。その根本的な理由はあくまでも「日本の植民地統治」にあると解釈をしているのである。たとえば、帰郷した伯父は「集落の書堂《ソダン》(寺子屋)」を開き、生計を立てようとしたが、最初からその経営が成り立たなかったことについて、語り手は、次のように説明する。

　しかし、その書堂がどうしてやって行けないものになったかということについては、まだよく知らなかった。(中略)
　朝鮮ではとくにこの三、四年のあいだ、いわゆる「内鮮一体」を称える総督府による

「皇民化」という日本化が急速に進められ、朝鮮語や朝鮮的なことを教える書堂は、どこでも許されないものとなっていたのである。(『落照』、八〇〜八一頁)

引用では、儒教的価値観に基づく伝統的な知識を朝鮮人の次の世代に伝授しようとした、伯父の教育事業が、「内鮮一体」や「皇民化」に対抗する要素があったかのように、また総督府の閉鎖政策によって頓挫するようになったかのように語られているのだが、はたしてそのようなことが植民地末期の朝鮮農村社会の正しい現実反映といえるのだろうか。『韓国民族文化大百科事典』[96]などの記述からも確認できるように、書堂とは、近代以前の朝鮮人、一般的には両班、平民の男の子たちを対象にした、小規模で非制度的な初等教育施設である。公的な初等教育が不備、教育の財政が劣悪であった朝鮮時代、特に朝鮮末期に、多様な形態の書堂が設立され、前近代的とはいえ、広範に朝鮮社会の教育一般を担当することとなった。書堂の教育内容は、主に講読、作詩、作文などの製述、習字の三つに分かれ、講読のテクストとしては、千字文、童蒙先習、四書、三経など、製述は、五言・七言絶句などの詩文が教えられ、習字は、まず楷書、次に行書、草書が習われたとされる。教育課程は教師や書生の水準によって初級から上級まで多様であった。こうした書堂の教育システムは、植民地期に至ると、近代的な初等教育が確立され、教育内容が均質化され、また初等教育が義務化されることによって、自然に崩壊していくようになる。しかし、書堂が衰退しつつあった植民地末期にも、女子児童をも対象にするいわゆる改良書堂が新設、普及されていたことや朝鮮全土に書堂が数千カ所も存続していたことなどの事実からすると、書堂教育に対する植民地統治当局の弾圧があったとは考えられない。こうしてみると、「朝鮮語や朝鮮的なことを教える書堂は、どこでも許されないものとなっていた」という引用の最後の語りは、二つの点において、事実を歪曲していることが分かる。書堂の解体が「皇民化」政策の結果だとする主張や、書堂で、漢籍や朱子学の内容ではなく、朝鮮語や朝鮮的なことを教えられていたという、「弾圧」を理由づける説明は、両方が伯父の現在の生活破綻の直接的な責任を日本の植民地支配に転嫁しようとする語り手のこじつけであったといわざるをえない。

このように、語り手が具体的な事実ではなく、推測や主観的なイデオロギーに基づき、人物の性格を構成することは、実はこれら一連の作品を改作する際の基本的な創作法にもなっている。いいかえれば、最初作『族譜』では滑稽化されている没落した両班、叔父の金貴嚴という人物を、『落照』で、被支配の朝鮮民族の苦難と抵抗の歴史を代弁する、伯父西貴厳に書き変える方法として、語り手の主観的観念に依存する構成より便利な方法はあり得なかったのである。

『落照』の語り手は、先ほど確認したように、「義兵抗争」、「三・一独立運動」、「光州学生運動」などの歴史的な事件を伯父が家出した時期と重ねた後、「多かれ少なかれ、そのどれにもかかわってきたものらしい」、「伯父ははじめからそういう『事件』のたび、（中略）だんだん複雑な存在ということになったものらしい」[97]という兄宗泰の断定的な推測によって、独立運動に参加し、そのたびに投獄されたことを伯父が実際に経験した事実として語っていく。

その延長線上で今度は、語り手は伯父の人物像を「愛国志士」という抽象的人格として再構成する。それに際してもまた、「愛国志士」と知られている歴史的な実存人物をそのまま伯父につなぎ合わせるという、強引な制作法を用いる。伯父の人生について語りながら、兄宗泰は、「わしは崔益鉉《チェイクヒョン》先生のようにして死ぬべきじゃったのだ。それがこうして生きながらえているとは、それだけでもわしは耐えられるのだ[98]」という、伯父から直接聞いた「ただ一つだけ」の言葉を弟の敬泰に伝えるのである。

「おれにも、どういうひとかよくわからない。（中略）多分『義兵抗争』のころのひとではないかと思う。だとすると、伯父は崔益鉉という先生の門下生だったか、あるいはその下で働いていたのではなかったかな」
「だったら、その崔益鉉先生というのは、―と言ってきいてみるとよかったですね」（『落照』、八五頁）

この兄弟の会話によって、伯父には、「崔益鉉先生」を尊敬、思慕し、彼の思想と価値観を共有するという性格が一気に与えられる。実際語り手は、「わしは崔益鉉先生のようにして死ぬべきじゃったのだ」という伯父の台詞を繰り返すだけである。それ以外に、伯父と崔益鉉という人物の関係を具体的に示す、あるいは仄《ほの》めかす、如何なる出来事についても語らない。それにもかかわらず読者たち―主人公の敬泰も含めて―は、兄宗泰の会話や地の文で引用されている伯父の独白に誘導され、崔益鉉という人物、特にその人物の死に際での態度や抵抗に注目するようになる。

「崔益鉉とはどういう人か、それが知りたくてならなかった」[99]敬泰は、「青柳南冥著の『朝鮮史話と史跡』」のなかの「韓末孤忠の臣崔益鉉」という章を「まばたきもしないで」[100]読んだのである。語り手は、この著書を引用しながら、朝鮮末期の忠臣崔益鉉の、一九〇五年の「乙巳保護条約」に抗した義兵活動や、日本軍に逮捕され、圧送された対馬警備隊で絶食の末に殉ずる最期の抵抗を紹介している。その後、崔益鉉という歴史的人物と伯父西貴厳とを強引につなぎ合わせてしまうのである。

伯父西貴厳は、その崔益鉉の「三千の門弟」のうちの一人であったのかどうか、そしてその崔益鉉の「挙げたる」義兵の一人だったかどうか、それはわからなかった。わからなかったが、しかし伯父西貴厳が「崔益鉉先生のようにして死ぬべきじゃった」というその死とは、いまみた遺疏に書かれているそういう死だったのである。(『落照』、一六〇頁)

ここで語り手は、「崔益鉉先生のようにして死ぬべきじゃった」という一つの台詞をもって、関係があるかどうかも「わからなかった」人物の価値観や思想を、伯父西貴厳の人格に無理やりかぶせている。これ以上に簡単で確実に人物像を作り直す方法があるのだろうか。またその台詞は伏線ともなり、結末での伯父の死の動機付けとして物語展開に溶け込むようになっている。このようにして、最初の『族譜』──この作品の結末は叔父の死後、族譜を燃やしてしまう場面であった──での叔父の死が、奇妙な、唐突な、そして不可解なものであったのに対し、『落照』の結末の伯父の死は、朝鮮「民族」の血のつながりを象徴する、族譜の精神的価値を守り切った最期の抵抗として描かれているのである。

族譜の非──真正性

しかし、『族譜』から『落照』にいたる改作過程で行われていた、こうした「民族文化」、「民族精神」の再構成を、はたして現実のリアルな反映といえるのだろうか。あるいはそのことを朝鮮人の本来的な価値の復権として理解することができるのだろうか。たとえば、これらの作品の中心素材の族譜は、最初作『族譜』では、廃すべき旧時代の悪習とされ、物語の結末で兄弟によって焼却されてしまう。それが『民主朝鮮』版『族譜』以後の作品では、朝鮮人の伝統的価値観を代表する、いわば民族精神の象徴として描きなおされるようになる。ここでは、朝鮮人にとって族譜が実際にどれほどの真正な歴史的、精神的価値を持つものなのかを確かめることによって、『落照』に至るまで書き直された作品群、ひいては金達寿のいわゆる反日、抵抗の「わが民族」文学の真正性そのものを批判的に検討してみる。

そもそも、なぜ朝鮮人は、祖先との血のつながりや、自分たちの両班―文班の武班の両方を指す―の家系が記されている族譜を重んじているのだろうか。そうであることは、さまざまな文学・文化言説[101]でも描かれているし、一般にも広く知られている。だが、血や族譜についてのそのような価値観は、朝鮮人の本来的なものでもなければ、自然に発生したものでもない。それならばいったいどのような歴史的状況の中でそのような族譜の文化的意味が生じたのだろうか。

周知のように朝鮮人の族譜も、日本人の系図と同じように、主に支配層の氏族の父系血縁の家系、重要事件などが記録された文書である。王族以外の朝鮮人の氏族の系譜として現存する最古の族譜は一五世紀末まで遡る。たいてい一八世紀までは両班―朝鮮時代の身分システムでは、基本的に両班と常民に分けられている―の中でも極少数の貴族だけが族譜をもっていたといわれる。一九世紀になると、常民たちが新たに資本家、地主となったり、両班が貧困層へと没落したりするなど、社会の身分制度が大きく乱れることになる。その中でそれ以前には貴族層が専有していた姓と本貫―本貫の名称は始祖の故郷の地名から付けられる―が一般の人々にまで広まるようになる。それに伴い、両班氏族の身分証明の機能を果たしていた族譜の売買まで行われ、族譜の大衆化もある程度進んだとされる。それが二〇世紀前半の植民地期にいたると、印刷の普及とともに、族譜を専門的に扱う出版社まで登場したことからもわかるように、族譜の編纂と刊行は朝鮮人の間で一大ブームになる。また、族譜の編纂過程での改竄、偽造が公然の事実とされた。その結果、解放以後の韓国社会では、大多数の家族が族譜、しかも貴族階級の両班のそれを持っていることが一般的な現象となったのである。

嶋陸奥彦の「韓国の族譜―刊行する行為という視点から」[102]での族譜の編纂年代調査によれば、全体の九三五四点の中で、一九一〇年以前の朝鮮および大韓帝国時代に編纂されたのが九五三点、一九一〇年から四五年までの植民地期が四七五一点、一九四六年解放以後が二九五一点、そして年代不明が六九九点との統計がある。そうすると、九割以上の族譜が植民地期以降に刊行されたことがわかる。ここでまず、なぜ植民地期、あるいはそれ以降に、族譜刊行がもっとも盛んに行われるようになったのかという疑問が浮かび上がる。いいかえれば、もうすでに族譜が持つ公的な身分証明の価値が失われ、私的文書としか見なされなかった時期に、なぜ新たに朝鮮半島の人々は族譜に執着するようになったのかということである。

それを把握するためには、まず朝鮮人の姓の歴史を一瞥する必要がある。正確ではないだろうが、そもそも、今日の朝鮮人が一般的に用いるいわゆる中国人式の姓は、新羅末期に朝鮮半島の人々に導入されて以来、長い間王族、豪族など少数の特権層の専有であったといわれる。一八世紀からの身分変動期を通して、姓と本貫は一般民衆にまで広まることになる。それが今日のように朝鮮人全員が隈なく姓と本貫を名乗るようになったのは、一八九四年に実施された家族制度の改革を経て、一九〇九年のいわゆる民籍法の施行によってである。一九〇九年、韓国統監府の指示の下、大韓帝国政府の名で民籍法（隆熙三年法律第八号）が施行された。これまで姓名が与えられなかった下層民や女性にも生年月日、姓、名の記入が義務付けられたのである。

日本の家族制度に立脚したこの民籍登録は、いわば、韓国では二〇〇七年に「家族関係登録に関する法」に代替された旧「戸籍法」の嚆矢に当たるものである。ちなみに、その民籍法に依拠して行われ、日韓併合直後の一九一〇年九月に発表された調査「民籍統計表」では、総人口一三〇〇万、二七四万戸、そして登録された姓の数は二五〇余とされている。その一連の制度改革を契機に、どれほどの朝鮮人の一般民衆が、どのような姓と本貫を新しく用いるようになったのかなどについての統計調査はもちろんない。しかし、おおよその状況を想像してみることはできる。

韓国統計庁の資料では、今日大韓民国の朝鮮人の姓の中で金が全人口の約二二%、李が約一四%をそれぞれ占めているとされている。朝鮮人の姓は約三〇〇、その中で金、李、朴、崔、鄭などの一部の姓に人口が集中している。本貫と姓の組み合わせによって血縁氏族を弁別する。朝鮮人が一部の姓に集中するこうした現象は、実は、円滑な植民地住民管理のために近代初期に行われた人口登録作業、特に一九〇九年の民籍法に基づく画一的で強制的な戸籍整理の実施によって生じたものと考えられる。なぜ金なのか、なぜ李だったのかはまた簡単に説明できる。たとえば、最初作『族譜』の主人公の、金海（本貫）金（姓）は、現在人口四〇〇万以上の朝鮮人最大の本貫姓になっている。金海金は、駕洛国の首露王系、新羅の閼智王系分派、日本からの帰化氏系―たとえば、文禄・慶長の役の際帰化した金忠善系が有名である―など、系派が複雑で、歴史も長い[103]。そのため、それまで姓を使わなかった人々にとって、選択の都合のよい、すなわち新しく使うようになった事実がそれほど目立たない、本貫と姓であったことが推測できる。そして、李の場合、全州李は朝鮮の王族の、具体的には新しい本貫姓の登録制度を公布した大韓帝国の純宗皇帝の、本貫姓が全州李だったのである。

この状況から、朝鮮人の姓のもつ性格がそれ以前とは大きく変わるようになったことは十分推察できる。姓の最も重要な社会的機能とは、いうまでもなく、異姓との差別化を可能にすることである。植民地期以前までは、たとえ身分制の崩壊とともに、姓の特権的価値への信頼がだいぶ薄れたとはいえ、姓と本貫だけによっても、同一父系の血族の系譜や身分の表示などの社会的な機能がある程度は果たされていたと思われる。しかし、近代初期の度重なる制度改革によって多数の朝鮮人の民衆が、特にこれまで位の高いものと認知されていた、両班の姓と本貫を選択し、登録するという突然の状況の中で、名乗られた姓と本貫だけでは名字の社会的機能を果たすことはできなくなったのである。

そこで、失われた姓のアイデンティティ表示機能を代わって果たす、あるいは補うようになったのが族譜だったのである。すなわち、姓と本貫、特に両班家系のそれらを朝鮮人全員が画一的に使うようになる新しい状況で、その血族の家系の構成員であることを証明するのは、姓と本貫そのものではなく、族譜の記録のほうとなったということである。由緒正しい血筋の家系の本当の構成員であることは、姓ではなく、族譜によってしか証明できないという社会の通念によって、植民地期以後の朝鮮社会では、夥しい数の族譜の刊行と再編纂が行われていたのである。たとえば、族譜の編纂過程で行われる改竄《かいざん》を特定する用語として、いわば朝鮮社会固有の漢字語「投託」がある。投託とは、勢力のある者に委託するという程度の意味から、家系も血筋も明らかでない人が、由緒ある家門の始祖を自分の先祖にする、ということだけを意味するようになったと思われる。植民地期以後はその意味がより特定化され、他家系の族譜に、その氏族の許可を得て、自分の家族や親族の系譜を記入する、という族譜の売買行為を具体的に指している。その投託によって、族譜出版が数的に増加するだけでなく、族譜の分冊など、冊の分量も急激に増加したのである。こうした状況の中で朝鮮人「本来の」姓と族譜の価値観が「新しい習慣」―金達寿の『族譜』以来の一連の作品はそれを「古い習慣」と捉えているが―として生まれたのはいうまでもない。

金達寿の文学修業期の発表作『族譜』は、「貴様たちは賤民《サンヌン》ぢやないと云ふのか！　族譜《ヂヨッポ》をみせろ、族譜《ヂヨッポ》を！」と叫ぶ叔父の族譜への強い執着を、旧時代の価値観に基づく反社会的な行動として描き出している。植民地末期の朝鮮農村社会の皇国臣民化を背景に、その一環であった創氏改名を容認する語り手が、族譜が象徴する朝鮮人の伝統的な姓イデオロギーを批判していた作品なのである。まさにその点のために『族譜』は、作家の記憶からも薄れていただけでなく、いままでの先行研究からはむしろ否定的に評価されている。しかし、それ以後改作される一連の作品群に比べてみると、最初作『族譜』のほうが結果的に、族譜の社会的、文化的意味、すなわち朝鮮人の姓と本貫についての虚偽意識をより的確に捉え、批判している。その点においてより素直な現実反映の作品であることは明らかである。

一方、『民主朝鮮』版『族譜』以後の改作では、族譜に執着する、没落した両班家系の主人公を「愛国志士」に描き直すとともに、族譜の意味を朝鮮民族の伝統的な精神文化として構成している。もちろん族譜によって象徴される朝鮮人の姓への執着は創氏改名という植民地統治政策への抵抗の原動力となったのは事実であろう。植民地期以後、「民族」の再発見に何より拘っている作家にとってみれば、族譜の「民族文化」的性格は十分再構築する価値のある題材になったはずである。その再構築の過程で、族譜の反時代的、反社会的な性格の多くの部分を隠蔽せざるをえなかったのである。現実に対する真正な認識ではなく、作家の「わが民族」「わが文学」イデオロギーによって書き直された植民地期以後の一連の改作には、このような強引な「構成」が確認される。その「構成」こそ、『玄界灘』および『太白山脈』につながる、金達寿民族主義小説の代表作『落照』の創作法であったのである。

〈4〉故郷喪失を書く──金達寿『対馬まで』、『故国まで』

植民地期に日本に渡航してきた朝鮮人第一世代の人々にとって、祖国の南、北朝鮮と母語の朝鮮語からの離脱[104]は、「在日する」という生の条件そのものを意味する。戦後「在日朝鮮人文学」の嚆矢とも評される金達寿文学は、まさにこの祖国からの離脱、あるいは故郷の喪失を一貫して主題化している。文学活動の最後の時期[105]に書かれた『故国まで』[106]で、作家はまず、三七年ぶりに祖国を訪れるまでの経緯、いいかえれば、三七年間にもわたって祖国から離脱していた──故郷を離れたのは五一年前で、再び訪れるのは四一年ぶりになる──経緯について語っている。

祖国の韓国から「在日左傾」[107]と名指された金達寿は、一九六〇年四月、「四・一九学生革命」によって李承晩独裁政権が倒れた直後、特派員として韓国に行ってくれないかとの東京のある新聞社からの提案を承諾していたが、駐日韓国代表部の入国拒否によって訪韓を果たせなかった。[108]そして、「四・一九革命」直後に軍事クーデターによって成立した朴正熙政府が、海外の反体制知識人たちに一時帰国を許す政策に転じることとなった一九六〇年代後半、「在日左傾」の金達寿らにもいわば「政治的工作」の一環として祖国訪問への打診があった。その時、執筆中の『太白山脈』での戦後の朝鮮を扱うところの描写のためにも「ああ、ただの素通りでもいいから、ちょっと行って見てくることができたらなあ」と、金達寿自身も思ったが、「少しでも朴正熙政権を利するようなことはしたくなかった」ため、決断には至らなかった。[109] また「その後、一九七〇年代に入ってからも、韓国すじからはいろいろなかたちで、何度となくそんな勧誘はつづいた」が、金達寿のほうから反体制詩人の金芝河の釈放を条件にしたため、訪韓は実現できなかった。[110] そうだったのに、一九八〇年五月「光州事件」の後、金達寿、姜在彦《カンジェオン》、李進熙《イジンヒ》の『季刊三千里』の編集委員と社主の徐彩源《ソチェウォン》の四人が進んで訪韓を計画し、ついに「在日僑胞《キョポ》受刑者たちに対する寛容を請願する僑胞文筆家たちの故国訪問」という名目で、七泊八日間の祖国への旅をはたしたのである。[111] その時の訪韓と帰郷を報告するルポルタージュが『故国まで』である。

『故国まで』は、金達寿の故郷の喪失、故国との関係、そして帰郷などについて「事実そのとおり」が記されている点において、作家が祖国から離脱していた期間に書いた他の故国・故郷の民族文学、すなわち、故国の歴史的現実のなかでの朝鮮人の生活と抵抗を題材化した虚構的、想像的作品群とは異なる性格のテクストである。それからもう一つ、一九八一年一緒に訪韓した姜在彦、李進熙、徐彩源らの三人の在日朝鮮人と「私」をモデルとした『対馬まで』(『文藝』、一九七五年四月)という短編紀行小説がある。この作品もまた、作家の故郷喪失と望郷を、「長崎県の対馬まで行けばそれが見えるという、朝鮮半島南端の陸影を見に」行った出来事を中心に、「事実そのとおり」書いたものである。[112]

ここでは、この二つの作品を主なテクストとして取り上げるが、その前にまず、議論の方向を簡略に示しておきたい。故郷喪失者は自分の「故郷喪失」をどのように考えるか、ということを図式的に捉えてみると、第一、故郷に〈捨てられる〉、第二、ただ単に故郷を〈離れる〉、そして第三、故郷から〈自由になる〉という契機に分節される。人が故郷喪失を経験するという事態は、互いに重なり合うはずのこの三つの契機によってたいてい説明できると思う。主に〈捨てられ、離れている〉のほうに関連付けられるのが、故郷喪失の政治的、情緒的側面であり、主に〈自由になる〉のほうに導かれるのが、故郷喪失者の世界認識の側面である。以下の各節では、それぞれの側面を分析することによって、金達寿文学における故郷喪失の意味とそれへの追求の意義を明らかにしたい。

「故国喪失」、あるいは「故国訪問」の政治性

金達寿文学における故郷喪失、そしてその回復としての故国訪問がはらんでいる政治性は、次の三つの層位の政治的な側面を合わせて考慮することによってより全体的に把握できる。

まず、故郷喪失作家の文学が持つ一般的政治性ともいえるものである。彼らの文学世界は、少しの関連性さえあれば、故国喪失の意識、無意識と解釈される傾向がある。そして古郷喪失や望

郷についての表現は、それがいかに個人的、主観的な情緒に近いとしても、必ずといっていいほど政治的、イデオロギー的文脈の中で理解される。そうした解釈的先入観は、不自然な発想でもないし、いわゆる「在日文学」という前提からすると、むしろ妥当な視点であろう。第一世代の在日朝鮮人作家が故国に関して表現するということは、基本的に、自らの選択によって離脱した祖国のことを日本語共同体の読者に向かって行う言語行為だからである。その点において、二つの民族共同体の間を行き来する彼らの文学は、当然、政治的利害の表現であらざるをえない。金達寿文学言説の全体がこのような政治性から自由になることはまずないということだ。

次に、戦後の在日朝鮮人作家の文学言説が持つ特殊な政治性といえるものである。そもそも彼らの「祖国からの離脱」、「離郷」は、たいていの場合、個人の政治的選択によって行われたわけではない。一〇歳で渡日した金達寿の離郷も政治的利害とは無関係であろう。しかし、「故郷喪失」の克服として試みられる彼らの「帰郷」はそれ自体が政治的選択に当たる。この層位の政治性というのは第一世代に限らず在日朝鮮人作家の文学全体に絡んでいるものである。彼らの故郷喪失、あるいはそれの回復としての帰郷に関する文学言説は、純粋に個人的、主観的、情緒的動機によって触発された表現であっても、結果として政治的、イデオロギー的選択の表明になってしまう場合が少なくない。彼らが「帰郷」しようとする祖国は、「離郷」する時とは異なる政治的状況、すなわち、互いに敵対視する南と北の国家に分かれているからである。金達寿文学の場合、すべて作品は植民地期の南朝鮮、または解放後の韓国の歴史的現実に焦点を合わせている。

したがって、この層位の政治性を直接反映しているということになる。

そして、こうした二つの一般的政治性の層位とは異なる、金達寿文学ならではの、すなわち、南朝鮮に故郷―在日朝鮮人第一世代の約九割以上の人々の出身地が南朝鮮といわれている―を持ち、一九六〇年代からは大韓民国への「故国訪問」のタイミングを計ろうとする「在日」第一世代の作家としての、「故郷喪失」の表現における具体的な政治性が問題になる。

金達寿の「故国喪失」に対する認識の特徴は、それが祖国の韓国によって「拒否され」、また「捨てられた」結果として語られているところに集中的にあらわれている。実際にそれは、政治的迫害や弾圧によるとまでいえるかどうかはわからないが、戦後韓国社会の政治的状況によってもたらされたものであることは確かである。金達寿は、「四・一九学生革命」直後の自身の最初の祖国訪問の試みが駐日韓国代表部の入国拒否によって挫折したことについてこう語っている。


私はそのように拒否されたときのことを、いまもなおはっきりとおぼえている。（中略）私は何ともいえない複雑な思いで、いったいどこへ向かって歩いているのか、しばらくは自分でも気がつかなかったほどである。

要するに、私は「自分の故国から拒否された」のであった。「いったいおれは、故国に対してなにをしたというのか」「おれはおれなりに、自分の故国・朝鮮のためを考えてやっていた者ではなかったのか」というそんな思いがあふれて、私は自分の歩いている目の前がよく見えなかったのである。[113]

「自分の故国・朝鮮のためを考えてやっていた者」であったにもかかわらず、自分が堅持していた「在日左傾」の政治的スタンスのため、金達寿は故国の韓国からは拒否されてしまったのである。その「在日左傾」とは雑誌『季刊三千里』の政治的立場を代弁するものでもあった。周知のように、金達寿、金石範《キムソクポム》、朴慶植《パクキョンシク》、李進熙らの編集同人によって一九七五年二月に創刊された『季刊三千里』は、朝鮮半島と在日朝鮮人・韓国人社会に関する日本語の総合雑誌である。一九八七年五月までに全五〇冊を刊行して終刊した。「創刊のことば」で、まず、「われわれは、朝鮮と日本との間の複雑によじれた糸を解きほぐし、相互間の理解と連帯とをはかるために一つの橋を架けて行きたい」と宣言されている。つづいて、「朝鮮をさして、「三千里錦繍江山」ともいう。「麗しい山河の朝鮮」という意味である。雑誌『季刊三千里』には、朝鮮民族の念願である統一の基本方向をしめした一九七二年の「七・四共同声明」にのっとった「統一された朝鮮」を実現するための切実な願いがこめられている」と「三千里」という誌名について解説しながら、雑誌の政治的目標を明確に示している。編集同人個々人の、そして『季刊三千里』の「在日左傾」思想とは、一言でいえば、北の共和国の全体主義、教条主義とその延長線上にある朝鮮総連だけでなく、南の韓国の軍事独裁政権に対しても、極めて批判的な「統一」志向主義であった。

北と南の両方に批判的であった『季刊三千里』の「統一祖国」路線は、一九八〇年に入ってから、編集委員たちと社主の四人による「南の韓国」訪問の計画と実行によって、その中立的なスタンスを大きく崩すことになる。当時『季刊三千里』の編集人に加わっていた金石範は、金達寿らの韓国訪問に抗議して編集委員から離脱までしたのである。金時鐘《キムシジョン》は、金達寿ら故国訪問の直後、「率直にいって、『望郷の念止みがたく訪韓した』といって欲しかった」[114]と、故国訪問者たちの政治的な表明を辛辣に批判している。このような雰囲気の中で、金達寿らが「南の韓国」訪問の理由として積極的に掲げたのが、「在日僑胞受刑者たちに対する寛容を請願する」という名分であった。「統一祖国」を支持することによって、北「朝鮮」と南「韓国」の両方から拒否されていた金達寿らが、韓国を訪問するという事態は、まぎれもなく、政治的な妥協、あるいはイデオロギーの放棄に当たる。「統一祖国」支持の立場からすると「変節」に、北朝鮮支持の立場からすると「裏切り」に当たるものでもあろう。訪韓を計画したその段階で、金達寿らはまず「統一祖国」路線の放棄を相殺するほどの名分を探さなければならなかったのである。もちろんここで問題になるのは、もともと金達寿が「統一祖国」をどれほど充実に追究したのか、あるいはその路線を本当に放棄したかどうかなどではなく、南「韓国」を「故国」として選択することが形式論理上政治的中立からの転換に他ならないということだけである。「統一祖国」路線とは、南「韓国」と北「朝鮮」から同時に拒否される以前に、実は、相対立する一方の南と北をまず同時に拒否する政治的立場のはずである。それがただの個人の思想ではなく、『季刊三千里』の集団的イデオロギーに当たるものであるからこそ、訪韓を計画する金達寿らには「韓国」選択―韓国を拒否対象から外すこと―に相当する見返りを韓国の当局に要求する権利が与えられていたともいえよう。つまり「僑胞文筆家たちの故国訪問」の名分として掲げられたのが「在日僑胞受刑者たちに対する寛容を請願する」ことであったのである。[115]その見返りの「請願」が、何より先に「明日に処刑されてもおかしくない危険な状態に追いこまれている」[116]者への純粋な関心から触発されたといくら作家が主張しようとも、[117]読者の目からすると、それが見返りの「請願」である限り、金達寿らの南「韓国」への政治的選択に付随するものに変わりはない。たとえば『故国まで』で、韓国旅行の費用のすべてを「故国訪問団」が負担すること[118]や、自分のパスポートの国籍が「朝鮮」になっていること[119]などを、作家が意図的にあらわしているのは、南「韓国」を選択するようになった自分たちの政治的妥協に迷彩を施すためであったからではないか、故国訪問者を批判する編集委員たちにはそのように読まれていたのである。

こうした文脈から、金達寿らの「在日左傾」たちが祖国から「捨てられた」立場から「受け入れられる」立場に変わっていく、『故国まで』の政治的立場の意味を確認することができる。もちろん、金達寿らの政治的な路線の変更は、「在日」「故郷喪失」者たちにとって「故国」とは何かという実存的問いから出た答えではあろう。しかし、こうした故国との妥協が、直ちに故国の人々との連帯を意味することではないという点には注意を払わなければならない。それは基本的に、自分たちの故国への政治的選択であって、故国の人々から掛けられた「故郷喪失」者への問いに対する政治的答えにはならないからである。「自分の故国・朝鮮のためを考えてやっていた者」を自任しながらも、金達寿文学は、「故国」共同体への政治的責任の問題を深刻に取り上げたことはなかったということである。たとえば、自分の「故国からの離脱」と「帰国」の問題を真正面から取り上げる『故国まで』でも、〈故国の人々がアメリカの支配の下で解放と分断に苦しむとき、なぜ故国から離れたのか〉、〈故国の人々が軍事独裁の弾圧に喘ぐとき、なぜ故国に帰らなかったのか〉というような、「離脱」の問いかけへの記述は試みられなかったのである。それは、軍事独裁の故国は、解放と分断の殺戮の中で故国にいることができなかった在日左傾知識人を拒否し続けてきたと、自分たちの「故国喪失」だけに作家の関心が向けられていることからも明らかである。

「故郷文学」のセンチメンタリズム

直截にいうと、故郷文学とは故郷喪失者作家の専有物なのだ。たとえば、「故郷」とは、生まれ育った土地に対して持つ、一般的な情緒体験には還元できない、人それぞれの独自の主観的心象だといわれている。しかし、故郷に安住する作家が故郷について書くことができるのだろうか。より正確にいうと、生まれ育った土地を奪われ、失われ、または単に離れることなどを経験しない限り、それを故郷として主観的に心象化することができるのだろうか。つまり、その故郷に対する意識の志向を文学的に形象化するのは、故郷を喪失した作家以外にはできないということである。

故郷喪失作家金達寿の場合もまた、「拒否され」、「捨てられた」結果としての「祖国からの離脱」を根茎に「故郷文学」を書きつづけたといえよう。終戦直後の一九四六年自ら創刊した雑誌『民主朝鮮』に連載した初の長編『後裔の街』（一九四八年―単行本出版年度）以来、『玄界灘』（一九五四年）、『太白山脈』（一九六九年）、『落潮』（一九七九年）などの代表作で一貫して追求したものが、離れなければならなかった、戻れない祖国の「南朝鮮を舞台にした朝鮮人の生活と抵抗」であったのである。この一連の故郷文学の中でも、「故郷喪失」とその回復としての「帰郷」の欲望―『故国まで』の言葉を借りると、捨てられていたにもかかわらず帰ってみたい、むしろ捨てられていたからこそもっとなつかしくなり、「ああ、ただの素通りでもいいから、ちょっと行って見ることができたらなあ」と、（中略）私はときにはたまらなくなり、発狂するのではないかと思われるくらいだった」[120]という「もうれつな郷愁」[121]―そのものをテーマにした作品としてまず『対馬まで』と『故国まで』が挙げられる。ちなみに『故国まで』が一連の金達寿故郷文学の最後をつげる作品になる。

『対馬まで』は、「いろいろな事情のため、それぞれの故国である南朝鮮の韓国へ帰ってみることのできない「私」ほか三人の男が、長崎県の対馬まで行けばそれが見えるという、朝鮮半島南端の陸影を見にいくはなし」[122]である。この作品の感動、読者との共感の原因はいったいどこにあったのだろうか。たとえば、大岡信は新聞の文芸時評欄に『対馬まで』を読んだ所感を次のように語っている。

> 長い者では五十年、短い者でも三十年にわたって、一度も故郷朝鮮の土をふむことができずにいる三人の在日朝鮮人が「対馬まで」行く話である。日本人なら行くこともできる韓国へ、彼らは行くことができない。（中略）第一回の対馬行は六、七人の一行だった。（中略）胸をおどらせ、涙をふきあげて見つめる朝鮮の方角は、雲におおわれ陸地はついに姿をみせなかった。翌年の秋、今度は三人だけで、第二回の対馬旅行が企てられる。（中略）翌早暁、なんと快晴。標高二七〇余メートルの山を夢中によじのぼる。（中略）ここまで読み進んだとき、私はおぼえず涙がこみあげるのを感じた。よかった、ほんとうによかった、というのが読者たる私の実感だった。[123]

先ほども述べたように、故郷への思いとは、原理的に人それぞれの独自の、一般体験に規定することのできない主観的な心象である。その故郷への思いを、作者を含めた六、七人、あるいは「三人の在日朝鮮人」の登場人物が共感していることをまず描いたのが『対馬まで』だとすれば、引用の作品評は、在日朝鮮人の望郷が日本人の「読者たる私の実感」をも呼び起こしていることを伝えている。その共感の何より重要な与件とは、「日本人なら行くこともできる韓国へ、彼らは行くことができない」、すなわち、「在日」故郷喪失者が故国から「拒否されている」という状況であろう。なぜならそうした政治的弾圧の状況こそが、「一度も故郷朝鮮の土をふむことが」できない要因、「長い者では五十年、短い者でも三十年にわたって」望郷の思いを抱きつづける要因であるからだ。もし故国から「拒否されていない」状況、いつでも訪れられる状況だとすれば、その故国に望郷の思いを長い年月抱きつづけること自体滑稽ではないだろうか。この段階でまず、登場人物それぞれの心理的な体験であるはずの「故郷喪失」が、朝鮮半島の政治状況という外部要因によって、「在日」故郷喪失者の集団的「望郷意識」[124]として一般化されていることを確認することができる。その点において、「在日の望郷意識」というのは―もちろんそれに共感する日本人の感動も含めて―本質的精神というよりは、状況によって触発、転移された感情、いいかえればセンチメンタリズムなのだ。

『対馬まで』が描いている「望郷意識」の非本質的性格についてもう少し分析的に考えてみよう。次は、第二回目の対馬行きの船中で、「三人の在日朝鮮人」が幼少年期、あるいは青年期に経験したそれぞれの離郷について思いをはせるところである。

「それでもきみは、朝鮮へ帰ったことがあるからいい。おれときたら、子どものとき釜山で連絡船に乗せられたきりだ」
「帰ったことがあるといっても、それからもう三十年以上になっている」
「おれは五十年だ」

「五十年か—」125

ここで登場人物たちが語っている「三十年」、「五十年」とは、もちろん自分たちの「故郷喪失」の期間である。ここで見逃してはならないのは、その期間が、故郷喪失者の喪失感の深さの程度、ひいては「望郷意識」の強さの程度をあらわしているということである。「三十年」に比べて、「五十年」のほうがより切実な喪失感と望郷の念をあらわすのはいうまでもない。だからこそ「それでもきみは、朝鮮へ帰ったことがあるからいい」という話者に対し、別の話者は「五十年か—」と頷いているのである。しかし、人それぞれの主観的情緒である喪失感、望郷の思いを、はたして時間の長さによって、比較可能な対象として客観化することができるのだろうか。「三十年」の故郷喪失と「五十年」のそれを数量化する、いいかえれば時間そのものに量的に測ろうとする認識は、実は、この作品の感動の根拠にもなる。「長い者では五十年、短い者でも三十年にわたって、一度も故郷朝鮮の土をふむことができずにいる」作者と「三人の在日朝鮮人」の「もうれつな郷愁」は、読者の感情にまで転移されているからである。

もちろんここで「時間の量化」が、存在論的に、認識論的にどのような問題をはらんでいるのかを本格的に議論するつもりはない。ただここでは、人間と「死」すなわち「時間の限界」の距離を客観化する「時間の量化」は、ハイデガーのいう「存在忘却」という事態に必然的に陥る、「日常的」、「非本質的」な世界認識であるということだけを確認しておく。数量化された時間によって故郷喪失者と望郷を捉えている、『対馬まで』の登場人物と読者の考え方は、実は日常生活の中では稀ではない。卑近な例として、私たちは、〈老年期になると生まれ育った故郷のことがもっと懐かしくなり、故郷にもっと帰りたくなる〉というような一般的通念を取り上げてみることができる。老年期の人々にとっては、離郷、あるいは故郷を喪失した期間は長い反面、帰郷、あるいは故郷喪失の回復に与えられている時間は短くなるという、その通念は、「時間の量化」のもとで成り立っている。しかし、老年期の人にとっての「死」、「時間の限界」と青年期の人にとってのそれとが量的に比較できるものだろうか、また、離郷の期間の長さと望郷の念の切実さがはたして比例的に測られるものなのだろうか。こうした反問だけでも、その通念の前提になる考え方がどれほど典型的な「日常的」、「非本質的」なセンチメンタリズムであるかは明白になる。

そして次は、「読者たる私」が「おぼえず涙がこみあげるのを感じた」、『対馬まで』のクライマックスともいえるところである。

　登りつめた。見えた。次の瞬間、私は声をふりしぼって叫んでいた。
「ボヨッター！　ボインダー」
　朝日を受けてひろがった目の下の海の向こうにうすら青い高い山々が、しかも前後ろに折り重なって長々と横たわっていた。手前は島であろうか、それは遠くもない水平線から飛び出たようになって、ぐっとこちらにせりだしている。

つづいて登りついた二人も、それを見た。朝鮮の地、その山々であった。[126]

『対馬まで』の語りにおいて、「三十年」、「五十年」という時間が故郷喪失の程度を示しているとするならば、「対馬」という場所は、喪失の克服、すなわち回復の程度を客観化、対象化する媒体である。帰国が許されていない状況にある「三人の在日朝鮮人」が、海峡をはさんででも故国の山々を見に「対馬まで」行くということは、少しでも喪失感を和らげるためであろう。その意味で「対馬」の「千俵蒔山《せんびょうまきやま》」の頂上は故郷の代理を表象する。それは、偽りでありながらも、故郷喪失者たちに回復と和解を想像させる空間である。しかしながら、「朝鮮の地、その山々」に「ボヨッタ－！　ボインダ－（見えた！　見える－）」と叫んだり、「ここまで読み進んだとき」、「おぼえず涙がこみあげるのを感じた」りする、『対馬まで』の作者と登場人物、そして読者の共感を、本質的な回復の実感として理解することはどうしてもできない。なぜなら「三人の在日朝鮮人」が対馬まで行く最終目的は、代理との疑似回復、あるいは不在との仮想和解だからである。そしてそこから得られた感動とは、根本的には、「朝鮮の地、その山々」に対する感傷主義的な陶酔だからである。

故郷の両面性

登場人物たちの「もうれつな望郷」に対する『対馬まで』での描写は、確かに、作者と読者の情緒を交流させる力を持っている。そしてそれ自体、この作品の特徴であろう。しかしここで、作者と登場人物の「望郷」「故郷への希求」がもたらす陳腐な感動を、本質的なものと理解することはできない。私の読みからするとこの作品のより重要な意義は、作者と読者が共有する「日常的」、「非本質的」なセンチメンタリズムではなく、「もうれつな望郷」の感傷的な表現によってむしろ隠蔽されている故郷の本質的含意のほうである。登場人物たちの二回にもわたる対馬訪問の動機は、先ほど確認したとおり、故郷の代理、不在である「対馬」に、喪失感を癒せるという倒錯的幻想に過ぎないものである。この中断、挫折される追求の中に、実は、故郷の本質的両面性をあらわす契機が含まれているのである。

そもそも故郷喪失者にとって、主体と対象、すなわち望郷する者と故郷との関係は、根源的な和解の不可能性によってまず把握される。故郷を喪失した体験に対して、それの回復を期待することは、原理的に、「日常的」、「非本質的」想像にしか過ぎない。なぜなら、過去から現在にいたる喪失の体験と、現在から未来にかけての回復の追求の間の、時間のずれの必然的な介入によって、主体と対象が和解することは根源的に不可能になっているからである。それが故郷の喪失と回復の〈現実的〉条件である。こうした〈現実的〉条件にもかかわらず、主体はまた、喪失以前の完全な状態の故郷を追求するように運命づけられている。いいかえれば、根源的に不可能な回復を求めなければならないということだ。この回復への〈非現実的〉な信念こそ、故郷という主観的な心象の成立の核心に当たる。なぜなら回復への期待と切実な追求なしには「故郷喪失」の体験そのものも主観的に意識化されえないからである。

つまり、無時間性、あるいは超時間性という〈非現実的〉な条件のもとで可能になる、和解を期待し続けることと、喪失以前の故郷とは遭遇できないという〈現実的〉な条件のもとで恒常的な挫折を体験することを、同時に前提することによって故郷ははじめて対象として浮かび上がるようになる。したがって、「喪失」と「回復」のなかで一方だけをもって理解しようとすると、二律背反に陥ってしまうのが故郷なのである。しかし、普段の故郷のイメージには、その一方は潜在化され、もう一方だけが顕在化されているのも事実である。ここで、故郷を成り立たせる両面性、現実的な「喪失」と非現実的な「回復」を同時に想像、体験させる契機になるのが、「対馬」に「三人の在日朝鮮人」が旅をするという出来事である。まず「対馬」は故郷の不在と代理を同時に体現する場所である。対馬までしか行けない契機からすると故郷の不在であり、対馬からは朝鮮の地が「ボヨッター！　ボインダー」からすると故郷の代理になる。そして「対馬」のこの二重性はそのまま故郷の両面性をあらわしている。「対馬」は、不在であるから現実的には「喪失」に、それと同時に、代理であるから非現実的な「回復」に当たるということである。もし故郷喪失者の旅が故郷の本質的両面性を体験させるものだとするならば、すべての故郷への旅とは、「故郷への希求」が中断、挫折してしまう「対馬」までの旅にならざるをえない。

不在の表象としての故郷――「祖母の思い出」

それでは、故郷は、〈現実的〉な条件のもとでは不在、代理として浮かび上がるものだとすれば、どのようにして表象を得るのだろうか。「五十年」も望郷の思いを抱きつづけていたとする金達寿文学は、故郷を実際にどのように描いているのだろうか。

『故国まで』にいたる金達寿の一連の「帰郷」紀行文のクライマックスは、何といっても作家の主人公が日本に渡って来る前に「祖母といっしょに五歳から十歳までの五年間を苦労して暮らした、あばら家のオドマクチブ」[127]に戻るところであろう。

左への路地があって、石ころを露出した土塀がある。私はその土塀に手をかけ、背のびをしてそっとなかを覗いてみた。私はぐっと胸が詰まり、思わず、「イキィダ（これだ）！」と言ったまま、声をあげて泣きだしてしまった。祖母といっしょに暮らしていた、一間《ひとま》きりのオドマクチブ（小家）だった。[128]

これで「在日」第一世代の「故国喪失」作家金達寿の帰郷の旅は終わる。ここで「終わる」とは、旅の目的地である故郷に到達したということだけでなく、金達寿文学が、故郷を想像し、虚構的に描くことはこれ以上できなくなるということをも意味する。「一九三〇年に祖母を一人残して」後にした故郷のオドマクチブを、〈現実的に〉―そして「そのままになって」いることを―確認した「いま」以後も作家は、「発狂するのではないかと思われるくらい」の「もうれつな郷愁」[129]を抱きつづけることができるのだろうか。その「もうれつな郷愁」こそ「故郷喪失」を書きつづけた原動力ではなかったのだろうか。

実際に、故郷にたどり着いたその瞬間、作者は、その目前の故郷を描く代わりに、以前に、それも日本語創作をはじめた頃に、創作しておいた「祖母への思い出」をそのまま思い出している。すなわち、五一年ぶりに戻ってきた故郷のオドマクチブとの再会について、より正確にいえば、五一年間も求めてきた「回復」の感動について新しく書き加えることができなかったのである。その局面で、作家は、「一九四四年に、発表するあてもなく」書いておいた、一九七七年出版された自伝『わがアリランの歌』（中央公論新社）に入れた「祖母の思い出」という、厳密にいえば、フィクションを挿入しているのである。『故国まで』が〈現実的に〉行われた作家の「故郷への旅」の記録であるという点からすると、故郷―「思わず、「イキィダ（これだ）！」と言った」その場所―についての記述の代理として挿入された「祖母の思い出」は、テクストの空白であり、中心でもある。いいかえれば、「故郷」の不在の核心である。

もうすでに〈現実的な〉時間の流れからはみ出ているこの「四〇〇字七枚足らずの」小さな作品こそ、実は金達寿文学の故郷のイメージそのものである。〈現実的な〉故郷についての記述の代わりに、「祖母の思い出」という代理が位置づけられているということは、一瞬一瞬変化するテクストの意識と時間の流れに大きな亀裂が生じることを意味する。もちろん、「祖母の思い出」が語られるそのテクストの亀裂部分を、確かにそれは「思い出」であるから、まず作者の回想として、すなわち、記述していく現在に呼び戻された過去の経験として理解することはできよう。しかし、現在の意識の流れの中に吸収されることも、その流れの中で記憶や想像の変化を被ることも決してありえない。時間の流れこそがありとあらゆる記憶や想像を可能ならしめる媒体になるとするならば、「祖母の思い出」は、過去と現在の「日常的」時間の前後関係に従属しないという点において、「思い出」にはならない「思い」「出」である。いいかえれば、「思い出」を無化する時間の流れが停止され、〈無時間性〉の条件の中で引きだされる「思い」「出」は、〈現実的な〉時間と意識の流れのどの時点でも浮かび上がる〈超時間的〉な主観的な心象である。つまり「故郷」というイメージなのである。

「祖母の思い出」の表象は、時間の数量化や、過去、現在、未来の固定化によって支えられる客観的、一般的、センチメンタリズムの故郷とはまったく異質である。喪失以前の状態として故郷に対する想像は、〈非現実的な〉条件のもとでしか行われない。したがって「祖母の思い出」が、「五十年」と「三十年」とが数量として比較される「一般的」、「客観的」時間、あるいは過去から現在を経て未来へとつながる線上の流れとしてイメージ化される「観念的」時間の中で、表象を得ることはない。むしろそのような「日常的」、「非本質的」な時間認識によって疎外されていた、超時間的、無時間的な「本質的」、「主観的」時間の中で、故郷が表象されるのである。その点において、「本質的」、「主観的」時間とは、故郷喪失者が日常の生活の中で経験するはずの忘却と記憶の風化に対する抵抗が行われる場である。その場の中で作家金達寿の故郷は「祖母の思い出」という主観的心象となったのである。金達寿文学は、故郷を離れた時点から―実際は文学活動を始めてから―この「祖母の思い出」をめぐって想像的故郷を書きつづけていたといっても過言ではない。

しかし、五一年前に後にした「故郷のオドマクチブ」を目の前にして、「祖母の思い出」を呼び戻した「いま」以後は、その故郷について想像的に、虚構的に描きつづけることはもうできない。作家の「望郷」、故郷を希求する旅が終わったからである。この点からすると、『故国まで』は金達寿「故郷文学」の最後を告げる作品といわざるをえない。

対位法的思考の再構築のために

ここまで議論した、「故国から拒否された」という作者の政治的な不幸意識と、そうだからもっと「帰りたい」という望郷のセンチメンタリズムは、金達寿「故郷文学」の基調となるものである。しかし、それらへの一方的な関心は、故郷喪失作家の文学表現においての対位法的思考[130]のほうを解釈の対象から外してしまうおそれがある。なぜなら、日韓の読者にそれぞれ異なることを同時に発信できる、故郷喪失者の作家の思考力こそが、故郷だけでなく、新しい異郷のことをも書きつづける原動力、いいかえれば、彼らのエクリチュールにおける快楽、昂揚感、そして自由の原因になるからだ。ここではこの対位法的思考を、二つの言語、二つの文化を同時に相対化する、[131]故郷喪失作家たちによく見られる認識と表現の長所たる傾向として定義しておこう。「在日」朝鮮人作家にとっての対位法的思考とは、たとえば、日本に住み着くことによるものではなく、朝鮮と日本を行き来することによって確保されうる世界の捉え方であろう。ここで、意識が二つの共同体の間を運動するということは、いうまでもなく、以前の場所と今の場所でそれぞれ当たり前と思われるすべての権威と規範を相対化することを意味する。もし、「在日」する故郷喪失者たちの日本語文学に普遍的な価値を認めるとするならば、それはまず、一般の日本人―日本国籍のような社会的範疇に拘束される人々ではなく、日本人を主観的に自任する人々―の日常の感覚、意識に支えられる多数者の表現とは異なる、新しい少数者の表現にならなければならない。その表現を可能にするのが、二言語、二文化所有者の研ぎ澄まされた自己相対化、外化の現実認識、すなわち対位法的思考なのである。

故郷と異郷のことを対形象的に関係づけられる現実認識は、特に、第一世代の「在日」作家の文学における表現の特長になる。金達寿の「故郷文学」において、一貫して故郷を「書きつづけてきた」のも、二重のヴィジョンがもたらす独創性やそれを書くことの快楽を作家自身は堅持していたからであろう。そもそも故郷を喪失したことのない作家が故郷を書くことはできない。故郷の言語から疎外された異郷の言語の作家だからこそ、常識に囚われない、日常に沈み込まない、独創性あふれる世界観で故郷を相対化して書くことができたのである。そして、反復するテーマを一貫して追求する、いいかえれば、「故郷喪失」や故郷を新しく「書きつづける」ためには、用いられる日本語だけでなく、取り上げられる平凡なシチュエーション、テーマの「日常性」と「非本質性」に陥らない対位法の思考をつねに確保しなければならないということである。

この対位法的思考の有無、あるいは多少は、この議論において、金達寿の一連の「故郷文学」を評価する批評的基準にもなる。「自分ではライフ・ワークのつもりで」書きつづけた『後裔の街』、『玄界灘』、『太白山脈』、そして『落潮』などの作品で、「南朝鮮を舞台にした朝鮮人の生活と抵抗」を「一貫して追求した」と、作家はいう。つまり、これらの作品の価値や意義を確認するためには、同一主題についての一貫した追求を通して、再生産の反復過程で伴われる単なる変化の水準をはるかに超える、真の自己相対化の思考によって止揚を成し遂げているのかを問うてみることが重要であるということだ。しかし、同じ「在日」故郷喪失者、あるいは政治的、社会的マイノリティとはいえ、たとえば、戦後日本生まれの在日第二、三世代作家の文学の世界認識を理解するために、脱中心化された対位法的思考の有無を批評的基準として画一的に適用することはあまり有効ではあるまい。なぜなら、いわゆる第二、三、四世の朝鮮、韓国系の日本語作家の場合、朝鮮半島の社会と文化は大多数の文脈において、他郷、あるいは異国のそれと感じられているからである。つまり、対位法的思考を成り立たせるもう一方の根拠、「母語」と「故郷」という形象が彼らの世界認識には不在だからである。

ここで注意しなければならないのは、「在日」第一世代と後の世代の作家の世界認識のパターンを、このように図式的に分けることは、彼らの文学の具体的な議論のためではなく、在日朝鮮人文学の全体的な流れとその傾向を把握するためだということである。たとえば、ジャック・デリダの論文の日本語訳本[132]のタイトルの中の「たった一つの、私のものではない言葉」という標語に的確に示されているように、対位法的思考の形成が、実際に多言語所有の故郷喪失者だけの認識の特徴になることはありえない。要するに、一つの言語しか持たない、あるいは故郷を離散したことのない者も、自己相対化の対位法的思考を追求していくことで、多言語所有の故郷喪失者になり、また逆に、二つ以上の母語と故郷を持っている者も、対位法的思考の不在と消滅によって、当地に住み着いている、自己中心主義の「単一言語使用者」になってしまうこともありうるということである。

そして、第一世代の「在日」作家、あるいは金達寿の「故郷文学」においても、故郷は失われうるということはいうまでもない。故郷のイメージの化石化によって、いわば故郷喪失の喪失が行われるのである。周知のように、第一世代の「在日」作家は、仮に「故郷喪失」以外のテーマを扱うときでさえ、自らの「故郷喪失」に因む自伝的要素だけを書く傾向がある。それは金達寿故郷文学の特徴でもあろう。もちろんそれ自体が欠点になるということではないが、非難に値するのは、作家が故郷を記憶し、描き出す時、新しいイメージの創造に失敗することによって、「故郷喪失」の体験が時間の流れとともに固定化されてしまうという現象である。

金達寿は、『太白山脈』を執筆中に、たとえば、「私は戦後の南朝鮮を描くのに、その南朝鮮をみていなかったばかりか、いまなお行ってみることができない」「そのため、書くことがどうしても観念的となり、どう押さえても筆が浮いて仕方がない」[133]と語り、いうならば「故郷喪失」の喪失の可能性を、「ライフ・ワークのつもりで」追求する創作そのものの危機として捉えている。こうした作家の意識の退化への抵抗にもかかわらず、読者たちは、金達寿文学の故郷の描写における記憶の固定化や想像力の硬直化に、頻繁に出会い、狼狽《うろた》えてしまうのも事実である。ここでは一つだけ取り上げてみる。

『故国まで』で作家は、「順川から故郷」に移動中に田舎の雑貨屋でタバコを買う。その際、値段を知らなかったため、店番の老爺とやり取りをしたことを伝えながら、次のような想像を付け加えている。

私がみんなと、とりわけ「案内人」や崔永禧氏らといっしょでなく、一人でこういうたびをしていたとしたら、まちがいなく、北からのスパイかも知れない者として警察かどこかへ通報されるはずだった。そうなったらどうなるか、と思わないわけにゆかなかった。「どれ、日本から来たものなら旅券と、それから日本の外国人登録証というのを持っているだろう。それをだしてみろ」

ここでもその「外国人登録証」の提示を要求され、私はそれをさしだす。[134]

韓国で一番人気の煙草「ソル」―一九八〇年代の韓国ではタバコは専売庁によって独占されていた所為か、いわゆる高級煙草の種類はそれほど多くなかった―の値段を知らなかったために「北からのスパイかも知れない者として警察かどこかへ通報される」という作家の想像は、いったいどのような現実認識から生じたのだろうか。作家自身は、「それまで何度となく見てきた「滅共」とか、「疑わしい者はすぐに通報」などとした立札を思い出し[135]、そのように連想するようになったと語っている。もしその通りだとすれば、その連想は、単なる旅行者のあまりにも短絡的、皮相的な状況判断にすぎないものになり、それをここで金達寿文学の故郷認識の一例として取り上げる理由はない。私の読みとしては、作家の連想のより決定的なきっかけは他のところにある。すなわち、引用のような作家の想像は、物語時間内の「いま」、「麗水・順川事件」の現場順川を移動中であったから起きたと思われる。「麗水・順川事件」とは、一九四八年、済州島「四・三蜂起」を鎮圧するために派遣された部隊が起こした反乱事件である。それに対して持っていた強烈な印象によって、作家の意識の表面に「北からのスパイかも知れない者」と通報される出来事が自動反射的に浮かび上がったのではないだろうか。

周知のように、「麗水・順川事件」は金達寿「故郷文学」に繰り返し取り上げられた重要な題材の一つである。たとえば、『叛乱軍』(一九四九年)、『大韓民国からきた男』(一九四九年)だけでなく、代表的な長編小説『太白山脈』もまた「麗水・順川事件」から智異山の「ゲリラとなった人々の運命」[136]を描いたものである。ここで確認したいのは、「麗水・順川事件」当時、韓国ではなく日本にいた作家がどのように「麗水・順川事件」を知ったのかということである。作家は、「麗水・順川事件」をはっきり知ったのは「たまたまたずねた高見順氏のところで見せられたアメリカの写真雑誌『ライフ』によってだった」[137]と語っている。もちろん、同族殺戮の大悲劇である「麗水・順川事件」を最初に取り上げた『叛乱軍』などの作品[138]からは、それがいくら偶然読んだ写真雑誌『ライフ』を頼りに書かれたとはいえ、故郷喪失者作家の、異郷の読者のための異言語による、「故国」描写の意義と価値は十分認められるべきである。なぜなら、一九四九年時点での南の韓国の韓国語作家たちにとっては、米軍政と韓国政府の反共イデオロギーの強制によって、あるいは徹底した報道統制と言論弾圧によって、「麗水・順川事件」を取り上げることすらできなかったからである。しかし、一連の「故郷文学」でその「麗水・順川事件」が繰り返し語られることにつれ、反復する過程で生じる変化、すなわち風化、以上のものをそれらの描写から読み取ることはできなくなってしまう。すなわち、故郷描写における想像力の硬直化が招来されるということだ。そして、『故国まで』で作家は、三〇数年前にみた雑誌「麗水・順川事件」写真の退化した記憶から、「いま」の韓国社会に広まっていた「反共」の雰囲気をも連想するのである。

こうした「在日」第一世代作家金達寿の固定化された「故国」描写の原因はいったい何であったのか。ここでは対位法的な思考能力の低下を指摘しておきたい。対位法的思考による書き方の特徴は、何より、離脱した故郷の現実とたどり着いた土地の現実を同時に捉えるヴィジョンの複数性にある。故郷喪失者作家の場合、その思考法の確保と維持を通して、憂鬱なセンチメンタリズムを克服し、書くことの高揚感と解放感を得ることができるのである。しかし、故郷の記憶が固定化され、故国描写の想像がまた硬直化されるにつれ、故郷と異郷、昔と今を対位法的に並置する力は消滅していく。こうした対位法的思考力の低下の事態を、「故郷喪失」を生々しく語っていた作家が記憶の固着化によって―故郷と異郷を行き来する通路が遮断されることによって―故郷の記憶喪失状態に陥っていくというように理解することもできる。極端にいうと、記憶の固着を経験する故郷喪失者作家にとって、「故国」はもう異国に近づくこととなる。故郷喪失の作家にとって、対位法的思考を失うということは、ただ故郷についてだけでなく、異郷での生活についても、新しい発見につながる体験としては書けなくなるという事態、いいかえれば、書くことそのものの絶対的な危機を意味する。

こうした観点から、金達寿文学を振り返ってみると、『故国まで』は、まさにこの「故郷喪失」記憶の固定化と故国描写の硬直化に対する、作家の不安と抵抗をテーマにした作品にもなる。作家自身こう述懐している。

私は、『太白山脈』を雑誌連載で書いていた四年ばかりのあいだ、ひとり感傷的になったりして、この「新羅の月夜」を何十、何百回うたったか知らない。つまり、そうすることで、私は新羅の古都・慶州への「感情移入」をはかったのだった。[139]

これは、文献、写真などの資料だけに頼って書いた、代表作の一つと自評する『太白山脈』の執筆時についての述懐である。そこには、故郷喪失の作家ならではのセンチメンタリズムが表現されている。「故国」についての描写が固着化される危機での不安、それへの絶望的な抵抗などが、「新羅の月夜」[140]を何十、何百回も歌う「もうれつな郷愁」に完全に重なっているのである。そして、故国を訪問した「いま」、こう語っている。

「新羅の月夜」という歌などによる私の「感情移入」は結局、それだけのものでしかなかった。私が『太白山脈』で描いた慶州は、実地をあるいてみると、いたるところ誤りだらけだった。[141]

つまり、この段階で、望郷のセンチメンタリズムが克服されるのは、もちろんのこと、「故国」描写の相対化とそれへの自己反省までもが徹底的に行われているのである。そして作家にとって、「慶州」の「実地」体験は、それらの契機になるだけに止まらない。「いま」以後には、「日本の中の朝鮮文化」、「古代の日本と朝鮮」、「日本の朝鮮文化遺跡」などについて書く際、たとえば慶州と奈良を対形象的に捉える新しい思考の構築の契機にもなるからである。

テクストの題材である「故郷への旅」は、このように、故郷の生動する変化のリズムを自分の中に再び取り入れるために行われたのである。もちろん、新たな「故郷喪失」の作家として生まれ変わることが故郷を再び「書きつづける」作家になるということを意味するわけではない。むしろ故郷だけを書きつづけた作家から、対位法的思考の再構築によって、故郷と異郷の間のありとあらゆることを相対化して書く作家になることを意味する。その点において『故国まで』は、故郷文学の終わりと新しいジャンルのエクリチュールの始まりを同時に告げる作品なのである。

それでは最後に、対位法的思考の再構築を試みる作家にとって、『故国まで』での故郷はいったいどのよう場所だったのだろうかという点を考えてみよう。五〇年ぶりに故国を訪問した金達寿にとって故郷は、帰るべき内奥の場所ではない。いいかえれば、主体と同一化される場所ではなく、他者の場所だということだ。故郷は、究極のノスタルジアの場所ではあるが、再び離れなければならない、もう一つの異郷なのである。故郷訪問の中で作家は帰郷と離郷を同時に体験する。故国の内にいながらも故国の外にいなければならない状態、意識が故郷と異郷に分裂を繰り返している状態、あるいは回復しつつ喪失し続ける状態の中で、故郷喪失者の対位法的な思考が再構築されていくのである。『故国まで』の帰郷によって厳しく塞がれていた故郷と異郷との間の通路が開かれる。故郷喪失者は、その通路を行き来しながら、記憶の固着化や想像力の硬直化に抗していく。真の「故郷喪失者」になるための旅を続けるのである。

Ⅲ

国家暴力への抵抗

〈1〉国家の戦争、個人の実存――『広場』、*War Trash*

抽象化の拒否としての小説言説

次は、『朝鮮戦争全史』（和田春樹、岩波書店、二〇〇二）の結論の記述の一部である。

> 戦争は何よりもまず南北三〇〇〇万、在満七〇万の朝鮮人に直接的被害をもたらした。……北朝鮮は約二七二万人を死者や難民によって失った。……韓国の被害については……人口変動から一三三万人の人口損失を推定した。中国人民志願軍では……カミングス、ハリディの推測では一〇〇万人だという。米軍の犠牲者は、公式発表では、戦死者が三万三六二九人……数字五万四二四六人は戦病死も含めている。（四六二頁）

朝鮮戦争に参戦した主な国の、国別の死者の数が記されている。実は、こうした類の記述は、国家戦争の結果を報告する「歴史」言説の典型でもある。戦死者、戦傷者、難民などの数が、戦争の規模や被害の程度を示す客観的な目安になっていることに別に異論があるわけではない。また、たとえば、各国の死傷者の内訳や数に精度がそれほど高くはないこと、UN軍として朝鮮戦争に参加したアメリカ以外の軍隊の死傷者や被害の統計が欠落していることなどについて不満があるわけでもない。しかしこのような引用の記述の問題として指摘したいのは、死者の数を歴史的な事実として提示することによってもたらされる、一人ひとりが体験した具体的な死に対する極端な抽象化そのものである。そうした抽象化への批判として、これから取り上げようとする*War Trash*という小説の主人公、Yu Yuanの声を聞いてみる。

人間の特殊性をそのように抹消しなければ、どうしてそこまで残虐な戦いができるのだろうか。ある将軍は戦闘の結果を評価するとき、まず数を考える―我が軍の犠牲者と比較して敵がどれだけの数の死者を被ったか。勝利が大きければ大きいほど、人々がより多くの数字に変わるだろう。これこそ戦争犯罪である。それは生きていた人間を抽象的な数に還元しているのだ。（*War Trash*, Pantheon, 2004. p193）[142]

直接には戦争を命令した指揮者、ひいては戦争する国家に対する批判の中で、語り手は、戦争の罪の核心を「生の人間を抽象的数に還元する」操作にあると捉えている。そもそもそうした操作なしに、国家戦争のような大量殺戮が発生することは不可能であろう。一人ひとりの戦闘員を数字化し、それを軍隊としてひっくるめることによって自国の若者たちを簡単に死に追い込むことができる。同時に、相手国の軍隊の一人ひとりの兵士の人間的個性を抹消し、たとえば、アメリカ軍と韓国軍を帝国主義の一つの悪魔集団、またはその傀儡として、北朝鮮軍と中国人民志願軍を共産主義の悪の集団として、それぞれ画一的に抽象化することによって、生身の人間である若者たちを互いに殺し合わせることができるということであろう。

　こうしてみると、『朝鮮戦争全史』の結論部の記述には、戦争という国家暴力を可能にさせる抽象化が全く同じかたちで用いられていることがわかる。もちろん『朝鮮戦争全史』の記述が、戦争暴力の容認やその隠蔽に関わっているということではない。しかし、戦争の勝敗などの判断はもとより、何百万の死への責任追及についても価値中立を装いながら、ただ抽象的数字をもって戦争結果として報告する、この歴史言説が、一人ひとりの兵士の生の体験と（読者と）の共感や交流をそれほど重要視しないということは確かである。国家の暴力について客観的に語りながらも、むしろそれを抹消してしまうのが数字化の言説効果であろう。その点において、『朝鮮戦争全史』の記述、あるいは国家戦争の歴史は、一人ひとりの人間が経験した具体的な戦争暴力に対する記憶というよりは、生き残った国民共同体の忘却のストーリーに過ぎないのである。

　ここで取り上げる二編の小説の二人の主人公、『広場』[143]の李明俊《イミョンジュン》と*War Trash*のYu Yuanは、それぞれ朝鮮人民軍保衛部の初級将校、中国人民志願軍の初級将校clerical officerとして朝鮮戦争に参加し、捕虜になった若者である。彼らももちろん、戦争結果を統計で報告する、いわゆる国家の歴史の中に数字化されていたはずである。たとえば、『朝鮮戦争全史』には、一九五三年七月二七日停戦協定が調印された後、戦争捕虜たちの最終的な処理に関する、次のような記述がある。

国連軍側は一九五三年八月五日から九月六日の間に七万五八〇一人を中朝軍側に引き渡し、中朝軍側は一万二七七三人を国連軍側に引き渡した。九月二三日国連軍はインド部隊に帰国を希望しない二万二六〇四人を引き渡し、中朝軍は同じく三五九人を引き渡した。（四六三頁）

この国連軍からインド部隊に渡された「帰国を希望しない二万二六〇四人」の中朝軍の捕虜たちの中での、いわゆる中国軍の説得要員"Staff—Persuasion Work"の説得によって中国に帰還するようになった約四〇〇〇人の中に、Yu Yuanが含まれていた。そして、北朝鮮軍要員の説得にもかかわらず「中立国」のインドへ行った七六人の朝鮮人民軍の釈放捕虜の中に、李明俊が含まれていたのである。しかし、『広場』と*War Trash*は、人々が数字化されるこうした歴史言説、いいかえれば国民共同体のナショナルヒストリーの中にそれぞれの主人公の体験が抹消されていくことに徹底して抵抗するために、書かれたといっても過言ではない。作家の崔仁勲とHa Jinは、作品の目立つところに、それを明確に記している。

私たちは実にあまたの風説の中で生きています。風説の地層は暑くて、しかも重たいのです。私たちはそれを歴史と言い、文化ともよびます。人生を風説によって生きるというのは悲しいことです。……私がここに書き留めるのは、風説に満足せずその現場に止どまろうとした一人の友人の話であります。（『現代韓国文学選集』１（金素雲訳、冬樹社、一九七三年）、一一頁）

私の最初で最後の執筆の試みである、この回想録をここで締めくくらなければならない。……しかし、これを「私たちの物語」と見なしてはいけない。私の存在の奥底では私は彼らのなかの一人になったことがない。私が経験したことだけを私は書いたのだ。（p350）

それぞれ、『広場』はプロローグに、*War Trash* はエピローグの中に記されたこの主張は、ほぼ同じことを言っているのではないか。『広場』でいわれている、歴史や文化という風説の地層に埋もれない、現場を生きていた友人の人生を書き留めたいことと、*War Trash* の、共同体の「われわれのストーリー」に抹消されえない「私の経験」の話として読まれなければならないということとは、以下の議論の展開に合わせていうならば、両方ともに国家主義や歴史主義の言説には還元できない、個人性の復権への主張に当たるのである。

テクストの相互関連性

当然ながら、『広場』と *War Trash* というテクストの間には、確認すべき差異がある。『広場』は、朝鮮戦争を一〇代の中、後半の時期に体験した、一九三六年生まれの作家が、共産主義と資本主義、あるいは平等主義と自由主義のイデオロギーが鋭く対立していた韓国社会で一九六〇年に発表した作品である。一方、*War Trash* は朝鮮戦争停戦後の一九五六年生まれの作家が、テロとの戦争がグローバルな危機として浮上した二一世紀初頭の二〇〇四年に発表した作品である。しかし、時間的にも空間的にも朝鮮戦争と近接している『広場』の作家は、主人公李明俊の戦争体験や捕虜収容所生活の描写にそれほど執着せず、むしろ戦争の現場とは一歩離れた立場で、南、北朝鮮のイデオロギー的対立と戦争が破壊していく人間性の擁護のほうに語りの焦点を当てている。反面、朝鮮戦争が「無駄だった戦争」、「忘れられた戦争」[144]として歴史化されているアメリカ社会の読者に向って書かれた *War Trash* では、作家が巻末に二三冊の参考文献の目録を付けながら「これは虚構の作品であり、すべての主人公は架空人物である。ただし、ほとんどの出来事は細部にわたり事実である」[145]と直接伝えているように、ドキュメンタリーを彷彿させるほど、主人公 Yu Yuan の戦争体験や捕虜収容所生活が精密に描写されている。その点において、読者たちはまず、観念主義的な作品の『広場』と現実主義的な作品の *War Trash* を、互いに比較しながら読むこともできる。

しかし、より重要なのは、『広場』と *War Trash* を照らし合わせながら読む根拠はいったい何か、そして二つのテクスト間の相互関連的な要素はどのような解釈を可能にするのかを確認することであろう。

まず、両作品の主人公、李明俊と Yu Yuan は、イデオロギーの対立によって勃発したとされる朝鮮戦争に、朝鮮人民軍、中国人民志願軍の一員として参加する前に、それぞれ敵対するイデオロギー社会を同時に経験し、その一方に属するようになった、知識人層の若者である。哲学を専攻する学究的な大学生[146]の李明俊は、南北を往来しながら戦争前後の韓国と北朝鮮を、いってみれば比較社会学的な観点から批判している。南の現実の堕落に絶望して越北を断行したのが李明俊個人の体験だとすれば、Yu Yuan は、中国の政治体制に転換によって、いわば思想転向を集団的に体験するようになる。国民党政権下の黄埔軍官学校[147]の政治教育専攻の二年生 Yu Yuan は、共産党が権力を掌握した一九四九年、人民解放軍に自発的に投降し、南西軍事政治大学に編入となった。国民党 Nationalists と共産党 Communists の軍事・政治教育をエリートコースの養成機関で受けた Yu Yuan は、解放直後と建国初期の南・北朝鮮を往来していた李明俊と同様、敵対的な国家イデオロギーの両方を相対化できる経歴を持っていたのである。

そして、戦争勃発直後の一九五〇年八月から九月にかけて、ソウルと洛東江戦線に投入された朝鮮人民軍保衛部将校の李明俊と、一九五一年春鴨緑江を渡って北朝鮮を縦断しながら激しい戦闘を参加した中国人民志願軍行政将校の Yu Yuan は、一九五四年初頭それぞれ、李はインド行きの船に上るまで、Yu は中国 Changtu（昌圖）に帰国するまで、約三年間の朝鮮戦争を同じく主に捕虜として経験する。二人の経験の共通点は、朝鮮半島南端の巨済島捕虜収容所、済州島収容所、そして南北分断線の板門店収容所で同じ時期に収容されていたことだけではない。彼らは実は、監視される中・朝人民軍捕虜と監視者のアメリカ・UN軍の、一方は朝鮮語・英語、他方は中国語・英語を通訳する役割を果たしていたのである。中・朝人民軍の中で数少ない、英語を使いこなす大学生出身であった彼らは、戦争捕虜たちと捕虜監視者の両側にとっていなくてはならない存在であった。戦争捕虜の中での「英語通訳」というのは、基本的に捕虜と捕虜監視者、あるいは中・朝人民軍とアメリカ軍の意思を伝達する媒介者でもあり、同時に場合によっては両方の暴力からわが身を守るために意思疎通を遮断する裏切り者でもあったのである。敵を味方につけることも、味方を敵に回すこともできる、両方を往来するコミュニケーション能力を二人の主人公は共有していたともいえよう。

もちろん『広場』と *War Trash* は、このように注目すべき類似点を持つ二人の主人公を同一線上で語るわけではない。前者は、イデオロギー的に対立する戦争以前の南・北朝鮮社会での体験を、後者は、戦争勃発以後、特に三年間の捕虜収容所での体験を、主な対象として語っている。

たとえば、『広場』の李明俊は、大学で哲学を専攻した学究の視線で解放直後の韓国社会の堕落した現実を長々しく批判し、自身の平壌行きや、朝鮮人民軍将校として戦争に参加するようになった経緯を説明していく。一方、*War Trash* は、国民党政権下の最高のエリートコースの軍事養成機関で、しかも政治教育を専攻した Yu Yuan が、共産党の人民解放軍に投降したときのことを「彼らは喜んで降伏した」[148] とだけ簡単に報告する。つまり、人民解放軍への編入を自発的に選択した際に、Yu が必ず経験したはずのイデオロギー転向のきっかけを、語り手は「彼ら」の一般的な行動の中に隠してしまうのである。

反面、*War Trash* の Yu Yuan は、中国人民志願軍下級将校として朝鮮戦争に投入された一九五一年の春から、中国の帰還者収容所から解放される一九五四年夏までの、戦争の体験や捕虜収容所での生活について、時系列に出来事の細部に至るまで、臨場感あふれる文体で証言している。全三六章の中で後日談の第三六章を除き、第一章が "CROSSING THE YALU" で、第三五章が "IN THE DEMILITRIZED ZONE" であることからも、この物語が Yu Yuan の朝鮮戦争経験を軸にして構成されていることがわかる。特に、アメリカ軍の爆撃で負傷し捕虜になってから、釜山の POW Collection Center の病院や、巨済島、済州島、板門店の捕虜収容所の中での体験に対する、感想と解釈を交えた描写は、今までの歴史記述では見逃されていた、朝鮮戦争の忘れられた部分のドキュメンタリーでもある。

一方、『広場』の語り手は、李明俊にとって最も衝撃的であったはずの、敵の捕虜になるその瞬間を省略するほど、主人公の戦争体験や捕虜収容所での生活の再構成に関しては消極的である。実際彼は、朝鮮戦争の中で最も熾烈だった洛東江攻防戦を、自分が偶然見つけた「洞窟の中から外を覗く」(一一七頁)「局外者のように」(一一八頁)体験する。「洛東江に、河の水でない人間の血が流れたといわれ」(一二一頁)る最後の戦闘の日、彼は、「互いに胸をまさぐり絡み合わせて、生きている証拠を確かめる」(一二一頁)「、「半径三メートルの半円形の広場」(一二〇頁)のその洞窟で、看護師として前線に投入されていた恩恵を「二時間近くも」待っていたのである。『広場』は、戦争体験をこのように簡略化するだけでなく、李の捕虜収容所生活についても無関心である。いわゆる共産捕虜と反共捕虜が熾烈に衝突しつづける殺伐とした雰囲気の収容所の中で、政治保衛部所属の情報将校出身として李明俊は、どのような危険にさらされ、あるいはどのように安全な居場所を探し求めていたのだろうか。また、一九五二年五月の巨済島捕虜暴動事件―所長のドッド F. T. Dodd 米軍准将を第七六収容所捕虜が拉致した事件―などで世間にも広く知らされるようになった、捕虜たちの間の対立、朝鮮人民軍捕虜と米軍・UN軍の監視者側との激しい闘争が続く状況で、「英語通訳」が可能であった者として、しかも「北に帰る気持ちは毛頭なかった」(一二二頁)者として、彼はどのような心境で両方の間の媒介者の役割を果たしていたのだろうか、などの疑問が読者には当然浮かび上がる。しかし『広場』の語り手は、それらについては一切触れないまま、「送還登録が始まった頃のうろたえようが思い出された」(一二二頁)と、李の第三国行きへの選択だけを文脈化しているのである。

朝鮮戦争の捕虜小説という一つの範疇に入れてみることができる『広場』と *War Trash* は、

歴史言説の抽象化に抵抗する両作家の意図だけでなく、このように、主人公の人物像においてもいくつかの決定的な類似点を有する。それと同時に両作品は、取り上げられた時間帯や出来事の焦点が対称的にずれているという差異点をもあらわす。以下の議論では、その類似点と差異点に注目しながら、二つのテクストを相互に関連付けて読んでいくことによって、第三国への逃避、あるいはその途中での自殺をもって国家からの暴力を克服しようとした李明俊と、本国への帰還を決心して幾多の国家暴力の真っただ中を潜り抜けるYu Yuan、二人の主人公が歩んだ苦しい道程を比較してみる。

南にも、北にも「国家」はない

『広場』の物語の時間帯は、朝鮮半島が解放された一九四五年の夏から朝鮮戦争の停戦後、李明俊が自殺する一九五四年二月までである。その間、李は南・北朝鮮を往来することになっている。解放後のソウルで大学に通っていた彼が、越北したのは一九四九年七月であって、北朝鮮の「労働新聞編集部」で約一年間勤務した後、朝鮮人民軍保衛部員として再びソウルに現われたのは、朝鮮戦争初期に当たる一九五〇年の八月であった。そして、一九五〇年九月の洛東江戦闘で捕虜となったのである。

まず、彼の越北から取り上げよう。『広場』は、次のような出来事を越北の直接な理由として設定している。

明俊の解せない態度に気を悪くした刑事は両足を交互に使ってなおも蹴りつづけた。肩、腰、尻に加えられる肉体の侮辱の中で、明俊はかえって心の平静を感じた。〈これだな、革命家たちに加えられる暴行とは〉ぼんやりそんなことを考えていた。〈ことによると父も?〉

その考えは、初めて明俊に父を身近に感じさせた。……

「捜査に協力さえすればお前に罪はない。お前の父の過ちをお前が拭ってこそ、国家に対する義務をつくすことにもなる。ひいては息子としての道理を果たすことにもなるというものだ!」……(四五~四六頁)

刑事はいわゆる自分の全盛時代と前置きして、日帝の頃の特高刑事時代に左翼を扱った話をしているのである。(五〇頁)

植民地期に日本の帝国主義支配に抵抗した共産主義者の父李亨道が、解放直後から北朝鮮で「民主主義民族統一前線」中央宣伝部責任者として働いていたため、一九四九年五月頃、明俊は二回にわたってS警察に召喚され、拷問を受けた。「反共」を国家のすべての制度や政策の基本規則としている大韓民国の警察にとって、共産主義を弾圧し、共産主義者を逮捕、処罰することは当然の仕事であったろう。しかし、共産主義者の「父の過ち」の責任をその息子に負わせる、いわゆる縁座[149]を当然視しながら行われる刑事の拷問行為から、個人に対する国家の不当な暴力を読み取らない読者は少ないだろう。そして、語り手は、反帝国主義の独立運動家の前歴を持っている父について取り調べる刑事の前歴「日帝の頃の特高刑事」を意図的に掘り起こしながら、その国家暴力の不当性をより強調するのである。明俊が受ける拷問と過去に父が受けた拷問とを重ねることによって示されている、この場面での親子の連帯は、確かに彼が越北するきっかけの一つにはなっている。しかし、それだけで李明俊の越北の理由が十分に読者に伝わるとは見られない。なぜなら彼は思想的に、北の共産主義を支持することもなければ、また南の「反共」を否定することもない立場にいたからである。むしろ父の思想的な傾倒には不満を持っていたのである。『広場』は、李明俊の越北の直接的な理由をもう一つ語る。

仁川郊外の、カモメが飛んでる海沿いの盆地で、允愛に得体の知れぬコンプレックスを捨ててくれと哀願したときの、素裸で自分を信じてくれと訴えたときの、記憶であった。だが允愛はついに自身の壁を壊さなかった。壊せなかったかもしれない。ともあれ明俊が越北を断行したのには、允愛の態度が明俊に抱かせた憤りと歯がゆさが瞬間的に作用したことだけは事実であった。（九九頁）

不条理な国家暴力から身をよける安息の場所を、李明俊は恋人の允愛の「誠意あるもてなし」

に求めていたのだろうか。語られている通り、恋人への過度の求愛（所有欲）が受け入れられなかった時に感じた「憤りと歯がゆさ」が自分の北朝鮮への越境の直接的理由だという。越北という重大な選択が、冷静な論理的判断によるのではなく、「瞬間的に作用した」衝動によって行われたという、若い主人公の告白はむしろ読者にリアリティーを伝えるかもしれない。しかし、『広場』を国家暴力に対する抵抗の物語として読もうとするここでは、李明俊の越北を衝動的な行動として理解することでは、どうしても埒が明かない。

物語全体の意味に関連づけて、彼が越北した理由を一口でいうと、解放以後の南の韓国社会には「国家」がなかったということである。独立国家大韓民国の首都ソウルで大学に通っている李明俊が「国家」を求めていたとすると、多少意外に聞こえるかもしれない。だが、朝鮮半島の人々が植民地被支配から解放を迎えたとはいえ、それが直ちに国が独立する状況ではなかったことを念頭におけば、新京、ハルビン、延吉などの中国の都市で少年時代を送って―たいてい二〇歳前後までの高等教育を受けて―から解放直後にソウルに戻った李明俊にとって、「国家」はむしろ探し求めなければならないものであったのではないだろうか。そもそも解放そのものが、民族共同体の自らの闘争で勝ち取ったものではなく、米・中・ソなどの戦勝国の利害に基づいて行われた北東アジア地域の再編成の過程で副産物のように与えられた状況の中で、朝鮮半島の人々はこれから新たな国家を作っていかなければならなかったのである。すなわち、既にある程度は形成されていた民族共同体がこれからどのような「国家」を作っていくのかが、朝鮮半島の人々にとっては最重要な課題となったともいえよう。周知のように、連合国、特に米・ソは、その利害に基づいて朝鮮半島を「南」と「北」に分割しながら独立させた。解放三年目になって、その「南」と「北」は、それぞれ異質な体制の国家、大韓民国と朝鮮民主主義人民共和国を性急に誕生させるようになる。しかし、この段階で国家建設が終わらなかったことは、その二年後に勃発する朝鮮戦争のスローガンが「南」からも、「北」からも、「祖国統一」であったことからも明らかである。朝鮮戦争の目的が互いを国家としては認めない半分の国同士が統一国家を完成させることであったという点からみても、朝鮮半島の人々、特に知識人エリート、オピニオンリーダたちにとって「国家」はまだ作っていかなければならないものであったことがわかる。その中で『広場』の李明俊も自分なりに「国家」を想像し、探し求めていたのである。

「政治ですか？　韓国の政治とは米軍の食堂からでた廃物を払い下げて、その中で空罐はブリキの代用に、木材は選りとっていわゆる文化住宅の廊下に、残りの廃物では牧畜をしようとするのとどこが違いますか？　それでもって、スマートな屋根、シュトラウスのワルツに合わせて靴先をこする床板、デンマークが顔負けの牧場でもつくろうというのでしょうか？……韓国政治の広場には糞尿とゴミだけが山と積まれています。……

市場、それは経済の広場です。経済の広場には贓物が氾濫しています。悉く盗んだ品です。掠ぎ取られまいと必死にしがみつく痩せ細った手首を斧で打ち据えて奪ってきた一袋の馬鈴薯がそこにあります。血みどろな白菜がそこにあります。強姦された女から奪い取った、精液で汚れたよれよれのドレスがそこにかかっています。……韓国経済の広場には詐欺という霧の中で脅迫の火花が炸裂し、虚栄のアドバルーンが空高く舞い上がるのです。文化の広場ですか？ そこにはまたそこで、無定見という花が満開です。……不正の金がしきりとバラ撒かれ、門口に立ってバイオリンを弾く卑屈な芸術家の鼻先には紙幣の束がつきつけられます。……詩人たちは能う限りのギリギリの極限まで言語を虐待してサディズムの衝動をカタルシスします。……批評家とは、自分だけは正真正銘の舶来品であるという妄想にとりつかれた、惨めな精神病者の別名なのです。……広場の死滅したところ、これが南韓ではないでしょうか？ 広場はガランドウに空《す》いてるんです」（三八～四〇頁）

この韓国社会の現実に対する批判[150]は、恩師の鄭教授との討論の際の李明俊の発言である。「C洞にある鄭教授宅」を訪れたのが大学三年の、一九四八年度の秋学期が終わる頃となっているから、ここで取り上げられた社会現実は、まさに大韓民国の建国直後のものであることがわかる。激情にかられ、また多少は陳腐な比喩が用いられた、この早口の社会批判は、「南韓では」政治の、経済の、そして文化の「広場」が死滅している、という一言にまとめられる。作品の題名ともなっている「広場」とは、古代ギリシャの都市国家のagoraをも連想させる。政治、経済、文化など「国家」のさまざまな領域で構成される、〈社会的な関係の場〉程度の意味を持つ概念であろう。彼が見るには、政治の広場には〈あるべき社会的関係としての政治〉が、経済の広場には〈そのような経済〉が、また文化の広場には〈そのような文化〉がことごとく不在であった。社会のそれぞれの領域で「広場」が成立してこそ国家は「国家」になるのであろう。建国直後の大韓民国社会の現実、いいかえれば「国家」不在の社会現実を前に、李明俊という知識人青年は絶望していたのである。「米軍の食堂からでた廃物」云々という風刺的表現にも示されているように、アメリカの要求に徹底的に追従して「南」だけで単独政府を樹立する事態は、自分なりに「国家」を想像[151]していた彼にとって、むしろ「国家」の追求が不可能となったことを確認する契機であったともいえよう。

李明俊の越北は、その時すでに決まっていたといっても過言ではない。

明俊が北韓で発見したもの、それは灰色の共和国であった。満州の夕焼けのように、血の色に燃えながら革命の興奮の中に生きる、そんな共和国ではなかった。それよりもいっそう彼を驚かしたのはコミュニストたちは興奮や感激を願ってはいないという事実だった。明俊が初めてこの社会の生理をハッキリ感じとったのは、越北の直後、北朝鮮の主要都市を党の命令で講演行脚して廻ったときだった。学校、工場、市民会館、それらの席を埋めた聴衆の顔は、一口で言って無気力の一語に尽きた。ただ坐っているだけだった。……現実に起こる事象の原型をいちいち〈党史〉の中に発見し、それに対する答案もまたその中で求めるという、牧師がバイブルを開いて「では神のみ言葉をお聞きしましょう。使徒行伝……」そんな式である。……コミュニストたちは完全な集団の言語を造ることを目論んだ。彼らの言葉にはニュアンスも逆説もなかった。言語の数字化、それだけがあった。(八二～八四頁)

李明俊の越北の目的が「国家」にあったことは、一行目の語りだけを聞いても明らかである。人間の堕落、腐敗によって正当な社会的関係の場そのものが成立不可能な状況にあったのが「南」の韓国社会だとすれば、「灰色の共和国」では「ただ坐っているだけ」の聴衆が「席を埋め」ていたのである。いいかえれば、北朝鮮には血の流れる人間がいなかったのである。語り手は、コミュニストたちと牧師、〈党史〉とバイブル、人民と信徒を等置する図式的比喩を用いて、「北」の「学校、工場、市民会館」が「人間」不在の「広場」になった理由を示す。ここで、北朝鮮社会の集団化、全体主義化が「言語の数字化」と語られているところには、少し注意を払う必要があるかもしれない。偶然であろうが、この議論の冒頭で確認した通り、国家の戦争暴力の核心を「人間の数字化」と捉える『広場』も、同じく「数字化」というキーワードを用いているからである。「言語の数字化」と捉える Ha Jin の *War Trash* も、全体主義国家の人間性抹殺の企画を「言語の数字化」と捉える『広場』も、同じく「数字化」というキーワードを用いているからである。『広場』での「言語の数字化」とは、人々の「言葉」から人間の私的な内面や個々人の欲望を表現する機能を剥奪することによって、人間性の回復を根本的に不可能にする体制の「共和国」が造られてしまった、北朝鮮の現実に対する語り手の観念的な批判であろう。コミュニストたちの「言語の数字化」によって造られた、「オームのようにスローガンを唱える」「人民」（八七頁）の広場から、李明俊が「国家」を求めることができないのはいうまでもない。

「国家」への懐疑

李明俊とは対照的に、*War Trash*[152]のYu Yuanには、「共産主義者が平凡な人々に秩序と希望を与えてくれた」「わが国家」があった。彼は、「わが国家」の命令によって、またそれの勝利のために、朝鮮戦争に参加したことからもわかるように、「国家」に従属していたのである。したがってYuがその「国家」を観察し、懐疑し始めたのは、戦争を経験してから、特に俘虜になってからである。

まず、自分が国家の軍隊の一員として、なぜ戦争に参加しているのかについてこう語る。

「私たちがもし朝鮮に来ていなかったら、マッカーサーの軍隊は国境を越えて満洲を占領していたでしょう。私たちはより良い装備の侵略者と戦うしかありませんでした。しかし、正義は私たちの側にあり、私たちはこの戦争に勝つでしょう。」（p54）

これは、爆撃で負傷した鼠頸部の手術を担当してくれて、命の恩人とも思えるようになった女軍医の Dr. Greene との会話であるから、いわば、Yu Yuan の本音であろう。その意識は、敵軍には戦争の大義名分がないから我が軍が勝利するという共産党のプロパガンダに完全に同化されているのである。

ちなみに Yu Yuan が体験した朝鮮戦争での戦争相手も専ら米軍と設定されている。戦闘の敵となる軍隊だけでなく、捕虜を管理したUN軍側の中にも米軍だけが登場する。敵軍であったはずの韓国軍、参戦したUN軍の存在は語り手の関心から外されていたのである。これはある意味では現実の忠実な反映とみられる。実際に、中国共産党が軍隊を朝鮮戦争に投入したのは米軍と戦うためである。朝鮮戦争に参戦する軍隊を中国人民志願軍と命名したのも、毛沢東の長男毛岸英が戦死したことからもわかるように、実は、共産党の人民解放軍から編成されていたにもかかわらず、アメリカとの公式的な全面戦争を避けるためであった。米軍との戦争を朝鮮半島に限ることによって、中国共産党は、自国の軍隊にはある〈国家を守るという正義〉がアメリカの軍隊にはないと主張することができたと思われる。こうした国家の戦争イデオロギーを *War Trash* の主人公は、特に戦争に参加した直後には、確かなものとして信じていたのである。これは、朝鮮人民軍の女軍捕虜の Shunji の口を借りて、「なぜジー・アイたちは、太平洋を渡ってこの土地にまで来て彼らの生活を破壊するのですか?」[154]と問う語り手の態度からも明らかである。[153]

しかし、こうした Yu Yuan の、共産党や人民志願軍へのイデオロギー的な信頼はそれほど長くは続かない。戦闘参加初期の一九五一年春にYuは捕虜となってしまう。捕虜とは、生き残るための様々な闘争を経験しなければならない者ではあるが、基本的に、国家の大義の下での戦争からは外れる非戦闘員だからである。つまり、Yuはその捕虜の立場から「国家」の戦争イデオロギーを懐疑し始めるのである。次は彼の戦争体験の中で最も衝撃的であったはずの、捕虜になった瞬間の心理状態である。

私は捕らえられた!この気づきが与えた胸の鋭い痛みは、跳ね上がり、私の喉を塞ぐようになった。……彼らはなぜ私を殺さなかったのか?殺されたほうが良かった。少なくとも、故郷の人々は母を革命的な殉国者の親として扱い、政府は彼女の面倒を見てくれるだろう。

彼らは私をどこに連れてきたのか?刑務所?病院?私は恐れと恥に圧倒されていた。私は何をすべきか?捕虜になった場合に、自殺以外に、取るべき名誉ある行動について教えられたことは一度もなかったのだ。かつて、Pei委員だけが、敵に捕らわれたら、決して彼らに真実を伝えてはならない、すなわち常に嘘をつくようにと言ったことがある。この状況への準備として私が受けた教育はそれがすべてであった。(p40-41)

捕虜になった瞬間に感じたいくつかの苦痛が連続的に語られている。骨折の痛みさえ忘れさせる、圧倒的な心の苦痛、すなわち恐怖、恥辱、そのすべてが、実は一つの原因によるものである。それは、戦闘で死ななかったこと、そして自殺できなかったことに他ならない。国家はYu Yuanに捕虜になる—捕虜になって生き延びる—ことさえ禁じていたのである。もちろんいわゆるジュネーブ条約などで一般化された今日の観点からすると、捕虜とは、人権が尊重されるべき存在であって、これほどの屈辱的な立場に立たされている者ではないかもしれない。しかし、第二次世界大戦中に日本軍兵士に下達されたとされる、「虜囚の辱めを受けず、死して罪過、汚名を残すこと勿れ」という訓令と同じような、「死による忠誠」への国家の要求が、朝鮮戦争当時の朝鮮人民軍にも中国人民志願軍にも伝えられていたようである。捕虜になった瞬間Yuが思い浮かべたのも〈死んでも捕虜になってはいけない〉という上からの命令であった。また*War Trash*の語り手は、終戦後に帰国した捕虜たちに対する国家の認識を、「あなたたちが捕虜になったという事実自体が恥ずべきことである。あなたは最後の息が途絶えるまで敵と戦うことができたのに、あなたはそれをしなかった。したがって、あなたたちは臆病者だ。」[155]と、よりフォーマルな口調で伝えている。朝鮮戦争に投入される前に立てた、「どのような状況でも絶対降伏しない」、「死ぬまで戦い続ける」という誓いを守れなかったため、捕虜になって生き延びた共産党員たちは全員が党籍を失ったとされる。彼らの名誉が公式に回復されたのは帰国後約三〇年後の一九八〇年だという。[156]国家によって臆病者、裏切り者と看做される捕虜となってしまったYuとしては、それ以後に国家のためにできる唯一のことは「敵には絶対本当を言わないこと」しかなかったのである。一九五四年二月Changtu（昌圖）に帰国するまで、行政将校Yu Yuanは、歩兵部隊の行政兵Feng Yanという別人として「屈辱に満ちた生き残り」の捕虜生活を送ることになる。

一方、『広場』は、李明俊の捕虜体験についてそれほど積極的に語ろうとはしない。そもそも、戦争勃発以前の「南」と「北」の社会ですでに、「国家」成立の不可能性を確認した李明俊にとって、朝鮮戦争そのものが関心外にあった。戦争に参加したのも、そして捕虜になったのも、彼にとっては、「国家」不在の現実からの逃避に過ぎない。一番熾烈だった洛東江戦闘を「洞窟の中から」覗きみながら恩恵と交わした、「なぜ戦争なんか始めたんでしょう?」「寂しかったからだろ?」「誰が?」「金日成同志がだよ」（一一八頁）という会話からも明らかなように、彼は朝鮮戦争の外部に立っていたのである。周知のように、南・北朝鮮両方の戦争への大義名分とは、互いの国家体制を否定し、自国のイデオロギーのもとで「祖国統一」を完遂するということであった。そのために闘う「国家」を持たなかった者が国家戦争と無縁であることは当然であろう。捕虜になったのも、裏切ってはいけない国家がない李明俊にとっては、それほど特別なことではなかった。ただ戦争に投入され、また、ただ捕虜になっただけなのである。

「敵には絶対本当を言わない」つもりで、Feng Yanという偽名をもって捕虜生活を始めるYu Yuanとは異なって、李明俊は、インド行きのタゴール号の中での呼ばれ方からしても、捕虜収容所の中でも当然本名と本当の階級を登録していたと想像される。そして、「大体が、あの男はぼくたちの立場に立っちゃいないんだ。監督気取りさ！」、「そうだもの！　やつを指揮者に選んだ覚えはない。たかが通訳じゃないか！」（七〇頁）などの船舶内の釈放捕虜たちの李に対する不満から、彼は与えられた「英語通訳」の役割を、いってみれば捕虜監視者の意思に忠実にしたがう者として、淡々と果たしていたと推察できる。だからこそ、「停戦のうわさを聞いたとき、明俊は深い絶望に落ち入った」のであり、また送還登録が始まり、「第三国に行けると聞いて、これはまさしく自分のために作られた条項だと思った」（一二一頁）のではないか。李明俊にとって捕虜収容所は、「南」「北」両方の「国家」の不在という現実への絶望から逃避できた場所以外の意味を持つ空間ではなかった。いいかえれば、語られるべき捕虜―国家のために戦って敵国の権力内に陥った者―の体験を、李は持っていなかったともいえる。

『広場』は、李明俊の捕虜体験に語り手の関心が薄いだけでなく、捕虜たちを釈放する場面の描写においては決定的な事実誤認さえ露呈してしまう。すなわち、本国への送還を望まない朝鮮人民軍と中国人民志願軍の捕虜たちの意思を最終的に確認する板門店収容所での場面がそれである。「両方の説得者が各自のテーブルを前にして向かい合わせに坐っており、机と机の間を捕虜たちは左から入って右へ退場するようになっていた」（一二四頁）場内で、李明俊は、共産側の朝鮮人民軍将校と国連側の韓国軍将校の執拗な説得を頑強に拒否し「中立国！」を宣言し続けたとされている。だが実際は、朝鮮戦争停戦後に国連側からインド軍に渡された、帰国を希望しない中・朝軍の捕虜たちを説得するため設置された“persuasion tents”（p332）では、*War Trash*

の描写のように中・朝捕虜それぞれに対する本国軍将校による意思の確認と説得だけが行われていて、韓国軍要員も「自由の大韓民国」の選択への説得もなかったのである。しかし『広場』は、北朝鮮軍と韓国軍の要員の説得とそれへの李の返答を並置し、詳しく比較している。それは語り手の関心が、李の経験した捕虜生活の現実そのものにあるのではなく、主人公が「南」と「北」のイデオロギー対立を克服するという観念的な主題のほうに集中していたからであろう。もちろんこうした誤認は、歴史的事実を背景とする小説としては決定的な弱点にならざるをえない。[157]『広場』が、主人公の捕虜体験を作家の観念に依拠しながら描いたとすれば、一方、*War Trash* の作家は、現実を忠実に反映しながら Yu Yuan の捕虜生活を捉えている。この語り手の態度だけでなく、二人の主人公の捕虜体験も当然異質的である。『広場』の李明俊が「北に帰る気持ちは毛頭なかった」(一二二頁)自発的な投降者、あるいは協力者として、戦争から遠く離れた場所で捕虜生活を送った反面、*War Trash* の Yu Yuan は、自分を生け捕りにした側を騙し続ける、いわば闘争する捕虜の生活を送るのである。

捕らえられるまえに死ぬべきだったので、私たちは皆、捕虜になったことを恥ずかしく思っていた。多くの人は、捕虜となって国家のイメージを損なってしまったとさえ信じていた。私は「毛沢東の顔に泥を塗った」と捕虜たちがいうのをよく耳にした。罪悪感は彼らの良心に重くのしかかった。だからこそ、済州島に到着して以来、共産党のリーダーた

ちは、「闘いを通して屈辱を克服し、栄光を勝ち取る」というスローガンを行動の原則として収容所内に広めていた。（p235）

「屈辱を克服し、栄光を勝ち取る」ための捕虜たちの闘争。捕虜のアイデンティティを基本的に戦争から外された非戦闘員として理解する立場からすると、そもそも「戦う捕虜」とは形容矛盾にならざるをえない。しかし、「ジュネーブ協定の内容もわからなかった」[158]中国軍捕虜にとってみれば、まず捕虜になってはいけないし、捕虜になったとしても戦い続けなければならなかったのである。引用の語りで重要なのは、捕虜たちがどのようにして「戦う捕虜」として生まれ変わるのかを、語り手が対象化している点である。死守するべき国家や従うべき英雄を裏切ったことから生じる「罪悪感」を個々人の捕虜たちに抱かせることによって「戦う捕虜」が作り出されるというのだが、Yu はその「戦う捕虜」の輪の中にいながらも、「彼らの良心」"their consciences"としてその肝心な「罪悪感」を相対化して捉えているということである。いいかえれば、捕虜になった Yu は自分の中にある「罪悪感」から出発して、それが戦闘中に革命的戦死ができなかった捕虜たちの「屈辱を克服し、栄光を勝ち取るための闘争」の動因であるという確信にいたったのである。「われらの行動の原則」が国家によって抱かされた「罪悪感」であることに気づくことこそ、実は捕虜の捕虜への覚醒の始まりに他ならない。

こうした「罪悪感」には囚われていない捕虜たちももちろんいる。たとえば、最初から国家を裏切った者、あるいは少数であろうが、李明俊のように「国家」という観念そのものを持っていない捕虜がいたかもしれない。現実的に、中国軍捕虜の約三分の二に当たる一万四千余名が台湾への送還を選択した。ちなみに彼らが台湾に到着し、「自由宣言」をした一九五四年一月二三日は「一二三自由日」と呼ばれている。また死亡、自殺、行方不明者も、第三国を選んだ者も相当数いる。しかし、Yu Yuan の場合は自分の中にある「罪悪感」が国家の個人へのイデオロギー的暴力の結果であることに気づきながらも、その国家のために「戦う捕虜」への道を選んだのである。次は Yu がたどり着いた認識、すなわち捕虜としての自意識である。

私が最も驚いたのは、高位将校のペイ人民委員が他の兵士出身の捕虜たちよりうまくやっていることはないということであった。いいかえれば、ペイは自らチェスボードを作り、自分のゲームが共産党のそれと同じであるかのようにそのボードに部下たちを配置していたにもかかわらず、彼と私たちは同じく党のボードのコマだったのだ。実際、彼もやはりただの一つのコマで、私たちと同じように見えた。彼も戦争のゴミであった。(p345)

生け捕りになった「屈辱」を少しでも克服し、無事帰国という偽の「栄光」でも「勝ち取るための闘争」のなかで、Yu が得たこの最終的認識は、一言でいうと、国家にとって捕虜だけでなく、戦争に参加した軍隊の全員がチェスボードのコマに過ぎなかったということである。国家の勝利、あるいは名誉のために使われるときは「コマ」になり、捨てられるときは、この作品の題名にもなっている「ゴミ」になるのである。ここでの「コマ」や「ゴミ」を、この議論の冒頭で批判した「数字」に置き換えて読んでももちろん構わない。注意しなければならないのは、兵士だけでなく、高位将校、指揮者も含めたすべての戦争参加者は〈使われ、捨てられる〉ものであって、〈使い、捨てる〉ものではないという点である。「数字」化され、「コマ」のように使われ、「ゴミ」のように捨てられる国家暴力の仕組みの中には、暴力の客体だけがいて、主体がいない。それこそ国家暴力の本質であるかもしれない。

国家暴力の彼方、「家」

それでは、このように捕虜たちへの国家暴力を見抜いていたYu Yuanが、なぜその国家への帰還のために「戦う捕虜」になったのだろうか。

私たちの部隊が四川を離れる二日前に、彼女は私の赤ちゃんが欲しいといい、性交するように私に頼んだ。……一晩中、私たちは何度も何度も、必死に愛し合った。自分の一部を家に残すために、まるで自分のすべてを彼女のなかに注ぎ入れるつもりで愛し合った。彼女は猛烈な空腹で私を迎え入れた。熱い涙を流し、静かな痙攣をおこしながら。……「この日から私はあなたの妻です。覚えてください。たとえ私が死んでも、私の魂はあな

たと一緒にいるでしょう。」私は生きている限り戻ると彼女に約束した。(p137)

捕虜として、あるいは国家戦争に投入された兵士として、帰国しなければならない理由としてこれほど切実なものがありうるだろうか。逆に、帰国を望む彼らの中で、これほど切実な理由を持っていない者がまた果たしていたのだろうか。[159]もし、「国家」の意味が、境界に囲まれたある領域を統治し、たとえば他者から守るためにその中の人々を戦争に投入する「国」の領分と、血と情を分かち合う人々の交流によって成立する「家」の領分に分割できるとすれば、[160]彼らが帰りたがる場所とは専ら「家」であったのではないだろうか。我が子を産んだかもしれない、Julanが待っている「家」にYuは何があっても戻らなければならなかったのである。Julanと夜通し愛し合い、私の一部を残しておいた「家」は、つまり、戦争暴力を個人に強制する「国」とは対極的トポスとして示されているのである。

偶然かもしれないが、『広場』もまた李明俊と恩恵との肉体的な愛を国家暴力への抵抗として描いている。語り手は、「戦車と大砲を守れと君たちが配置した場所で」、「原始の広場を探し求めている」二人のセックスを、国家の戦争行為に「ふさわしい復讐」として意味付けている(二一九頁)のである。国家の暴力に「裸」で抵抗する、こうしたプリミティビズムは『広場』の最も確実な思想のようにも見える。そして、Yu YuanがJulanと我が子が待つ「家」に戻るために、帰国を選択しなければならなかった、まさにその理由で、李明俊は帰国を拒否し第三国を選択するようになる。我が子を身ごもった恩恵が「いっしょうけんめい会いましょうねと言った約束を永遠に裏切った。戦死したのである。」（一二一頁）李には戻らなければならない「家」がもうすでになくなっていたのである。

この二つの作品は、恋人との肉体的愛や新しい生命の誕生という「家」の営みを、戦争という暴力的な「国」の文化に対峙させている点で一致する。彼女の戦死によって「家」そのものを作れなかった李明俊の経験と、結果的にはほぼ同じように、*War Trash* も Yu Yuan の「家」への帰還が国家暴力によって挫折されることを描いている。彼は「不名誉の捕虜」"a disgraced captive"（p344）という国家の烙印によって Julan と別れざるをえなかったのである。

私が捕虜収容所にいたときに母の死を知っていたなら、私がその家がもはや同じ場所ではなくなったことを分かっていたなら。それならば、私はとにかく第三国に行ったであろう。そこで私は無国籍人として、おそらく人生の残りの間を孤独な労働者として生きていたであろう。あるいは、台湾に行ってそこで新しい人生を再開したかもしれない。（p344）

Yu Yuan がもし「家」がなくなったことを戦争中に知っていたならば、李明俊と同じように、第三国か台湾を選んだかもしれない。彼は、「家」なき「国」に戻るよりは、「国」なき人間"countryless man"として新しい「家」"my life"を求めていくべきだったという。「家」に戻ること以外に、国家のために「戦う捕虜」となる理由を持たなかったYu Yuanに、「国」は「家」への帰還を許さなかったのである。比喩でいうと、Julanと母親、そして「家」は、「戦う捕虜」(pawn) Yuに質奉公をさせる、質（pawn）となっていた。しかし、奉公をして帰ってきたYuは、「国」から「家」を取り戻すことができなかった。国家にとって、「戦う捕虜」は、使われて捨てられる者に過ぎなかったのである。このように*War Trash*は、さまざまな戦争の暴力を潜り抜けて成し遂げたYuの帰還を、「国」の中にはもうすでに不在である「家」に向かわせることによって、「栄光を勝ち取る」ものとしてではなく、「屈辱に満ちた」悲惨なものとして描いている。

物語としては、Yu Yuanの捕虜の経験が苦難に満ちていた分だけに、「家」なき「国」への帰還という結末の劇的効果も十分得られたとみられる。捕虜として国家暴力から身を躱していく、Yuの経験を最も象徴的にあらわす記号がある。Yuの身体に入れられた二つの英単語のタトゥー、FUCK COMMUNISM、あるいはFUCK... U... S... がそれである。周知のように、収容所の中国軍捕虜たちは、本国への帰還を望むいわゆるpro-Communistと、台湾への送還を希望したpro-Nationalistとに分かれて、熾烈な戦いを繰り広げる。収容所の中で「屈辱を克服し、栄光を勝ち取るための」チャンスが少なければ少ないほど、捕虜たちの戦いの熾烈さは増していたはずである。自分たちの側により多くの捕虜を包摂し、文字通り兵士の数字を増やして、国家のイデオロギーの優越を証明するため、必死に戦っていた両方にとって、「英語通訳」Yu Yuan

はなくてはならない存在であった。捕虜たちと監視者側のアメリカ軍とのパイプ役が果たせる、数少ない「英語通訳」だったからである。もちろん「英語通訳」は国家のために戦う—また国家を裏切る—能力にもなるが、うまくいけば、国家の暴力から身を守る能力にもなる。それにはYuも気づいていたのである。[161]

しかし、中国人民軍に投降した国民党系の軍官学校出身としてYuは、帰還派と反共派の両方の間に立たされていた。両方にとって誰より必要な「英語通訳」というのは、同時に常に危険にさらされている存在でもあったのである。まずpro-NationalistたちがYuを味方につけるため、あるいは敵に渡さないためFUCK COMMUNISMをYuの「へそのすぐ下」に入れたことが語られる。そしてYuが中国に帰還する際に、そのFUCK COMMUNISMが、FUCK . . . U . . . S . . . に変えられることになっている。イデオロギー的に対立する両方を汚す言葉を交互に身体に刻印することによって、個人への国家の暴力とそれへの抵抗が同時に表象されている。こうした象徴的な意味の伝達だけでなく、FUCK COMMUNISMは、Yuがいわゆる帰還派と反共派捕虜の両方のキャンプを往来し、両方のイデオロギー的主張を相対化するきっかけを作る機能を果たす。ここで問題にしなければならないのは、物語転換の重要な装置にもなっているこのFUCK COMMUNISMというタトゥーが、同じ中国軍同士の反共派捕虜によって、はたしてアルファベットで入れられたのかということである。実際、台湾に送還されたいわゆる「反共捕虜」の中には「滅共」「反共」「殺朱抜毛」（朱徳を殺して毛沢東を除去する—論者）などのスローガンのタトゥーを入れた者が大勢いた[162]といわれている。彼らからすると、共産主義イデオロギーを完全に捨てたことの印、そしてかつての国・共内戦のときの敵であった台湾の国民党政権への忠誠心の印をつける必要があったろう。こうしてみると、「反共」と入れられたはずのタトゥーが FUCK COMMUNISM に変えられていることがわかる。また作家が、英語で書かれた語りのなかで、英語読者のために、Yu に入れられた「反共」というタトゥーを英単語に翻訳したと理解することもできない。なぜなら FUCK COMMUNISM というアルファベットが入れられなかったとすると、のちに FUCK... U... S... に変えることができないからである。つまり FUCK COMMUNISM は、作家による意図的な事実の変容の結果なのである。作品後記にことさらビブリオグラフィーまでつけながら、「事件と細部事項の大部分は事実である」(p351) と記しているこの小説の最も重要な虚構化の装置—国家暴力を相対化するための物語内的な装置—であろう。帰国を拒否する大勢の捕虜たちが「反共」を入れたとする事実に基づきながら、それを「二つの英単語」(p97) へと巧みな変容を加えることによって、対立する両方の国家のイデオロギー的暴力に主人公を交互に晒していたのである。

　このように敵対する二つの捕虜キャンプを往来しながら、さまざまな国家の暴力から身を躱《かわ》していく、Yu の苦しい、また逞しい戦いは、Julan と我が子が待つ「家」にはたどり着けなかったという点からすると、結局敗北で終わったともいえよう。ちなみに物語は Yu Yuan が帰国の後に別の女性と結婚し、安定した家庭を築くことになっている。一方、『広場』の李明俊は、次のような幻想の中で、国家の暴力そのものを超克するようになる。

二羽の鳥が一つに縺《もつ》れ合ったり離れたりした。最後の密会を約束したときの恩恵の言葉。「死ぬ前に、いっしょけんめい会いましょう」（一三三頁）〈あそこに行けば彼女たちとまた会える！〉彼はそこで、やっと心が安らいだ。扇の腰まで後ずさりした彼は、今、くるりと後向きになった。そこにはもう一つ青い広場があった。（一三七頁）

タゴール号の甲板から海面を眺めていた李は、そこに恩恵と我が子が「縺れ合ったり」する「家」を見つける。結末で描かれている李の自殺をもって、『広場』の国家暴力の彼方への模索は中断されてしまうのである。

このように、解放以後の南・北朝鮮の国家形成期に勃発した朝鮮戦争の真っただ中を生きていたYu Yuanと李明俊という若者は、現実の「国」の中には自分たちの「家」を探し求めることができなかった。しかし、挫折を感知しながらも最後まで続けていた彼らの戦いは、「無駄な」「忘れるべき」ものではない。Yuと李の経験を、イデオロギー的に対立する国家間の戦争での「共産捕虜」、あるいは「反共捕虜」のそれに還元する歴史言説の中に抹消してはいけないということだ。*War Trash*と『広場』は、一人ひとりの戦争参加者を「こま」のように使い捨てる「抽象化」「数字化」こそ、戦争の暴力の本質であるということを二人の人物の具体的な言動を通して暴露している点で一致する。この二つの作品が描いている国家暴力への抵抗と挫折は、いわゆる国民の時代を生きている私たちにとっても一つの試金石になる。〈国家の主権者は国民である〉、だから〈国家は国民の安全を守る〉という類の言説を数多く生産しながら、国の人々をさまざまな物差しによって画一的に数字化し、外部のものを排除するだけでなく、内部のものの個人性をも抹殺しようとするのが、国家暴力の本質だとするならば、いまだ私たちはその暴力から自由になる術を持っていないからである。

〈2〉ナショナルヒストリーの彼方―死者への記憶

ナショナルヒストリーの中の死者

戦争やテロなどの大規模災害を記す歴史が、その「暴力」の規模を示すために、犠牲者の数を用いることはまれではない。またその場合、特に国民国家単位の歴史が共同体の利害に基づいて犠牲者の数を調整することもまれではない。[163] たとえば、日・中戦争期に南京で起きた戦争「暴力」についての歴史言説はその典型である。一九三七年一二月一三日南京陥落直後から、あるいはその直前から約六、七週間にわたって、南京とその周辺地域での、日本軍―中支那方面軍―による虐殺、強姦、略奪、放火などは、「南京事件」、「南京虐殺」、あるいはRape of Nanjing, Nanjing Massacreなどの名称で一般に広く知られている。しかしその「暴力」の規模を記述するにあたっては、当時からいままでのさまざまな歴史は相当の相違を示している。日・中双方の歴史の間に、また個々の歴史家の間に、特に死者の数の記述が重要な論点となっているのである。そもそも歴史が数字などの抽象的な単位の正確さを追求する理由は、その事実をより客観的に記憶するためであろう。しかし、日・中戦争初期の南京「暴力」の歴史においては、犠牲者の数字をめぐる論争の過程で共同体の利害やそれに基づく歴史家の推測が強調されることによって、むしろ事実の客観性が失われているようにみえる。

南京「暴力」の犠牲者の数について、たとえば、虐殺された民間人だけに限るか、戦死軍人、処刑された捕虜、そしていわゆる変装更衣兵—軍服を捨て、市内の安全地区の逃げ込んだ中国兵—死者まで含めるか、南京地域の死者に限るか、周辺地域も含めるか、南京陥落直後からの何週間だけに起きた殺戮、または以前と以後のそれをも含めて数えるかなど、歴史家の視点と資料の範囲によって、今までの歴史言説は相異なる推定を出している。そして、死者の数を提示する、いままでの日・中双方、あるいは欧米の歴史言説のそれぞれに対しては、悉く反論が出され、何一つ疑問視されない確かな推定は存在しない。その結果、今までの歴史言説では、「事件」、「レイプ」、「大虐殺」といった名称の用い方にもあらわれるように、「大虐殺」と呼ばれるほどの暴力の事実を信じる側の主張とその主張を疑う側の反論が攻防する様相を呈している。

実際、南京占領直後から一九三八年一月にかけての何週間に起きた日本兵による「暴力」についての、具体的で公式的な、その当時の現場からの記録は意外に少ない。しかも歴史言説に引用されている数少ない現場情報の大部分が、南京に居残った外国人、特に安全地区国際委員会

Safety Zone Committee のメンバーによるもので、当事者の中国と日本のジャーナリズムの報道は皆無といってよいほどである。[164] たとえば、委員長の John Rabe の日記や安全地区内の金陵女学院を難民収容所として開放し、運営した Minnie Vautrin の日記[165]などに対して、「大虐殺」を事実として信じたがる側は、数少ない貴重な歴史資料として認める反面、信じたがらない側は、記録自体が主に伝聞による報告、あるいは私的な見解である点を指摘し、内容の信憑性を疑っている。その後増え続けてきた証言、資料、写真に対しても、それを事実の正当な根拠として取り上げる「歴史」と、批判的に検証し、事実の裏付けとしては認めない「歴史」が真っ向から対立しているのである。

そしてそれぞれの歴史言説が示す死者の数も、国際的情勢や国家の政治的状況などに大きく影響されているようである。戦後まもなく開かれた二つの戦犯裁判—極東軍事裁判 International Military Tribunal of the Far East と南京戦犯裁判 the Nanking War Crimes Tribunal—でそれぞれ大きく異なる犠牲者の数が推定されて以来、たとえば、国民党との内戦で勝利した共産党の人民共和国建設のイデオロギーによって、冷戦構造下の西洋と日本側が共謀した消極的な態度によって、または日・中国交正常化を成立させるための暗黙的な妥協によって、南京「暴力」の犠牲者の規模は、国民国家の「歴史」のなかでそれほど強調されなかった。それが周知の通り、一九八〇年代以後に日・中戦争期の国民党の抗日闘争を再評価する中国共産党政府の立場の変化に伴って、再び「歴史」の注目を集めることになる。その「歴史」再解釈の象徴として、館内に犠牲者の数を表記する「侵華日軍南京大屠殺遭難同胞紀念館」──日本の歴史・ジャーナリズムでは「南京大虐殺記念館」と呼ばれる──の開館（一九八五年）や南京大虐殺に関する資料の「世界記憶遺産」への登録（二〇一四〜一五年度）などを挙げることができる。

一方、日本の歴史教科書での南京「大虐殺」の記載が認められるようになった一九九〇年代以後の「歴史」においての著しい変化は、事実の追求や新たな解釈を主張する、修正主義の言説の台頭である。それらの修正主義的な歴史言説は、事実そのものを追求することこそ歴史の基本であると主張しながら、〈戦争被害の全貌がつかめない〉、〈犠牲者の全体が分からない〉状況では〈旧日本軍による南京大虐殺〉が〈在った〉、あるいは〈なかった〉を前提にしてはいけない、という論理に支えられる。それぞれの議論の焦点は、もちろん、「大虐殺」の証拠と認められていた資料や、推定されていた犠牲者の数字の検証に当てられ、その一部、あるいは全部がどのように改ざんされたのか、「三十万大虐殺説」はいかにして生まれたのかなどを明らかにしているのである。

こうした事実追求の「歴史」のイデオロギーにおける反倫理的な側面は、事実がわからないと記憶することだけでなく、謝罪することも追悼することも、また許すことも不可能であるという論理から確認できる。「大虐殺」を肯定するか否定するかを確定すること自体ができないという図式を提案することによって、この事実追求の似非論理は、南京の「暴力」に対しての思索を中断させ、忘却を促しながら、終息を図ってしまう効果をあげているのである。肯定論と否定論が真っ向から対立する状況の中で示されたこの似非論理は、実は、現在の日本人の間には少なくない説得力を持っているようにもみえる。虐殺、レイプなどの「暴力」から時間的に二、三世代以上も離れていて、南京の人々の悲惨な経験を掘り起こし、自国の歴史に現前させることが容易ではないのも事実である。したがって、他国の被害者には建前上の同情しかもっていない多くの人々にとっては、「事実」検証(の不可能性)を主張する歴史言説のほうがむしろ安心できる場所を提供してくれたのであろう。

実際、「大虐殺」の肯定論、否定論、もしくは不確定論もまた、犠牲者の数に対する正しい推定によって「事実」を追求する点においては共通する。「事実」の全体像を客観的に示すためには集計された数を提示する方法が最も有効であるかもしれない。こうした数字化の「歴史」言説が決定的に欠いているのは、いうまでもなく、南京「暴力」によって犠牲となった死者の固有の経験への関心である。そうであるならば、どのようにしてそれぞれの具体的な犠牲から単独の意味を読み取り、まさにそれによって死者たちの存在性を取り戻すことができるのだろうか。

真偽をめぐる歴史言説には期待できない、こうした死者個々人の苦痛へのまなざしと共感を、実は、文学、特に小説における記憶表現と描写から求めることができる。人物一人ひとりの具体的な経験を語らなければならないのが小説ジャンルの語りの特徴だからである。たとえばこれから取り上げる『時間』という小説は、次のように、数字化に対する批判と死者の経験の回復を語りの前提としている。

死んだのは、そしてこれからまだまだ死ぬのは、何万人ではない。一人ひとりが死んだのだ。一人ひとりの死が、何万にのぼったのだ。何万と一人ひとり。この二つの数え方の間には、戦争と平和ほどの差異が、新聞記事と文学ほどの差がある……。（岩波現代文庫版、二〇一五年、六三頁）

すなわち、『時間』という小説の語りが焦点を合わせるのは、「戦争」全体の記録や客観的事実の「新聞記事」などの言説が問題視する「何万人」という死者の数ではなく、「一人ひとりの死」そのものである。「一人ひとりの」死者の経験を掘り起こし、記憶しようとする虚構的表現として、ここでは、『時間』（堀田善衛、新潮社、一九五五年）と *Nanjing Requiem*,（Ha Jin. Pantheon. 2011）の二つの小説を取り上げようとする。その前に次節では、まず、死者の経験が加害者の観念の中でどのように横領されるのかを題材化した、「牡丹」（『文藝』一九五五年七月号）を分析する。

「牡丹」のイロニー――記憶の横領

「牡丹」は三島由紀夫が「東横線の車内で「獅子ヶ谷牡丹園」の広告を見て、実際に行ってみて思いついた」[166]掌編小説である。語り手「私」が「政治運動に携わっているという風評」の友人草田に誘われて「桂《かつら》ヶ岡《おか》牡丹園」を見に行くこととなっている。草田によれば、二年ほど前にこの土地を買い取り、牡丹園を開いた川又という男は、あの有名な「南京虐殺の首謀者」「川又大佐」である。そして物語の結末で、川又大佐は「女を殺すことしか個人的な興味を持たなかった」ことや、「手ずから念入りに殺した」女の数に合わせて「牡丹の木を厳密に五八〇本に限定し」「手ずから花を育て」ていること[167]を、「何でも知っている」草田は語り手に説明する。

この結末の驚きによって、読者たちは、一本一本の牡丹と川又大佐の行動についての、語り手の描写部分をもう一度読み直してみることになる。その時、注目されるのは次の三つの描写であろう。

牡丹にはひとつひとつ、華麗な名を書いた立札が添えてある。
麟鳳《りんほう》。金閣。……月世界。
麟鳳は赤紫の天鵞絨《ビロード》の大輪である。長楽は薄桃色が中央へゆくほど濃い緋色《ひいろ》になっている。なかんずく豪華なのは白い大輪の月世界でその前にはカメラを構えた客が膝まずき、うしろから画家がスケッチの鉛筆をうごかしていた。(「牡丹」『花ざかりの森・憂国』新版(新潮社、二〇二〇年)一六七～六八頁)

草田が説明した事実をまだ知らない、一度目の読書の場合、引用は、花園の一本一本の牡丹についての、またその花を楽しむ見物客についての、ただの――いうならば明朗な雰囲気を浮かびあがらせる――描写として読める。しかし、「華麗な名」を持つ「ひとつひとつ」の牡丹（の数）が「手ずから念入りに殺した」南京の女ひとりひとり（の数）と厳密に一致するという先入観を持って読み直すと、引用の描写はまったく別の、いってみれば陰惨な、光景を浮かびあがらせる。まず、「ひとつひとつ」の牡丹に添えられている立札は〈ひとりひとり〉の死者の墓碑銘をあらわし、「薄桃色が中央へゆくほど濃い緋色《ひいろ》になっている」「長楽」の描写は、通俗的な性的比喩ではなく、これから川又大佐によってレイプされて殺される、あるいはもうすでに殺された、女の陰部を表象するようになっている。それから、「白い大輪の月世界」の前に、「膝まずき」、「カメラを構え」、また「うしろから画家がスケッチの鉛筆をうごかして」いるという描写もまた、どうしてもただの見物客の無邪気な遊覧の態度のようには読まれなくなる。見物客にとっての〈無邪気な遊覧〉から、読者は、自分の陰部が見世物にされる凌辱を受けながら殺された、一人の女に集められている群衆の視線を連想するのである。

それとともに、群衆が見物できるように、牡丹園を行楽地に仕立て上げた、川又大佐の一本一本の牡丹に対する態度にも、読者たちは引き続き注意を払うことになる。

まわりの見物客には少しも関心を示さない。一本一本、牡丹の前に立ちどまり、時にはしゃがんで、食い入るように花を見つめている。

丁度老人が見つめている花は、初日の出という緋いろの牡丹であった。（一六九頁）

「食い入るように花を見つめ」る、川又の態度と、「膝まずき」、「カメラを構え」たりする遊覧客のそれは、それぞれ「まわりの見物客には少しも関心を示さない」、心を集中した見物である点においては同じようにもみえる。しかし、群衆の見物が無実の花に対する無邪気な〈観覧〉だとすれば、川又のそれは「一本一本」の花の姿や性格の本質までを捉えようとする、いわば〈観想〉にあたる。美しい花園を仕立て上げ、群衆には単純な行楽を提供しながら、川又自身は、「たのしみながら、手ずから念入りに殺した」、五八〇人の女ひとりひとりに対する追憶にふけるのである。川又の「こんな奇妙な道楽」を、友人の草田は、「悪を犯した人間のもっとも切実な要求、世にも安全な方法で、自分の忘れがたい悪を顕彰すること」（一七三頁）だと結論づけている。

そして読者が読み直すもう一つのところは、川又の「暴力」を記念する牡丹についての、語り手自身の印象が語られた部分である。

それぞれの牡丹は個性があった。眺《なが》めわたすと、そこかしこに立ったりしゃがんだりしている見物客の姿が邪魔であるが、黒い土のうえにひとつひとつ重たい影を落としている牡丹は、満開の草花の花園などとはちがって、一本一本が土のスペースに囲まれて孤独に見え、全体の印象は、沈鬱に感じられた。見事にひらき切った花も、木《ぼく》が低くて、それに比して花ばかりが大々《だいだい》としているから、きのうまでの雨に湿った土から、じかに咲き出たような気味の悪い生々《なまなま》しさがあった。(一七〇~七一頁)

もちろんこれは、友人から川又大佐と五八〇本の牡丹の記念物としての意味についての説明を聞く前の、私が花について語っているところではある。しかし、その描写からは川又大佐によって殺された五八〇人の女たち一人ひとりの墓地全体、そして「黒い土のうえにひとつひとつ重たい影を落とし」「孤独に見え」た、一本一本の牡丹は死者一人ひとりの姿の表象であろう。語り手の印象を伝える「沈鬱」、「気味の悪い生々《なまなま》しさ」もまた、確かに、単なる牡丹や牡丹園に対する印象ではなく、葬られている女たちに対する私の感情に重ねられた表現として読まれるのである。「それぞれの牡丹は個性があった」と、語り手は、殺された女一人ひとりの個性を表象する。ここでの「牡丹」の暗示による死者への記憶は、「歴史」言説における犠牲者の数字化とは、決定的に区別される。とはいうものの、「牡丹」が、殺された女たち一人ひとりの固有の存在性を尊重し、彼女らの悲惨な死を追悼するたぐいの物語ではないことは明らかである。基本的に「牡丹」は、「たのしみながら、手ずから念入りに殺した」五八〇人の女を追憶する、川又の「奇妙な道楽」に焦点を合わせる物語だからである。

一本一本の牡丹は、「忘れがたい悪を顕彰」しながら、同時に世の中の人々にはそれを隠蔽する媒体なのである。読み落としてはいけないのは、一人ひとりの女たちを追憶する川又の「奇妙な道楽」が、花の美しさに欺かれた大衆の、それぞれの牡丹が凌辱されたひとりひとりの死者を象徴するという事実への、完璧な無知を前提にして成り立っているということである。この〈記憶〉と〈忘却〉のイロニーこそ、「牡丹」が、南京「暴力」に対する日本人一般の集団的欲望を反映する作品として読まれる根拠である。次節で取り上げる、『南京レクィエム』の主人公Minnie Vautrinが一九三七年一二月一九日の日記で、「日本の女性がこのようなぞっとする話を知ったなら、どんなに恥ずかしい思いをすることだろう」[168]と書いた、その南京の女性たちへの「蛮行」に対して抱いている、戦後の日本人の集団的欲望とは、暴力の隠蔽と忘却の共謀の中で理解できるものではなかったろうか。旧日本軍の川又の過去の隠蔽、すなわち記憶の横領と、見物客の無意識的な忘却への欲望が、この作品では両義的な美的対象としての牡丹を通して見事に形象化されているのである。

こうした記憶と忘却をめぐる問題を追求するとき、もう一つのヒントを人物の性格の設定から得ることができる。この作品の主人公、「南京虐殺の首謀者」であった川又大佐は、「女を殺すこと」に快感を覚えたり、殺した女の数に合わせて五八〇本の花を育てたりする、異常な妄想に囚われている性倒錯者として設定されている。一九三七年の冬、南京とその周辺地域で起きた、日本軍の強姦、殺人という、歴史的事実における「暴力」の加害者を、このように潤色、虚構化した作者の意図をここで十分に理解することはもちろんできない。作者が自選短編集の解説で「コント」と呼んだこの作品もまた、人間の根源的な悪、性的感覚、あるいは死という、三島文学全体をつらぬくテーマの片鱗をうかがわせるものとして解釈できるかもしれない。しかし、その人物の性格設定の効果として確かにいえるのは、(日本語の一般大衆でもある)読者たちの想像を、旧日本軍の暴力によって犠牲となった女性たちの経験ではなく、性倒錯者の主人公の「奇妙な道楽」のほうに誘引するということである。いいかえれば、愛のためでも、憎しみのためでもなく、ただの快楽と遊戯のために女たちを強姦し、殺しておいて、それを記念している人間の根本的な悪という小説的虚構を構成することによって、歴史的事実のほうを隠蔽、歪曲してしまう。現実には異常な人間ではなく、いわゆる正常な日本男性であったはずの旧日本軍による性暴力と、その暴力によって犠牲となった女たちの苦痛を、読者たちの視界から外してしまうのである。

この点において、作者の「知的操作のみにたよるコント型式」[169]の「牡丹」という小説的虚構は、南京暴力の記憶の横領と忘却という、戦後日本における国民共同体の集団的欲望を語る歴史的事実でもある。〈美しい一本一本の牡丹を楽しむ見物客がその花が旧日本軍の強姦と殺人の記念であることを知っているなら、どんなに恥ずかしい思いをすることだろう〉、あるいは〈川又大佐の「こんな奇妙な道楽」を「家族づれの客」たちが自分たちの子どもにどのように教えるのだろう〉という読者たちの想像は、虚構としてのこの小説の緊張を誘発し、維持するだけでなく、そのまま「歴史」への問いかけになるからである。

死者の苦痛への共感―『時間』

「牡丹」と同じ年に単行本として出された『時間』[170]は、前者には不在である、南京の犠牲者の苦痛へのまなざしを主題化した作品である。原理的には決して体験することも想像することもできない他者の苦しみが、どのようにすれば追体験できるようなものになるのか。どのように書けば、それを可能な限りリアルに読者のほうに伝えることができるのかということが、この作品の作者が提起したもっとも重要な問題なのである。

他者の苦しみに共感するための、作者レベルの追求としてまず挙げられるのが人物の設定である。中国人インテリ[171]で、裕福な家庭の次男、南京の国民党政府の「海軍部内文官業既に八年の経歴」（三八頁）の陳英諦という、この作品の主人公は、日本兵の暴虐で妻子を殺された人物である。こうした人物の設定において、特に注目しなければならないのは、「瞬時に愛する者たちと永訣」を強いられた、「私はこの七月で三十七歳に達する」とし、[172]作品を書く―あるいは、発表する―作者自身[173]と同じ年齢を主人公に与えている点である。そこには、一九三八年という過去に、陳英諦という他者によって経験された南京虐殺の苦しみに、書いていく「今」、共感を覚えようとした作者の意図が明確に読み取れるからである。

この作品の語りの形式の設定にも、こうした作者の意図があらわれる。『時間』の物語は、一九三七年十一月三十日から翌年十月三日までの、陳英諦の日記に擬して書かれるものである。

この日記形式そのものも、一九三七、八年の南京の出来事に対する、同じ時・空間での「私」の感覚と感情を、もっとも直接的に、しかも想起や追憶などによる自然的な変質や人為的な潤色をできるだけ防ぎながら、作者が共有し、読者に伝えるには有効であったとみられる。後述する『南京レクィエム』も、実は、作者の意識の代弁者である、中年女性の語り手「私」の手記形式の作品である。二つの作品の形式が類似することは、南京暴力の現場での主人公たちの感情を作者が共有しようとする意図からすると、偶然ではなかろう。

妻子を殺される主人公の感情を効果的に読者に想像させるために、作者がこのような人物設定や物語形式を工夫したとするならば、『時間』という小説の内容のほうは、殺された死者たちの苦痛に共感するように、行われる語り手「私」の精神的な追求によって構成される。この物語はそもそも、家族を日本兵に殺された三十後半の男の、私的な感情的な日記である。だが同時に、社会的には国民党政府の海軍部文官、経済的には上流階級、またヨーロッパ留学経験も持っている知識人である、語り手の「考え抜く」力を以って南京の戦争暴力を冷静に記録した、非常に観念的な、思弁的な日記でもある。そのためか、文庫版二六〇余頁の長編としては、出来事はそれほど多くはなく、その描写も短い。もっとも重要な現実の出来事であるはずの、家族の死についても、「私」が他人から聞き取るかたちで簡略に語る。出来事としての家族の死より、その死を主観化することが語りの主な内容になるのである。それでは、臨月の身重の体で強姦され、殺された妻莫愁と、残飯を争う難民浮浪児たちの中で日軍の番兵に刺殺された五歳の息子英武の、いうならば決して共有することのできない死者たちの苦しみに、陳英諦という語り手「私」は、どのようにして共感を覚えようとしたのだろうか。

まず、「日軍の南京入城」直前の段階で陳英諦が語る自己認識から確認してみよう。

> たとえばこのわたし、陳英諦は、主観的には、たとえどのような境位におとしいれられたにしても、陳英諦という名をもつ生まれながらのこのわたしであるに違いはないのであるが、客観的には、わたしもまた滅亡の民の一人となるのである。淪陥区の住人の一人となるのである。奴隷的境遇にある者、すなわち、奴隷の一人になるのである。しかも、いかにわたしが、その精神に於ては奴隷にあらず、と主張しても、奴隷であるという客観的事実は変わらない。しかし、客観的事実とは何か。おそらく、このあたりに、カテゴリックな思考乃至整理法の含む毒素が作用しはじめる端緒がひそんでいる。客観的状況の知的把握がいかに完璧であったとて、その知的把握だけからして、その状況を変革すべき情熱は出て来ないであろう。ある場合には、知的、論理的把握はかえってその人そのものを無力化し、破壊さえするかもしれない。（四一頁）

ここで語り手は、主観的な「このわたし」であることを明確に宣言している。陳英諦という人物に対する、中国人、南京市淪陥区の住民、占領地の被支配者の一人といった、「知的、論理的把握」への徹底した懐疑を語っているのである。人間存在の類的な範疇化と客観化に対する「このわたし」の抵抗が、歴史言説の数字化、抽象化に対するわれわれの批判と軌を一にするものであることはいうまでもない。つまり、「このわたし」への宣言を通して、語り手―日記の書き手―は、南京入城後の日軍の暴力と家族の犠牲を、「客観的事実」ではなく固有の単独者の主観の経験として、これから記録していくことを読者に伝えるのである。

次は、家族と現実の中では永遠に別れることとなる五日前の、一九三七年「十二月十日」の日記の一部である。

> 午後三時頃、ふと銃砲声の途絶えた、真空のような時間があったので、十分ほど庭に出てみた。楊嬢と英武がついて来た。
> 何気なく、わたしはもみじの枯葉を一枚拾いあげた。
> と、英武も楊嬢も、同じように拾う。奇妙なことをするな、と思っていると、英武が唐突に、云った。
> 「お父さん、きれいだねえ」と。
> その言葉に、わたしは、ほとんど驚愕した。ぎょっとしたのだ。この五歳の子どもが…。
> わたしは、彼と同じことを考えていたのだ。（四八～四九頁）

戦争という巨大な暴力の中で、一枚の「もみじの枯葉」の美を感知する。分析的に考えてみると、この枯葉の美は、「ふと銃砲声の途絶えた、真空のような時間」がなかったら、感知されえないものであることがわかる。語り手や登場人物が感知しようとして感知できた美ではなく、戦争暴力を背景にして「もみじの枯葉」のほうより自ら、いわばその背景との対比効果によって、美を露出したのである。だからこそ、「英武も楊孃（陳英諦の従妹。蘇州から逃れてきた女学生で、後に日軍に強姦され身ごもり、梅毒とアヘン中毒を患う人物―引用者）も」「同じように「もみじの枯葉を一枚拾いあげた」のではないか。語り手が「奇妙なこと」と思った出来事、すなわち登場人物の三人が、同時に、同じ美を、同一物から感知したことは、実は当然のことだったのである。語り手も「死という透明なガラスを通して見ている」「完美」と解釈している、枯葉の美は、より正確に言うと、登場人物のほうから「見ている」のではなく、「もみじの枯葉」のほうから自らあらわしているものだからである。

重要なのは、日本軍による南京城陥落という歴史的、客観的な事実ではなく、一枚の「もみじの枯葉」から感じ取る主観的な美、そしてその美意識の共有のほうに、語り手の意識が集中している点である。「日軍は既に南京城を完全に包囲している。……日軍は俘虜を悉く殺す」（四八頁）と、一行ずつ加えられる語り手の戦況報告は、それ自体普段と何の変わりのない「もみじの枯葉」が「葉脈の隅々にいたるまで」自らを「完整」させる背景の説明にすぎないようにみえる。語り手「このわたし」にとっては、南京陥落後の何週間にもわたる日本軍による「殺戮、強姦、略奪」という「客観的」戦争暴力より、「お父さん、きれいだねえ」という息子の言葉に対する一瞬の共感のほうが、より大事な「主観的」経験だったのである。今までもこれからも二度とおこらない、五歳の息子とまったく同じ感覚、意識を分有した出来事に対する、語り手陳英諦の執着は、『時間』という物語の死者への記憶（記録）の態度を代弁するものである。

いいかえれば、戦争暴力を背景にして枯葉一枚の美を浮き上がらせる、語り手の観念的操作がなかったとするならば、三六歳の父と五歳の子の共感を読者に伝えることはできなかったのである。同じように、『時間』の語り手の主観は、死者となった妻の時・空間を執拗に追う。もちろん、日本兵に撃たれ、僥倖にも死―気絶状態―から戻ってきた陳英諦が、「恐らく嬲《なぶ》りものにされ、姦されての後に殺された」（九六頁）身重の妻莫愁と―無残に殺された息子、また、生まれる前に殺された子どもとも―の、現実的には覚えることのできない共感を得るためである。

一九三八年の六月一日の日記で、「私」は、死者との時・空間の共有について思索していく。まず、「いまのわたし」は「ただ一つ」、「樹木も艸《くさ》も一本もない、岩石と金属だけの、荒涼とした硬度の高い自然」を希望するという。また、「ねがわくはわたしの冥府は、岩石色の岩石に、処々、紫金の鉱石の光るところ、……大理石的世界であってほしい」ともいう。[174] 語り手はなぜ、「樹木も艸も」を拒否し、「岩石と金属」を渇望するのか。このような「奇妙な」考えの理由を、語りの流れから推測すると、前者の世界が「愛する者たちとの永訣を強いる」、歴史的、客観的「時間に運ばれ」ている反面、後者はそのような「時間」に支配されない自然であるということになろう。

……死を想うとき、このごろのわたしは、いまはない莫愁をはげしくもとめる。死、あるいは殺気というものと性との近さ加減も、この半年間、いやというほどに見せつけられて来たのだが、それでもなおわたしの眼は切に、冥府にある彼女のすがたかたちを追う。……痩せていて胸も薄く、内股も尻も豊かではなかったが、それで、よかった。愛のいとなみのあいだに、背に手をまわして「英—諦—」と投げやりに、物憂そうにわたしの名を呼ぶくせがあった。莫愁はいまごろは、こどもをつれて岩と金属の冥府を歩いている。（一〇二頁）

語り手が「はげしくもとめる」のは、「背に手をまわして「英—諦—」と投げやりに、物憂そうにわたしの名を呼ぶ」妻莫愁。夫婦の間にそれ以上完全な共感の経験があるのだろうか。だが、それが語り手の主観とはいえ、またいくら「はげしく」「切に」追い求めたとしても、生者と死者の間に、そのような共感が簡単に得られることではあるまい。死者の時間と生者のそれとの交差不可能性を、語り手は、隠微ではあるが確かに印象づけている。「このごろのわたし」と、「いまごろ」の莫愁との弁別がそれである。ほぼ同義語のようにも読まれる「このごろ」と「いまごろ」における微妙なニュアンスの差を、しいて物語の状況の中で対照的に捉えてみると、前者が〈此方〉の「わたし」の時間だとすれば、後者のほうは、語り手の想像と推測が介入している、〈彼方〉の莫愁の時間であることがわかる。[175] このように、語り手の〈現実の中の想像〉では、死者との共感を完全には得ることはできなかったともいえよう。

語り手は、その交差不可能な時間の隔絶を乗り越え、同じ時・空間で同じことを死者と分かち合うために、今度は「夢」という〈想像の中の現実〉で、「莫愁の子宮のなかに入り沈」む。「性と死と生」が「ほとんど同一物であるかのよう」な空間である、莫愁の子宮のなかで、語り手は、「泳ぐようにねむっている」、「まだ名をもたぬ生命」となる。そこから「きみよ、よみがえれ」と死者たち—妻莫愁と息子英武—によって呼びかけられる。[176] つまり、生まれる前に殺された、「莫愁の子宮のなか」の我が子と一体になって産まれなおされることが、「いまのわたし」には「ただ一つの希望」だったのである。

ここに、死者と時・空間を共有するために書かれた『時間』という「小説」の特徴を確認することができる。『時間』のエクリチュールが、現在のわれわれの国民共同体の利害と関心によって南京暴力の犠牲者たちを再構成する「歴史」言説とは、対極的な性格のものであることは明らかである。語り手は、死者一人ひとりの固有の存在性を取り戻しながらも、「今・ここ・われわれ」の世界で死者たちの意味を蘇らせるのではなく、むしろ「わたし」の観念的操作を通して死者たちの時・空間に合わせて自らを変容しようとしたのである。歴史的な事実、あるいは客観的な現実の中では、生き残りたちのわれわれとしてはどうしても共有できない、南京暴力の死者たちの苦しみを、どうにかして感知するために構成された小説的虚構ともいえよう。この点にこそ、『時間』という作品の倫理的正当性があるのである。

死者への記憶、あるいは和解の種―『南京レクィエム』

Ha Jin の *Nanjing Requiem* は、事実がわからないと記憶することもできないという歴史修正主義のイデオロギー的主張とは正反対の立場、すなわち、他者の苦しみを記憶しなければ、許すことも和解することもできないという倫理的立場から書かれた小説である。それでは、『南京レクィエム』は、一九三七年末から一九三八年新春にかけて南京の何処かで強姦され、殺された死者の苦痛を、今ここのわたしたちに伝えるために、どのような「小説」的虚構を構成したのだろうか。

この小説の出来事の連鎖は、日本軍の南京占領期に、安全地区内の金陵女学院キャンパスを難民収容施設として開放し、数千人の女性と子どもを保護した、その時期の金陵女子大学の臨時学長であった、アメリカのイリノイ州出身の宣教師 Minnie Vautrin の経験を中心に構成されている。一九三七年から一九四〇年まで書かれたミニー・ヴォートリンの日記[177]―当時南京に残って国際安全地区の設営に関与していた、牧師、宣教師、大学・病院関係者たちの手記、証言なども含めて―での出来事が、作者によって緻密に研究された、当時の歴史的「事実」の中で、巧みに再構成されていることが一読するだけでもわかる。物語は、Anling Gao という虚構的人物の一人称語りによって進められる。この作品の視点人物であり、作者意識の代弁者でもある、アンリングは、日本軍の南京占領期の金陵女子大学の運営と避難民収容所の管理に当たって、特に細かい仕事の責任者として、ミニー・ヴォートリンを補佐していた人物である。ヴォートリンとほぼ同じ年齢の、ヴォートリンにとって親友でもあった、五〇代の中国人女性として登場する。

アンリングによって語られる主な出来事とは、難民―金陵女学院では女性と子どもだけを受け入れた―を収容し、保護し、教育する、ミニー・ヴォートリンの仕事に関連するものである。すなわち、襲い掛かる日本兵から女性たち、特に若い女の子を守るために体を張って抵抗したり、拉致された女性たち、あるいは女性たちの夫を救出するために日本大使館に抗議したり、強姦された女たちを保護し、入院させたりした、献身的な活動だけでなく、難民たちの宿舎の衛生を保つこと、食料を確保すること、婦女のたちの職業訓練クラスを開くこと、市民や官吏の子どもたちの教育すること、礼拝をささげること、クリスマスイーヴのパーティーを開くことなど、日本軍占領下に難民収容所となった金陵女子大を管理運営するヴォートリンの仕事全体が詳細に取り上げられている。

作者は、彼女の超人的な活躍を以って物語の出来事を構成しながら、ヴォートリンを、難民の女性たちによって“Goddess of Mercy”と崇められる、宣教師・教師の典型的人物―いうならば、変化のない平面的性格―として描きだす。そして、日本軍の暴力から難民の女性たちを守り切れなかったことについて、「彼女らの死に私は責任がある。神にこたえるつもりなの」[178]と自責し、ヴォートリンの抑鬱症状が重くなったと、作品の結末での、アメリカへの帰国と自殺を理由づけている。

こうしてみると、物語の主な出来事の連鎖から得られる感動は、作者の小説的構成ではなく、ミニー・ヴォートリンという実存人物の伝記的事実にその原因があることがわかる。

一方、この作品の小説的虚構は、ヴォートリンの観察者である、語り手アンリングの経験、特に家族の経験を通して構成されることになる。その中でもアンリングを悩ませている、いいかえれば、登場人物たちの間の葛藤を誘発し、小説的緊張を維持させる出来事は、東京の医学部に留学中に、日本人女性Mitsukoと結婚していた息子Haowenが、日本皇軍の軍医として戦地となった祖国、中国に渡ってきてから起こることとなる。アンリングは、裏切り者の息子への報復と家族への被害を恐れ、息子の身の回りの状況について、また嫁と「Haowenの丸い目と広い鼻を持って」生まれたばかりの孫息子Shinについて、誰に話すことも、手紙を出すこともできない。もちろんその秘密をヴォートリンには打ち明けている。それほど二人の女性は信頼し合う。物語の後半の一九三九年七月、新聞記事を同封した手紙が届き、HaowenがLuoyang（洛陽）市内でパルチザンたち（中国共産軍）によって刺殺されたことを伝える。

まず次の引用は、一九三八年一二月初旬、なんの連絡もなしに会いに来た、「背も少し伸びたような」息子と、母が出会う場面である。五年ぶりに帰って、一晩を家族と過ごした息子は、移動する部隊に合流するために、夜明け前に家を出ることになっている。

Haowenは、薄葉紙で包んだものを胸の内ポケットから取り出した。「お母さん」と彼は言った。「持ってくるものが何もありませんでした。ちょっとした記念品です。」

紙を開けると、滑らかでしっかりした金の腕輪が見つかった。「気遣わなくていいのに。」私は彼に言った。(p173)……

腕輪を細かくみると、内側に小さな文字が見えた。Diao。私の心が挫けた。私は腕輪をガチャンとテーブルに落とし、「Haowen、誰かから盗んだの?」と尋ねた。(p174)

気づいてもいなかった*Diao*という苗字――地の文には斜体で書かれている――に驚いた息子から、腕輪を手に入れた経緯が母に説明される。マラリアに罹って、部隊内の仕事を失うところであった、Mengという中国人通訳から、治療の謝礼としてもらったものだという。しかし、それを大事につけていた最初の持主、*Diao*という女は誰なのか、なぜ日本軍への協力者、中国人からすると裏切り者であるMengという男が所持するようになったのかについては説明がなかったのである。語り手の母は、地の文の中で「私は言葉を失い、金の腕輪を片付けた。」[179]と語る。

しかし、日本兵の暴力から難民の女たちを保護するのが彼女の仕事であったことを念頭におけば、母アンリングが、指輪を強奪され、強姦され、殺されたはずの*Diao*という女性に思いを馳せたことは十分想像できる。それは、もらった腕輪をテーブルに落とすほど落胆した、母の態度からも推察されるようになっている。

最初の持主*Diao*の腕から誰かの日本兵に、日本軍に協力した中国人通訳から日本軍医の息子に、そして息子から母の手に渡った、この腕輪は実は物語の最後の場面でもう一度、決定的に渡されることとなる。

この作品のエピローグは、帰国して自殺に至ったヴォートリンの伝記的事実を報告する前半と、虚構的人物のアンリングが自身の終戦後の経験を振り返る後半で構成される。戦時中に自分が書いた手記―ヴォートリンを手伝い、金陵女子大学での難民救済活動を書いた、この作品のエピローグ以前の部分である―が*Nanjing Daily*に連載されたことがきっかけとなり、アンリングは一九四七年夏に国際軍事裁判での中国側の証言者として東京に派遣されるようになる。八月中旬のある日、裁判所の前でMitsukoとShinに会うことができたのである。裁判公聴会が再開する前の僅か数分間、「Haowenの丸い目と広い鼻」の孫息子を初めて抱きしめる。次は、「南京の女たちへの日本軍の蛮行」を証言するために訪日した一行と引率者の視線を意識して、急いで対面を終えようとする場面である。

一瞬の間に私は手首から金の腕輪を外してMitsukoに手渡した。「Haowenはあなたがこれを持ってほしかった」と、私は両方で彼女の手を握りしめながら言った。「二度とこの場所に来ないでください。安全ではありません。」（p298）

義母から渡されたこの腕輪を、Mitsukoは、どう思っていただろう。語り手はそれに全く触れない。しかし、八年前に洛陽で亡くなった夫からの贈り物を吟味しながら見つけた、内側の*Diao*という文字に驚き、それがどのようにして亡夫が所持し、自分の手に渡されたのかを考えこむ、Mitsukoを想像する読者も中にはいるだろう。また、息子のShinにとって、戦死した父の唯一の形見であるこの腕輪を、Mitsukoは将来の義理の娘にまで渡すかもしれないということを想像する読者もいるだろう。こうしてみると、腕輪の最初の持主の*Diao*という中国人女性の固有名は、〈わたしの苦痛〉を必ず記憶しなさい、また次の世代に伝えなさいという、他者からのメッセージにもなる。

アンリングは八月下旬に帰路につく。

> ホテルを出て空港に連れて行ってくれる車のほうに向かう時、再びMitsukoとShinを目にした。彼らは門の横に立っていた。Shinは白いシャツと紺色のショートパンツを着ていて、Mitsukoは曲線美の姿を引き立たせるアップルグリーンのチョンサム・ドレスを着ていた。……（p299）
> それが彼らを見た最後の時であった。（p300）

アンリングを遠くから見送るMitsukoのチョンサム・ドレスの姿が目に留まる。読者たちは、その衣装から、まず、これから二度と会えない、中国人の義母への彼女の思いやりを読み取る。ならば、はたして先日義母から渡された腕輪をMitsukoはつけていたのだろうか。彼女のチョンサムの姿から、腕輪の最初の持主*Diao*という中国人女性の苦痛に対する、Mitsukoの共感のまなざしを想像する読者も中にはいるだろう。そして、これから日中国交の正常化、高度成長の時代の日本とアジア社会の一員となる息子のShinにも、戦場で亡くなった父の母が東京国際裁判の法廷で証言したはずの、〈わたしの苦痛を必ず記憶しなさい〉という南京の女たちの声が行き渡ることを、期待を込めて想像するのではないだろうか。他者の苦しみへのまなざしとその記憶が唯一の和解の種になるというメッセージを、『南京レクィエム』は、物語の最後の場面で形象化しているのである。

そもそも、普通の日本人若者たちであった旧日本軍の兵士がなぜそこまでの非人道的な暴力をふるうことになったのだろうか。すなわち「南京暴力」の原因はいったい何だったのだろうか。命をかけて守らなければならない人々（日本人家族、国民）への愛があったともいわれる。その分だけ殺戮しなければならない人々（戦争相手の中国人）への憎しみがまたあったともいわれる。あるいは、人間の根源的な悪、遊戯、快楽などへの欲動にその原因があったという人もいる。確かなのは、「強姦、殺人、略奪」という、人間による人間に対する大規模の暴力を可能にした条件として、他者の苦痛へのまなざしとその共感の欠如が挙げられるということだ。その点において、『時間』と『南京レクィエム』という手記体の小説は、それぞれの虚構的構成を通して、事実としての〈一九三七年末から一九三九年初にかけての南京〉を記憶するだけでなく、そこでの暴力を克服する歴史的展望をも示しているのである。

注

（序）

1 「国史」という用語は、日本の戦後の教育環境で公式名としてはすでに使われなくなっているが、韓国では教科名や大学の学科名としていまだ広く使われている。もちろん、それを根拠に日韓社会の「国史」イデオロギーの濃淡を判断することはできない。

2 日韓の歴史、日韓関係などに関して相当な見識を持っている（と自負する）日本の一般教養人階層を指すために用いた造語である。

3 一九六八年から一九七二年まで『産経新聞』夕刊に一二九六回連載された司馬遼太郎『坂の上の雲』の冒頭の一部、ここでは語順を少し並べ替えた。

4 宣言書（いわゆる三・一独立宣言）末尾に韓龍雲が書き加えた公約三章の一文、「最後의一人ᄭᅡ지最後의一刻ᄭᅡ지民族의正當한意思를快히發表하라」から引用。

5 「気を付け」が「気を着け」に間違えられたのを「誤訳」といっていると思われる。

6 解放後の韓国の言語文化論では、訓読みの日本語が韓国語音読みと変わった語彙は、植民地支配の残滓として排除の対象とされている反面、日本語音読みが韓国語音読みに変わった語彙はそのようには扱われていない。おそらく後者の場合、前者とは異なってその数があまりにも多いため、残滓に扱われることも、排除されることもなかったと思われる。

7 「チャリョッ、キョンリエ、シウォッ」を聞き、またそれに従う、韓国の一般「国民」にとってはその号令の由来だけでなく、意味さえ知る必要もない。私の経験からすると、当時「国民」学校の「国民体操」で「チャリョッ、ヨルチュンシウォッ」をするたびごとに、何に気づけというのか、ヨルチュン（熱中）―熱中と列中の韓国語漢字発音は同じである―しながらどのように休めるのかずっと疑問に思っていた。しかしそれを確認しようともせずにただださせられる通り「チャリョッ、ヨルチュンシウォッ」しただけである。「チャリョッ」については、国民学校の教師からの説明もあったような気もするが確かではない。「チャリョッ」が〈精神〈オル、気〉を集中せよ〉の略語で、「ヨルチュンシウォッ」が〈列中（隊列の中）で休め〉の意味であることを、軍隊で「オルチャリョッ」という精神訓練を受けながらはっきり知るようになった。また「チャリョッ、シウォッ」がともに「気を付け、休め」（Attention, Rest）の翻訳であることは日本語・文化の学習を通してわかるようになった。その翻訳過程に挟まれていたはずの「キブ、イェー」の忘却については、この論考を準備しながら想像してみたのである。

8 『コロニアリズムの超克』（草風館、二〇〇七年）で私は「隠蔽と構築」の企画によって脱植民地期の韓国国民文化が成立する過程を分析した。

9 Jacques Derrida, Le siècle et le pardon, 1999. 鵜飼哲訳「世紀と赦し」（『現代思想』二〇〇〇年一一月号）参照。

10 *The Sunflower: On the Possibilities and Limits of Forgiveness.*（Wiesenthal Simon, 1969）New York: Schocken Books. 1998. The Symposium pp129–130, pp266–268 参照。

I―〈1〉

11 「自分のものではない言語」とは、ジャック・デリダが提出した、「いったいどうすれば人は、自分のものではないような言語を持つことができようか?それもとりわけ、きみはこの点を強調しているけれども、言語を一つしか、たった一つしか、完全に一つしかもっていないとその人が主張するのだとしたら?」（守中高明訳『たった一つの、私のものではない言葉―他者の単一言語使用』岩波書店、二〇〇一年、四頁）という自伝的な問いから借りた用語である。しかし、ここでは、「たった一つしか、完全に一つしかもっていない」という条件にこだわらず、それが第一言語であれ、第二言語であれ、〈移民社会に同化するために古い家庭言語を抑圧しなければならない人々にとっての新しい言語〉を指すために用いる。

12　社会を生きている人間にとって、言語とは、手段でもあり、環境でもあるということをあらわすために、二つの助詞を同時に使ってみる。

13　Native Speaker は、まだ日本語には翻訳されていない。以下の引用文などの日本語訳は私によるものである。まず題名は「ネイティブスピーカー」とする。ネイティブスピーカーにおけるネイティブネスとは、主人公が〈置かれている〉マイノリティの移民家庭の言語的立場でもあり、彼が同化を〈求めていく〉新しい土地のアメリカ英語のそれでもあろう。この二つの原語性＝ネイティブネスの相反する価値のぶつかり合いの中から、この作品の主題を把握することができる。韓国語訳『영원한 이방인（永遠なる異邦人）』（鄭ヨンモク訳、RHK, 2015）では、ネイティブスピーカーに含まれているアンビヴァレンスを捨て、二重の意味の中で一方的に後者の意味だけを再現する翻訳が行われている。「永遠なる異邦人」の意味は、移住地の現地言語使用者ではなく、移民家庭の言語使用者と限定されるのである。

14　"A list of who I was"（*Native Speaker*, Riverhead books. 1995, p1）"You are surreptitious / B+ student of life / first thing hummer of Wagner and Strauss / illegal alien / emotional alien / genre bug / Yellow peril: neo-American / great in bed / overrated / poppa's boy / sentimentalist / anti-romantic / ―― analyst (you fill in) / stranger / follower / traitor / spy"（p5）

15 『外国人—我らの内なるもの』池田和子訳法政大学出版局、一九九〇年、二一頁。（原題は Étrangers á nous-mêmes, 1988）

16 Now, she calls out each one as best as she can, taking care of every last pitch and accent, and I hear her speaking a dozen lovely and native languages, calling all the difficult names of who we are.

Ⅰ—〈2〉

17 日本語で通用する朝鮮語、韓国語などの言語名の中で、ここでは『빌러비드』というテクストが二一世紀初頭の大韓民国の文化状況の中で出版され、読まれている点を考慮して、「韓国語」を用いることにした。

18 ここでは Vintage International Edition（2004）を使用する。

19 吉田廸子訳、初刊の題名は『ビラヴド 愛されし者』（集英社、一九九〇年）、ここでは文庫版（集英社、一九九八年）を使用する。

20 崔インジャ訳『문학동네』（文学の村）、二〇一四年。*Beloved* の韓国語訳が日本語訳より二〇年余り遅れて出版されたということも、テクスト解釈においては無視することができない。それは、日韓における作家、作品の評価、外国文学の受容、翻訳と出版の諸般事情などの相違を示すだけでなく、実際韓国語の訳語の選択に日本語訳が参照されるようになる条件だからである。

21 吉田廸子「トニ・モリソンの世界」吉田廸子編著『ビラヴィド』ミネルヴァ書房、二〇〇七年、二六頁。

22 English Standard Version（ESV）での "Those who were not my people I will call 'my people,'" "and her who was not beloved I will call 'beloved'." とは多少異なる。

23 日本語翻訳『ビラヴド』の「あとがき」で訳者は、「伝える」と訳された "pass on" の両義性に関して、「矛盾する主張を持つこのレフレインは、ビラヴドの記憶と同時にあの言語を絶する中間航路の記憶を抹消してしまいたいと願う黒人の心理を表現する一方で、この耐え難い物語をあなた（読者）だけには聞いてもらいたいという、作者の気持ちを込めているのだ」（「訳者あとがき」五二一～二二頁）という説明を、作者のトニ・モリスンから直接聞いたと紹介している。

Ⅱ－〈1〉

24 『私の告白』『李光洙全集第一三巻』三中堂（ソウル）、一九六二年、二六七～七〇頁参照。

25 当時のさまざまな「内鮮一體」論――李光洙のそれも含めて――が、日本（人）と朝鮮（人）の間の、人種的、地理・歴史・思想的、言語・文化的な共通点を根拠にして両民族の一体化の当為性を主張していたことはよく知られている。だが、〈「内鮮一體」＝戦争による帝国内の区別の無化〉という観点からすると、それらの議論の本末転倒な側面が明らかである。

26 以下、『文化の場所』からの日本語引用は、『文化の場所』（本橋哲也ほか訳、法政大学出版局、二〇〇五年）の訳に従う。ただ必要に応じ、いくつかの語句の修正を行った。

27 Homi K. Bhabha, *The location of Culture*, (London and New York: Routledge), 1994, p85.

28 ibid. p86. この命題は、ホミ・バーバが、サミュエル・ウェーバーによる、「去勢は単にリアルなものでも想像上のものでもなく、欲望の対象が「ほとんどないこと、しかしまったくないわけではないこと」、すなわちそれが差異でしかないことを発見する契機をしるす」という、去勢を周辺化する視線についての定式を言い換えたものである。日本語訳『文化の場所』、前掲、一四八頁参照。

29 金八峯「私の回顧録」『世代』、一九六五年一二月、二八八頁。

30 「行者」『文學界』、一九四一年三月、八〇頁。

31 文藝銃後運動とは一九四〇年頃から、形式的には「文藝家協會」が菊池寛を中心に自発的に行ったとされるが、実際には内閣情報部が表面に立てた「國民精神總動員聯盟」が主導した文学者の戦争動員であった。

32 多少内容に違いがあるものの、同じ題名の「文学と自分」が『中央公論』（一九四〇年十一月）にも掲載されている。

33 『文章』（京城）、一九四〇年九月、九八～九九頁。

34 李光洙は、一九四〇年三月にすでに「無明」（『文章』、一九三九年一月、金史良によって日本語訳されて『モダン日本』朝鮮版一九三九年一一月号に掲載）で、菊池寛が「文藝銃後運動」の一環として創設した第一回朝鮮藝術賞を受賞した。

35 カッコ内の「君の自叙傳を書け」は、形式的には小林秀雄の発言の引用となっている。だが、一〇年も年長者に使われた会話としては多少不自然である点からすると、おそらく李光洙がその表現を再構成したと思われる。

36 「わが交友録」『モダン日本』、一九四〇年八月、一三八頁。

37 「行者」、前掲、八五頁。

38 「行者」、前掲、八六頁。

39 李光洙の要求に対して、直接答える立場にあった小林秀雄は、もちろん「行者」を自分が編集する『文學界』の紙面に掲載するかたちで反応はしたものの、具体的に応答することはなかった。それはいうまでもなく小林秀雄が李光洙ほど「内鮮一體」を真面目に受け入れることはなかったからである。

40 『文化の場所』の「擬態と人間について」で、ホミ・バーバは実は、「差異の主体」が「二重の視覚」を持つことによって植民地主義の言説に脅威を与え、また「擬態を支える部分的実在の反復を通して、植民地的権威のナルシシスティックな要求を脅かす」側面のほうを強調している（Homi K. Bhabha, ibid. p88）。しかしここでは、それとは逆に、「同一の主体」に向かおうとする「差異の主体」の禁断の（interdictory）欲望を支配・

被支配の関係を維持、強化する契機として捉える。

41 「半島文壇の大御所李光洙さん氏へ名乗り」『京城日報』、一九三九年一二月一二日。

42 「わが交友録」『モダン日本』、一九四〇年八月、一三八頁。

43 「指導的諸氏の選氏苦心談」『毎日新報』、一九四〇年一月五日。

44 それに加えて、波田野節子は、李光洙が自分の創氏について、小学生だった息子に故郷に近い北朝鮮の名山「妙香山」と仏典から取ったと話した逸話を紹介している（『李光洙―韓国近代文学の祖と「親日」の烙印』中央公論新社、二〇一五年、一七六頁）。こうしてみると、「香山」という記号に対する曖昧な態度からも李光洙の二つの民族のあいだの経験を読み取ることができる。

45 「創氏改名」をめぐる自民族中心主義言説に対する批判や分析は、拙著『日韓近代文学の交差と断絶―二項対立に抗して』（明石書店、二〇一三年）の第七章「物語られる「創氏改名」」を参照。

46 水野直樹『創氏改名―日本の朝鮮支配の中で』岩波新書、二〇〇八年、一四六～四七頁参照。朝鮮人の創氏に関する総督府の指導は、姓と本貫に由来する氏を創る方法に重点を置いていたと指摘する。

47 金石範『転向と親日派』岩波書店、一九九三年、八一頁。

Ⅱ―〈2〉

48 金東里全集七『文学と人間』（白民文化社（ソウル）、一九四八年）民音社、一九九七年、七〇～八一頁参照。

49 「民族文学の概念の定立のために」『民族文学と世界文学』創作과 批評社（ソウル）、一九七八年参照。

50 「余の作家的態度」『東光』、一九三一年四月、『李光洙全集第一六巻』三中堂（ソウル）、一九六二年、一九一頁から引用。引用文の朝鮮語から日本語への翻訳は私による。李光洙の朝鮮語文体を少しでも再現するために、原文の漢字単語は支障がない限りそのまま用いることにした―以下同。

51 李光洙は、上海臨時政府の広報担当として自身が発行した臨時政府機関紙『独立』(二一号までの題号)、『独立新聞』(二二～一六八号)、『독립신문』(一六九号以後)での執筆も含めて、植民地期の文筆活動を新聞中心に行った。引用の一連の小説を、毎日申報(『無情』、『開拓者』)、東亞日報(『再生』、「革命家の妻」)など、京城の朝鮮語有力新聞に発表したことからも、自身の民族主義思想を朝鮮民族共同体全体に訴えようとした作家の意図が窺える。

52 植民地期朝鮮の民族主義の流れにおいて、李光洙の思想は、漸進的実力養成主義、あるいは準備論的民族啓蒙主義として分類される。

53 「民族文学」というカテゴリーが不在であるか、それほど重視されない文化状況の読者―たとえば、日本語文学の読者―の場合、韓国文学文化史の中で植民地期前半の李光洙の民族文学が絶大な評価を得ている根拠や理由について、十分には理解しえないのが実情である。

54 『私の告白』李光洙全集第一三巻、三中堂(ソウル)、一九六二年、二七九頁。

55 『私の告白』前掲書、二七七頁。

56 『私の告白』前掲書、二七一頁。

57 『私の告白』前掲書、二六七～六八頁参照。

58 鄭雲鉉「民族正気と親日派研究」、前掲書、一四五～四六頁。

59 李憲鐘「解放以後親日派処理問題に関する研究」金三雄、李憲鐘、鄭雲鉉編『親日派その人間と論理』学民社、一九九〇年、一一～一二頁。

60 John Whittier Treat, "Choosing to Collaborate: Yi Kwang-su and Moral Subject in Colonial Korea" *The Journal of Asian Studies* Vol.71 (Feb) 2012;p93. "At best its arguments have been called self-serving and

hypocritical; at worst a "filthy" work the product of a diseased and decadent mind."
61 『私の告白』前掲書、二七八頁。
62 『私の告白』前掲書、二八〇頁。
63 『私の告白』前掲書、二八〇頁。
64 『私の告白』前掲書、二八四頁。
65 『私の告白』前掲書、二八四頁。
66 李光洙の「民族文学」においての「民族」概念を西洋語の、たとえばフォルク、ネイション、エスニシティーなどと関連して理解する必要はない。彼の民族思想の中には明治期の日本語における「民族」という合成語の概念がそのまま移植されたと思われるからである。
67 『私の告白』前掲書、二八七頁。
68 戦後韓国文化論における過去の隠蔽と歴史の再構築の問題に関する論議は、拙著『コロニアリズムの超克』(草風館、二〇〇七年)のⅢ部の「国民文化という蹉跌―植民地以後」を参照。

Ⅱ―〈3〉

69 ここでは、韓国文学だけでなく、北朝鮮の文学や世界各地の朝鮮人文学も含まれるカテゴリーとして、「朝鮮文学」を用いる。
70 『金達寿評論集上　わが文学』、『金達寿評論集下　わが民族』、筑摩書房、一九七六年。
71 今までの金達寿(文学)論は、単行本だけでも、崔孝先『海峡に立つ人―金達寿の文学と生涯』(批評社、一九九八年)、辛基秀編『金達寿ルネサンス―文学・歴史・民族』(解放出版社、二〇〇二年)、そして廣瀬陽一『金達寿とその時代』(クレイン、二〇一六年)、『日本の中の朝鮮　金達寿伝』(クレイン、二〇一九年)などが挙げられる。

72 金達寿小説全集六、七（筑摩書房、一九八〇年）の「著者うしろがき」が加筆され、死んだ翌年単行本として出版（青丘文化社、一九九八年）された。一九二〇年朝鮮慶尚南道で生まれ、一九三〇年に日本へ渡航、そして終戦に至るまでの足跡についての記述は、『わがアリランの歌』（中公新書、一九七七年）のそれと大分重なっている。

73 『わが文学と生活』青丘文化社、一九九八年、六五頁。

74 『族譜』の改作について論じた先行研究として、郭炯徳「金達寿文学の「解放」前後―「族譜」の改作過程を中心に」（朝鮮語）（『韓民族文化研究』、二〇一六年）、廣瀬陽一「金達寿『落照』論―二つの「族譜」との断絶をめぐって」（『日本近代文学』、二〇一七年）などがある。

75 「あとがき」『落照』、一八九頁。

76 『文芸展望』、一九七八年夏の柏原成光による編集後記、『落照』「あとがき」、一八六頁から再引用。

77 「あとがき」『落照』、一八九頁参照。

78 『落照』、『太白山脈』で、植民地期朝鮮文壇に発表された金史良の長編小説と、作品内容は異なるが、同じ題名が付けられている点は、金達寿「民族文学」への金史良の人間的、文学的影響を暗示しているともいえよう。金史良の『落照』（朝鮮語）は『朝光』（一九四〇年二月～四一年一月号）、『太白山脈』は『国民文学』（一九四三年二月～一〇月号、二回休載）にそれぞれ連載された。

79 『わが文学と生活』、八五～八六頁参照。

80 「あとがき」『落照』、一八九頁。

81 『落照』、八九頁。

82 金敬泰は以後の改作では、「西敬泰」に変えられる。すなわち、『落潮』、『玄界灘』、『太白山脈』など、いわゆる金達寿「民族文学」の代表作での自伝的主人公と同名の人物として登場する。
83 『新藝術』、九〇頁。
84 作者は大澤達雄が「ペンネーム」の一つであったと回想している（『わが文学と生活』、八五頁）。
85 鈴木道彦ほか訳「民族文化について」『地に呪われたもの』みすず書房、一九九六年、二〇二〜〇三頁参照。
86 ここでは、植民地主義による被支配民族の文化破壊やその破壊された民族文化の再発掘を的確に捉えているフランツ・ファノンの議論を援用しながら、『族譜』から『落照』への、語り手の意識の変化を理解してはみるものの、戦後に書き直された一連の改作での民族文化の再構築を直ちに正当な歴史的参与と評価することではない。それについては、これからの議論で具体的に検証する。
87 『落照』、八九頁。
88 『民主朝鮮』、一九四九年七月、九四頁。
89 「倭」の朝鮮語読みは普段「ウェ」と表記されるが、『族譜』の会話文では「エ」と再現されている。慶尚道南部地域の方言の発音である。
90 同前、九四頁。
91 同前、九六頁。「江原西氏・金貴嚴」は原文ママである。
92 『落照』、一八三頁。
93 最初作『族譜』では十二年ぶりの帰郷、『落照』では一〇年ぶりの帰郷になっている。
94 「あとがき」『落照』、一八八〜八九頁参照。
95 『落照』、七八頁。

96 代表的な韓国文化百科事典の一つ、韓国精神文化研究院編纂、一九九一年刊行。
97 『落照』、八三〜八四頁。
98 同前、八四頁。
99 同前、一三七頁。
100 同前、一三八頁。
101 ここで取り上げている金達寿の戦後の改作群以外にも、たとえば、梶山季之『族譜』(『広島文学』、一九五二年、『文學界』、一九六一年九月。この作品は韓国で一九七八年林権澤監督によって映画化された)や、Richard E. Kim *Lost Names: Scenes from a Korean Boyhood* (1970) などの作品で、先祖との血のつながりや、族譜に記されている名前への執着は朝鮮人の本来的な精神文化として描かれている。
102 韓国国立中央図書館、ソウル大学校奎章閣、ソウル大学校中央図書館、啓明大学校古文献室、東京大学東洋文化研究所、ハーバード大学燕京研究所、ユタ系図教会が収蔵する九〇〇〇点以上の族譜の統計調査である。『東アジア家系記録(宗譜・族譜・家譜)の総合的比較研究』平成一三〜一五年度科学研究費補助金基盤研究報告書、研究代表者:上田信、二〇〇四年、五頁。
103 李勝羽『韓国の姓氏』創造社:ソウル、一九七七年、三七九頁参照。

Ⅱ−〈4〉

104 第一世代の在日朝鮮人作家の文学において主な存在拘束の要因であろう、「祖国からの離脱」と「母語からの離脱」の中で、ここでは、前者のほうに焦点を絞って議論する。
105 金達寿は一九七〇年代以後からは日・韓古代史研究に集中するようになり、文学を総括する『金達寿小説全集』(全七巻、筑摩書房)が一九八〇年に出版された。

106 『文藝』、一九八一年七月から同年一〇月を除いて一九八二年二月まで連載。

107 一九八一年一緒に訪韓した姜在彦、李進熙、徐彩源らを、韓国の新聞が揃って「在日左傾の」という修飾語をつけて紹介したが、金達寿自身も、その表現を韓国との関連の中での自分の政治的スタンスを表すための「肩書き」として、滑稽まじりに頻繁に使っている。

108 『故国まで』河出書房新社、一九八二年、六～七頁参照。

109 『故国まで』、一四～一六頁参照。

110 『故国まで』、一六頁参照。

111 『故国まで』、二四～二五頁参照。

112 『故国まで』、五頁参照。

113 『故国まで』、七～八頁。

114 「『光州事態』の内と外」日本読書新聞一九八一年五月二五日、『故国まで』、六三頁から再引用。

115 その請願の真正性を疑う批判が、特に朝鮮総連系の新聞を中心に、激しい論調で出されたと金達寿は伝えている。「統一祖国」を基本路線としてきた「在日左傾」の韓国訪問は、「統一祖国」支持と北朝鮮支持の両方の立場から批判されたのである。『故国まで』は、そうした批判に対する反論や自分らの行動の弁護にかなりの紙面を費やしている。

116 『故国まで』、二四頁。

117 『故国まで』の「あとがき」で、作家は、在日韓国人死刑囚五人の減刑が内定したことを伝えながら、自分らの請願が受け入れられたと声高に宣言している。また『故国まで』の記述の中には一貫して、その請願を何より重要な訪韓の目的として強調している。

118 『故国まで』、五二頁。

119 『故国まで』、一二七頁。

120 『故国まで』、一四～一五頁。

121 『故国まで』、一四頁。

122 『故国まで』、五頁。

123 大岡信「朝日新聞文芸時評「対馬まで」評」『対馬まで』（河出書房新社、一九七九年）の帯の文章より再引用。

124 私は以前、李良枝『由熙』を論じた際、「望郷」という用語を使ったことがある。もちろんその概念にはセンチメンタリズムの要素は含まれていない。そこでの「望郷」の立場とは、ここ（異郷）とむこう（故郷）を常に、同時に認識する、自己相対化の思考の与件として理解されている。『日韓近代文学の交差と断絶―二項対立に抗して』明石書店、二〇一三年、二七九～八〇頁参照。

125 『対馬まで』、一二〇頁。

126 『対馬まで』、一四一～四二頁。

127 『故国まで』、一四九頁。

128 『故国まで』、一四八頁。

129 『故国まで』、一四～一五頁。

130 エドワード・サイードは、「故国喪失についての省察」という批評で、少なくとも二つ以上の文化、環境、そして故郷を同時的に捉えるエグザイルの意識を指摘しながら、音楽の用語を借りて、対位法的意識と呼んでいる。エドワード・サイード、大橋洋一ほか訳『故国喪失についての省察1』みすず書房、二〇〇六年、一九二～九三項参照。

131 対位法的思考という概念を、一般的に、作家が用いている言語や取り上げている文化が、一つであれ、複数であれ、それらを相対化していく意識の傾向として把握することもできよう。

132 守中高明訳『たった一つの、私のものではない言葉―他者の単一言語使用』岩波書店、二〇〇一年。

133 「わが戦後史」(一九七二年朝日新聞一〇月一六日から毎週日曜五回連載)、『故国まで』、一四頁から再引用。

134 『故国まで』、一二七頁。

135 『故国まで』、一二六～一二七頁。

136 『故国まで』、一四〇頁。

137 『故国まで』、一四〇頁。

138 作家自身は一九四九年に書かれた『叛乱軍』、『大韓民国から来た男』の二作を「観念の先立った失敗作」と片付けている(『故国まで』、一四〇頁参照)。そして、『大韓民国から来た男』にふれては、「ここに描かれたような状況を、まだ、自分なりに消化して受けとめることができなかった」(『朴達の裁判』のあとがき、『金達寿小説全集一』(筑摩書房、一九八〇年)の解題、四二四頁から再引用)と語っている。

139 『故国まで』、一六七頁。

140 解放直後の一九四七年発表された韓国の人気歌謡曲。

141 『故国まで』、一六八頁。

Ⅲ―〈1〉

142 *War Trash* はまだ日本語には翻訳されていない。以下の引用文などの日本語訳は私による。

143 『広場』は、一九六〇年に『セビョク(夜明け)』という雑誌に発表されて以来、一九八九年に文学と知性社の最終版が出る約三〇年間に、版元が変わるたびに改作された小説である。文体の修正だけでなく、プロットの改変も少なからず見られるテクストである。ここで扱う『現代韓国文学選集』1所収の『広場』（金素雲訳、冬樹社、一九七三年）は『セビョク』（一九六〇年一一月）版の翻訳である。

144 三八度線で分かれていた朝鮮半島の二つの国家の、互いに相手を国家と認めないほどの極端なイデオロギー的対立によって勃発した戦争が、南、北合わせて三百万から四百万、いいかえれば全住民の一割以上の死者を出しながら、三年間も続き、その結果としてもとの三八度線あたりの分断線をもって戦争以前と全く同じ敵対関係のまま休戦に入った。勝者も敗者もない、莫大な被害だけを残したその戦争は、アメリカの一般社会の歴史感覚の中では、アメリカ軍の場合約五万五千の戦死者を出しながらも、第二次世界戦争とヴェトナム戦争の間に挟まれている点も加わって、「無駄だった戦争」「忘れられた戦争」というイメージが定着しているようである。

145 “This is a work of fiction and all the main characters are fictional. Most of the events and details, however, factual.”（p351）

146 「大学通りから鐘路にでる」（二一〇頁）と大学の位置を示す語りなどから、読者は李明俊がソウル大学校文理大哲学科三年であることがわかるようになっている。

147 一九二四年孫文が設立し、蒋介石が初代校長を務めた、この学校は「中華民国陸軍軍官学校」の前身である。*War Trash* の語り手は国民党政権内の黄埔軍官学校の役割をアメリカ軍隊における West Point のそれに比肩するものだとアメリカの読者に紹介する。

148 “they readily surrendered to the People's Liberation Army”（p6）

149 韓国の国家制度の中で「縁座」が公式的に、あるいは合法的に認められていたことはない。しかし、親日協力者、容共左翼思想犯、越北者などの親族に、長い期間にわたって様々な不利や差別的処遇が慣行的に与えられていたのは事実である。その点において、「お前の父の過ちをお前が拭ってこそ、国家に対する義務をつくすことに」なるという刑事の発言は、現代の韓国読者たちにとっては、それほど注意をひくものではなかったかもしれない。

150 建国直後の韓国社会全体の腐敗と堕落に対する、このような辛らつな批判は、いうまでもなく、「南」だけで単独政府の樹立を主導した李承晩政権の長期にわたる独裁を打倒した、いわゆる四・一九革命（一九六〇年）直後の自由な雰囲気の中だからこそ可能だったのである。それができた時の感動を作家は、一九六〇年一一月版の『広場』前書きで次のように記している。「アジア的専制の椅子に鎮座し、民衆にはヨーロッパ式自由の風説を聞かせるだけで、その自由（生きるということ）を許さなかった旧政権下にあっては、こういう素材が如何に私の意欲をそそったとしても、到底手のつけようがなかったでありましょう。それを思えば、あの輝かしい四月（四・一九学生義挙）がもたらした新しい共和国に生きる作家としての生き甲斐を、いまさらのように感ずるのであります。」（一一頁）

151 哲学専攻の大学三年生李明俊は、〈大学新聞〉に載っていた自分の詩を読み、「軽い感激を隠しきれなかった」（一一頁）文学青年でもあり、一冊一冊読んだ「四百冊あまりの蔵書」の「本棚を前にすれば心は充ち足りた」（三〇頁）読書家でもあった。こうした人物像から推測できる水準の人文学的教養を持って、彼なりの「国家」を想像し、求めていたはずである。

152 "The Communists had brought order to our country and hope to the common people." (p7)

153 もちろんこうした中国共産党の主張がまんざら虚偽であるわけではない。〈韓国人の自由を守護するため〉、〈UNの精神、個々人が自由に生きる権利を守るため〉などの、朝鮮戦争へのアメリカの大義名分は、戦闘する兵士たちにそれほど行き渡っていたとは思えないからである。それは、たとえば、西太平洋地域に占領軍として派遣された兵士の間に、避けるべき三つのこととして"gonorrhea, diarrhea, korea"［Harry G. Summers, "The Korean War: A Fresh Perspective," *Military Affairs* (April 1996), p2.『忘れられた戦争の記憶』鄭ヨンソン文芸出版社（ソウル）八七頁から再引用］という駄洒落が広まっていたとの証言からも十分想像することができる。

154 "Why did GI s cross the Pacific Ocean and come to this land to ruin their lives?" (p174)

155 "The very fact that you became captives is shameful. You could have fought the enemy to your last breath but you did not. Therefore you are cowards." (p341)

156 Yu Yuan は帰国捕虜たちが被った中国社会での差別を「私の知る限り、国連捕虜収容所から帰還した者のほとんどの子供たちは大学に通うことができなかった。一九八〇年の帰国者の最終的な回復までの二七年間、父親たちの汚染された過去は、子供たちがまともな教育を受けることを不可能にしたのだ。」(p347) と、個人の視点から紹介している。

157 実は作家もそのような事実誤認に気づいていたのである。一九八九年の『広場』最終版（文学と知性社）で、作家は、「今同時に他のテントで進行している」説得場面の中に「自分を立たせてみた」(『広場・九雲夢』崔仁勲全集1文学と知性社、二〇一〇年、一八九頁。) と書き換えることによって、韓国軍の要員の説得とそれへの李の返答に対する長い描写を李の想像から出たものとして処理している。しかし、こうした姑息な修正で、歴史的事実に対するこの作品の誤認が隠され、物語の流れが正されるとは思わない。なぜなら、北朝鮮軍捕虜たちに対する韓国軍要員の説得だけでなく、「今同時に他のテントで進行して」いたと書き直されている、韓国軍捕虜たちに対する説得もそもそもなかったからである。北朝鮮軍は、韓国軍捕虜を基本的に「解放された軍隊」と認識し、国連軍の捕虜とは別扱いをしたのである。したがって、李明俊が「南」への帰国を拒否する韓国軍捕虜として自分を想像し、韓国軍説得要員の前に立たせてみることも、現実的にはありえないことだったのである。

158 周知のように、さまざまなジャーナリズムや歴史の記述には、帰国する側と帰国を拒否する側とを指す、「共産捕虜」と「反共捕虜」というイデオロギー的用語が公式に使われている。しかし、国家の利害だけを反映するこうした公式用語には、捕虜たち個々人が帰国を選択する際に持っていたそれぞれの心的動機が完全に無視されている。

159 "We had only heard of the Geneva Convention but hadn't known its contents." (p235)

160 その意味において、「国家」は、「国」と「家」という二つの相反する意味の合成語、すなわち両立不可能な矛盾概念になる。

161 "Intuitively I felt I would benefit from my ability to use English, so I worked hard." (p300)

162 『朝鮮戦争全史』、四六四頁参照。

Ⅲ―〈2〉

163 前章で取り上げた『広場』と *War Trash* の小説言説は、歴史、とりわけナショナルヒストリーの「数字化」、「抽象化」に対する批判としても読める。

164 当時現場の情報を外部に伝える目撃者たる、新聞記者の不在というのは、日本軍の蛮行を拡大、激化させる要因にもなったと思われる。その経緯を Rana Mitter は次のように説明する。

「蒋介石は南京が最後まで守られると明確に述べていたので、中国の新聞は社会の崩壊や市内の高まるパニック状態をリアルに報道することができなかった。一二月一三日に市が攻め落とされ、中国の報道機関が去った後は、日本の記者が起こったことを暴露する可能性は低く、南京で自由に動き回ることができた外国人ジャーナリストはほとんどいなかった。さらに、国民党の撤退の後、南京自体は危機に瀕していた。中国政府の役人がそこにいなかったため、福祉と救援を通常通り扱う機関は存在しなかった。……それにもかかわらず、安全地帯委員会のメンバーは、可能な限り完全に記録し続けた。」*China's war with japan 1937-1945 : The Struggle for Survival,* Rana Mitter, Penguin Books, 2013. pp136-137.

165 *The Good Man of Nanking: The diaries of John Rabe*, ed. Edwin Wickert, trans. E. woods (Knopf Publishing Group, 2000), *Terror in Minnie Vautrin's Nanjing: Diaries and Correspondence, 1937-38* (University of Illinois Press, 2008), *Diary of Wilhelmina Vautrin, 1937-1940* (Microfilmed 2005 for Yale University Divinity School)

166 佐藤秀明『花ざかりの森・憂国』新版「解説―短編小説の「告白」と「コント」」新潮社、二〇一〇年、三三九頁。

167 ここでは「牡丹」『花ざかりの森・憂国』新版を用いる。一七二～七三頁。

168 岡田良之助ほか訳『南京事件の日々―ミニー・ヴォーとリンの日記』大月書店、一九九九年、六八頁。

169 三島由紀夫『花ざかりの森・憂国』解説、新版、三三一～三三二頁から引用。

170 『時間』は一九五三年から二、三年間、『世界』、『文学界』、『改造』に断続的に発表され、一九五五年に新潮社から単行本で刊行された。ここでは岩波現代文庫版（二〇一五年）を用いる。

171 辺見庸の作品解説は、「加害国ニッポンの作家」が「中国人・陳英諦」という「被害側の目」で「大虐殺」を描いたという点を高く評価している（『時間』解説、二七二頁参照）。まさに、国民国家の文学史の内側の問題意識から、作品世界に対する理解を示しているのである。ここでは、南京虐殺の「暴力」を直接には経験したことのない作家が犠牲者の苦痛に共感するために、被害者側の主人公を主観的な「私」として設定したとするならば、それがどの国籍の、どの言語の作品であれ、作家の意図自体は高評価に値するという、より普遍的な、世界文学的な観点から解釈を試みる。

172 『時間』岩波現代文庫、二〇一五年、一〇〇～〇一頁。

173 作者の誕生日が一九一八年七月七日となっていることから、一九五五年七月で三七歳になることがわかる。

174 『時間』、一〇〇頁。

175 もちろん私は、作者が意識的に「このごろ」と「いまごろ」を使い分けたのかどうかには関心がない。両者のニュアンスの差に注目しながら、語り手の意識の分析を試みるだけである。

176 『時間』、一〇三～〇四頁。

177 *Diary of Wilhelmina Vautrin, 1937–1940*（Microfilmed 2005 for Yale University Divinity School）は、上海戦闘前日の一九三七年八月一二日から抑鬱症状が重くなった一九四〇年四月一四日までの日記、タイプされたA４用紙で五二六枚。

178 "I'm responsible for their deaths. I'll answer to God."（Pantheon. 2011. p284）*Nanjing Requiem* はまだ日本語には翻訳されていない。以下の引用文などの日本語訳は私による。

179 "I remained speechless and put the gold bangle away."（p175）

あとがき

本書は、少しの例外はあるが、ここ数年の間『桜美林世界文学』に発表されたものを書き直した論文によって構成されている。『桜美林世界文学』は、私の勤務先の桜美林大学の研究者たちによって年に一回発行される同人雑誌である。当初『桜美林世界文学』は、大学の研究・教育関係者の間で人文学の危機が頻りに嘆かれていた二〇〇四年に、学生と研究者の関心をどのようにして文芸や諸人文学のほうに引きつけるかという問題認識を共有していた教員たちによって創刊された。以来、年度ごとに選ばれた題材を巡って、十数人の参加者がそれぞれの専攻領域から、それぞれの問いへの解決を、それぞれの研究方法で書いた論考を以って、二〇二一年度の一八号まで刊行してきたのである。

実際私自身、『桜美林世界文学』という、人文学の復興のために設けられた自由な研究環境に恵まれなかったら、日本語、韓国語、英語の文学テクストを恣意に取り上げ、「あいだ」の視点で「あいだ」を読むという関心テーマを数年間、集中的に追究することはできなかったろう。その点において、本書は『桜美林世界文学』との出合いのたまものといわざるをえない。毎号の合評会で、的確な批判と貴重な助言を下さった同人たちに深く感謝したい。

いつも教学業務で忙しい年度末にもかかわらず、『桜美林世界文学』編集作業の労を惜しまなかった歴代編集者の、大木昭男先生、太田哲男先生、原田美知子先生に、厚く御礼申し上げる。それとともにこの三人の先生方には、私にとって異言語である日本語の正しい—多少なりとも意味が伝わりやすい—使い方について数々の教示をいただき、あらためて感謝を申し上げなければならない。

そして、各論文の最初の読者でもある妻白恵俊に感謝を伝えたい。

本書は桜美林大学の二〇二二年度の学術書出版助成によって刊行される。大学からの支援に謝意を表する。

◎桜美林大学叢書の刊行にあたって

「隣人に寄り添える心を持つ国際人を育てたい」と希求した創立者・清水安三が一九二一年に本学を開校して、一〇〇周年の佳節を迎えようとしている。

この間、本学は時代の要請に応えて一万人の生徒・学生を擁する規模の発展を成し遂げた。一方で、哲学不在といわれる現代にあって次なる一〇〇年を展望するとき、創立者が好んで口にした「学而事人」（学びて人に仕える）の精神は今なお光を放ち、次代に繋いでいくことも急務だと考える。

一粒の種が万花を咲かせるように、一冊の書は万人の心を打つ。願わくば、高度な知性と見識を有する教育者・研究者の発信源として、現代教養の宝庫として、さらには若き学生達が困難に遇ってなお希望を失わないための指針として、新たな地平を拓きたい。

この目的を果たすため、満を持して桜美林大学叢書を刊行する次第である。

二〇二〇年七月　学校法人桜美林学園理事長　佐藤　東洋士

鄭 百秀
（チョン　ベックスー）

一九六二年、韓国大邱生れ。東京大学大学院総合文化研究科博士課程修了。桜美林大学リベラルアーツ学群教授。主要著書、『韓国近代の植民地体験と二重言語文学』（韓国語、二〇〇〇年）、『日・中・韓文学史の反省と模索』（共著・韓国語、二〇〇四年）、『コロニアリズムの超克——韓国近代文化における脱植民地化への道程』（草風館、二〇〇七年）、『日韓近代文学の交差と断絶——二項対立に抗して』（明石書店、二〇一三年）など。

「あいだ」の日韓文学《にっかんぶんがく》　自国《じこく》中《ちゅう》心《しん》主義《しゅぎ》の地平《ちへい》を超《こ》えて

2022年12月15日　初版第1刷発行

著者　鄭 百秀
発行所　桜美林大学出版会
〒151-0051　東京都渋谷区千駄ヶ谷1-1-12
発売所　論創社
〒101-0051　東京都千代田区神田神保町2-23　北井ビル
tel. 03（3264）5254　fax. 03（3264）5232　http://ronso.co.jp
振替口座　00160-1-155266

装釘　宗利淳一
組版　桃青社
印刷・製本　中央精版印刷

ISBN978-4-8460-2202-0